A voz que ninguém escutou

Renan Silva

A voz que ninguém escutou

1ª edição

Rio de Janeiro, 2024

Copyright © Renan Silva, 2024

Pedimos aos leitores e às leitoras que estejam cientes dos possíveis gatilhos emocionais que o conteúdo deste livro possa suscitar e que cuidem de seu bem-estar emocional. Se precisarem de ajuda, disquem 188 (Centro de Valorização da Vida).

```
CIP-BRASIL. CATALOGAÇÃO NA PUBLICAÇÃO
SINDICATO NACIONAL DOS EDITORES DE LIVROS, RJ

S583v

    Silva, Renan
        A voz que ninguém escutou / Renan Silva. - 1. ed. - Rio de
    Janeiro : José Olympio, 2024.

        "Ganhador do Prêmio Kindle 2024"
        ISBN 978-65-5847-175-2

        1. Romance brasileiro. I. Título.

24-92613                     CDD: 869.3
                             CDU: 82-93(81)
```

Gabriela Faray Ferreira Lopes - Bibliotecária - CRB-7/6643

Texto revisado segundo o Acordo Ortográfico da Língua Portuguesa de 1990.

Todos os direitos reservados. Proibida a reprodução, o armazenamento ou a transmissão de partes deste livro, através de quaisquer meios, sem prévia autorização por escrito.

Reservam-se os direitos desta edição à
EDITORA JOSÉ OLYMPIO LTDA.
Rua Argentina, 171 – 3o andar – São Cristóvão
20921-380 – Rio de Janeiro, RJ
Tel.: (21) 2585-2000.

Seja um leitor preferencial Record.
Cadastre-se no site www.record.com.br
e receba informações sobre nossos lançamentos e nossas promoções.

Atendimento e venda direta ao leitor:
sac@record.com.br

ISBN 978-65-5847-175-2

Impresso no Brasil
2024

SUMÁRIO

PRÓLOGO 7
PRIMEIRA PARTE 13
SEGUNDA PARTE 195
AGRADECIMENTOS 301

PRÓLOGO
2005

Sirene rodopiando como carrossel. Sons de alerta e um eco interminável.

O branco predominava.

Era a ambulância que carregava Inês.

Junto dela, sua filha, Vânia, sentia um leve desespero por ver a mãe ali.

A queda foi seca no jardim do prédio situado na rua Dias da Rocha, em Copacabana. Era uma construção da década de 1960 que dispunha de um pequeno jardim logo na entrada.

A suspeita de que a colisão com o chão tenha causado uma lesão grave na cabeça apavorou Vânia. Os paramédicos, após prestarem os primeiros socorros ainda no chão do prédio, recorreram a um colar cervical, que praticamente impedia que se visse o rosto de Inês, seus cabelos grisalhos e lisos na altura dos ombros, bem como seus olhos castanho-claros.

Mesmo em uma noite comum no inverno carioca, o barulho era intenso, pois naquele bairro pouco se diferencia a noite do dia. Bares, restaurantes e vendedores ambulantes se misturam aos transeuntes. O trânsito engarrafado não foi obstáculo para a rápida chegada da ambulância ao hospital mais próximo.

Os socorristas se mantiveram calmos e solícitos, aparentando o sangue-frio típico da profissão. No meio de tudo, Vânia conseguiu refletir um pouco sobre o grande mistério que norteia sua vida desde que se entendeu por gente, por volta dos seis anos, em 1978: o passado de sua mãe. Sabia pouco — Inês se negava veementemente a comentar o assunto. Logo veio à sua mente que as coisas podiam estar conectadas.

A curiosidade sobre o passado da mãe fazia sentido. Vânia era jornalista. A filha havia voltado para a casa de Inês após o fim de seu casamento, dois anos antes. Levou a tiracolo o filho, Daniel, na época com seis anos.

Ainda na ambulância e já na entrada do hospital, Vânia balbuciou para a mãe, mesmo sabendo que dificilmente ela escutaria:

— Vai ficar tudo bem.

Foram feitos os trâmites de praxe, como preenchimento de fichas e triagem. Enquanto isso, Inês foi levada para os cuidados do médico Marcelo Castro, especializado em lesões no cérebro, que estava de plantão.

O transporte da ambulância para a sala de triagem ocorreu de forma tranquila e costumeira para a equipe médica. Para Vânia, ver a mãe naquela situação foi perturbador. Tudo é uma questão de ponto de vista.

Enquanto Vânia aguardava as primeiras notícias, Carlos, seu pai, chegou ao hospital. Ele estava ofegante e, após algum tempo, conseguiu dizer:

— Como ela está?

— Ninguém soube me informar mais detalhes.

Ele fingiu ficar satisfeito com a resposta e os três se uniram em um abraço. O pequeno Daniel já tomava consciência do que estava acontecendo. Nesse momento, a emoção veio à tona: a primeira lágrima saiu de Vânia e lentamente tocou o chão frio e branco do hospital. Carlos a separou do trio dando uns dois passos para o lado, abraçou-a mais forte e sussurrou no seu ouvido:

— Foi um acidente.

Vânia retribuiu o abraço, apertando-o forte. Uma segunda lágrima caiu.

O branco ainda predominava e a família aguardava notícias. A cada cinco minutos, Vânia ou Carlos se revezavam em busca de informações. Daniel, por sua vez, estava na expectativa de ir para casa, mas logo o cansaço venceu a ansiedade e o menino cochilou na recepção. A todo momento havia o vaivém de macas, pacientes, familiares e médicos, e nada de notícias de Inês.

Subitamente, as portas que separavam a recepção das outras dependências do hospital se abriram e de lá saiu Marcelo Castro. Ele tinha uma feição séria, lábios cerrados, sobrancelhas pretas e grossas. Aparentava um misto de experiência e juventude. Seus cabelos também eram pretos e levemente cacheados para o alto. Com tranquilidade, o médico se aproximou de Carlos e Vânia:

— As notícias não são boas... — A família se entreolhou, claramente resignada, inclusive Daniel, que acordou com o anúncio e ainda sonolento ouvia a triste notícia. — Dona Inês teve uma lesão grave no cérebro. Ela vai ficar em estado vegetativo.

Os olhos de Carlos ficaram marejados. Daniel abraçou as pernas da mãe com a maior força possível.

— Ela vai ficar assim pra sempre? Então quer dizer que ela não vai andar nem falar mais? — indagou Vânia ao médico.

— Muito provavelmente. Esse tipo de lesão costuma ser irreversível.

O baque da informação foi tão forte que Vânia precisou se sentar. Carlos e Daniel a abraçaram novamente, dessa vez por cima dos ombros. O médico ficou parado por um tempo em frente aos três. Poucos segundos depois, Vânia se dirigiu a ele:

— Podemos vê-la?

— Claro — respondeu prontamente.

Assim se encaminharam pelo emaranhado de corredores e salas do moderno hospital. A claridade saltava aos olhos, mesmo às onze e meia da noite. Ao se aproximarem da UTI, viram Inês deitada e desacordada, com aparelhos ao redor que lembravam uma cabine de avião. De um desses equipamentos saía um tubo que ia diretamente para as narinas da paciente.

Marcelo abriu a porta verde, estendendo os braços perpendicularmente ao corpo, o braço direito mais estendido que o esquerdo, e os convidou a entrar:

— Por favor.

Não foi uma entrada triunfal; muito pelo contrário. A UTI não era muito grande, porém somente Inês estava lá. Carlos, Vânia e a criança caminharam até a maca e somente observaram. Como apenas se manifestava o silêncio, o médico tomou a palavra:

— Esta noite ela permanece sedada e em observação.

Carlos e Vânia tiraram os olhos de Inês e giraram o pescoço para o médico, com um olhar de quem já aceitava a situação. Carlos rapidamente se prontificou a fazer vigília para acompanhar a situação da esposa. Vânia tentou argumentar, afirmando que ele devia estar cansado do trabalho. Entretanto, não tinha forças para insistir e acatou a decisão do pai.

Ao sair, notou o casal que lhe ensinou as regras da vida, proveu alimento, diversão, educação formal e informal, pensando no sofrimento que iam passar dali em diante. Sua breve rememoração na porta do quarto foi interrompida por Marcelo, que a lembrou do horário e das regras do hospital: somente um acompanhante poderia visitá-la na UTI com hora marcada.

— Vamos, senhora.

Vânia e o filho logo foram embora, vencidos pelo cansaço. O táxi não demorou para chegar.

O caminho foi mais longo que o normal, poucas palavras foram ditas durante o breve percurso. O taxista tinha uma cara carrancuda e Vânia agradeceu por isso, pois ele dificilmente começaria uma conversa. O motorista simplesmente fez seu trabalho, que custou vinte e três reais e quinze centavos. Vânia deu vinte e cinco reais e não quis saber de troco. Apenas o porteiro Edmilson estava acordado. Perguntou sobre o estado de saúde de Inês para Vânia, que foi breve em dizer que não era bom.

As luzes das casas estavam em sua maioria apagadas e o silêncio era quase sepulcral. Entrar no apartamento quinhentos e seis seria duro, foi a partir dali que tudo aconteceu. Aliás, viver naquela casa seria um problema. Porém, uma mudança estava fora de cogitação no momento.

Tudo que Vânia queria era descansar um pouco. O dia seguinte seria longo e imprevisível. Antes, colocou o sonolento filho na cama. Caminhou pela casa escura, já eram quase duas da madrugada, foi à cozinha beber um copo de água, sentou-se e refletiu sobre o dia e a própria vida.

Concluiu: o passado de sua mãe era repleto de lacunas que ela se recusava a preencher. Por qual razão fazia isso? Por que falava pouco sobre?

A mãe naquele estado dificilmente a impediria de fazer alguma coisa. Entretanto, o paradoxo veio à tona: podia se sentir uma oportunista, aproveitando-se da situação de sua progenitora. Durante cinco minutos, confabulou consigo mesma e resolveu agir.

Foi até o quarto da mãe em silêncio, para não acordar o filho. Ao entrar, viu a janela ainda aberta por onde, menos de quatro horas antes, a mãe tinha passado. O vento leve mexia a cortina de forma quase torturante. Ato contínuo, Vânia fechou a janela. Sentou-se na cama de colchas amarelas e abriu o armário à frente para iniciar sua pesquisa.

Pegou a primeira pasta com documentos. Era envelhecida, feita de couro marrom. Hesitou por um instante, afinal estava invadindo a intimidade da própria mãe. Deixou a ética familiar de lado e começou a utilizar as técnicas que aprendera na faculdade. Ao abrir um caderno, caíram dois papéis dobrados. Estavam amarelados pela ação do tempo. As dobras formavam vincos permanentes. Desdobrou um deles cuidadosamente e viu que se tratava da certidão de nascimento de Inês. Ali, encontrou a primeira informação relevante: a data de nascimento de sua mãe. Vinte e três de junho de 1945, cidade de Jaguaribe, Ceará.

PRIMEIRA PARTE

PRIMERA PARTE

1945

Ao som do rádio, o presidente Getúlio Vargas falava com a nação. Era a famosa *A Hora do Brasil* — hora também de todos se sentarem em volta daquela caixa estranha que emitia sons. Uma novidade e tanto para a cidade de Jaguaribe, então com mil e duzentos habitantes. Um deles era Maria, gestante, que, como a maioria, se juntava a outras pessoas para ouvir o nobre governante.

A bolsa amniótica de Maria se atreveu a estourar em plena *A Hora do Brasil*, interrompendo o discurso do presidente. Rapidamente levaram Maria de volta para a casa de taipa onde morava, com apenas um cômodo e um banheiro improvisado do lado de fora.

Enquanto isso, procuravam dona Francisca, a parteira. O hospital mais perto ficava em Juazeiro, a duzentos quilômetros dali, e era inviável levá-la para lá. Provavelmente, dona Francisca também estava ouvindo *A Hora do Brasil*.

Ao chegar, com toda presteza e o material necessário, todas as pessoas se retiraram.

Não demorou e veio ao mundo a caçula da família, Inês, em homenagem à santa de mesmo nome. Era a terceira menina. Nasceu saudável, não dava para saber o peso e o tamanho. Segundo a vasta experiência de trinta anos como parteira, dona Francisca afirmou que o bebê tinha em torno de três quilos e meio e por volta de cinquenta centímetros.

O pai da recém-nascida, Antônio, não estava presente para ver o nascimento da filha. Apesar de a notícia correr na pequena cidade, ele estava em um bar a uns quinhentos metros da casa, tomando sua aguardente e ouvindo *A Hora do Brasil*. Quem mais dava suporte para Maria nesse momento delicado eram os outros filhos — principalmente os mais velhos, Ana e João, além da vizinha Sebastiana.

Os filhos foram concebidos com pouco tempo de espera entre um e outro. A exceção era justamente aquela que agora vinha ao mundo. Ana tinha catorze; João, treze, Jorge, dez; Teresa, nove; Inácio, oito; e, finalmente, Inês. O marido constantemente agredia Maria física e psicologicamente. A comida era escassa, dividida com outros membros da família e, às vezes, até com vizinhos. Solidariedade não era uma palavra dita, porém muito praticada; uma questão de sobrevivência de todos.

O cardápio do dia a dia era palma, farinha de mandioca, calango e quase tudo que fosse comestível. Infelizmente, o sapê, tão abundante na região, não podia ser. A fome era um ciclo perverso: os animais também sofriam, fornecendo alimentos precários para os adultos, que, por sua vez, ofereciam alimentos precários para os mais novos.

Os primeiros meses de vida da pequena Inês foram uma tormenta: pouco leite saía dos mamilos da mãe, o que comprometeu seu crescimento: em sua vida adulta, chegou apenas a um metro e cinquenta e sete de altura. Maria também ficava angustiada por não alimentar adequadamente sua prole. O som do choro de Inês era uma música desagradável — também irritava seu marido, que reagia a agredindo e soltando impropérios a ela e aos filhos.

Maria, então, tomou uma decisão drástica: sair de Jaguaribe e tentar a vida em outro local, o sul, mais conhecido como Sudeste do Brasil. Ela ouvia falar nas realizações do governo e ficava deslumbrada com a possibilidade de mudança. No entanto, iria sozinha? Abandonar os filhos era uma decisão difícil. Sabia da vida dura que teriam se os deixasse, sofreriam os piores maus-tratos nas mãos de Antônio. Teriam que começar a trabalhar mais cedo que o normal, e as meninas talvez precisassem se prostituir a mando do pai para levar dinheiro para casa.

Mas não era possível ir com todos. Maria procurou a vizinha Sebastiana para encontrar uma solução:

— Preciso ir embora, minha amiga. Vou morrer se continuar ao lado do Antônio.

— Tem certeza, Maria?

— Sim — disse desesperada.

— E as crianças?

Nesse momento, a feição de Maria se mostrou triste por ter que falar a verdade para a amiga. Sebastiana tentou consolá-la:

— Você vai conseguir, mas precisa levar somente os mais novos. Os outros vão se virar por aqui. Cuidarei deles.

A mãe sabia que esse cuidado não seria total e que a amiga não poderia fazer muita coisa diante do poder de Antônio, porém concordou com a proposta. Sebastiana acrescentou:

— Meu irmão conhece um rapaz que faz transporte para o sul. Tenho umas economias aqui e posso pagar para você e para mais dois filhos.

— Mas, amiga, não sei como vou te pagar — disse Maria, arregalando levemente os olhos.

— Não precisa me pagar. Quero que você e os pequenos tenham uma vida melhor do que essa — respondeu, inclinando a cabeça e colocando as mãos nos ombros de Maria.

— Não sei como te agradecer.

Sebastiana apenas sorriu.

Maria agora tinha uma nova missão: comunicar aos filhos, pelo menos aos mais velhos, que tinham idade para compreender. Ao final d'*A Hora do Brasil* de uma quinta-feira, ela reuniu todos, exceto Antônio, que bebia sua religiosa cachaça. Enquanto servia o jantar, com Inês no colo, foi direta, sem preâmbulos:

— Vou para o sul com Inácio e Inês.

Todos ficaram em silêncio por aproximadamente cinco segundos, quando um pequeno choro de Inês ecoou pelo local. Depois, começaram a comer e nada falaram, observando um ao outro de soslaio. Ouvia-se somente o barulho dos talheres nos pratos. Ana foi a primeira a acabar de comer e, num ato contínuo, saiu sem falar nada. Maria deixou Inês com os outros e foi atrás dela:

— Achei que entenderia, Ana. Se eu estivesse no seu lugar eu ficaria revoltada da mesma maneira. Mas espero que um dia você possa me perdoar.

— Não vou. Nunca. Não tenho mais nada para te falar nesse momento.

— É uma decisão muito difícil para mim também. Uma decisão impossível — retrucou Maria.

— Você está nos abandonando.

— Não. Eu estou buscando uma vida digna para os pequenos. Pense nos seus irmãos.

Ambas se calaram por um tempo. Era uma noite de poucas estrelas e lua minguante no sertão. Ana tomou a palavra:

— Vou tentar. De qualquer forma, sua decisão está tomada. Cabe a mim aceitar e desejar boa sorte.

Resignada, Maria ameaçou abraçar a primogênita, que se afastou bruscamente. Decidiram simplesmente entrar e dormir.

A recém-nascida chorava a todo momento. Antônio, para variar, chegou bêbado em casa. Maria tentava fingir que dormia para não ser agredida. Ana refletia sobre a decisão de sua mãe e as coisas que disse a ela. Em suma, um pesadelo em espiral e sem fim.

O dia seguinte seria decisivo. Maria estava irredutível. Faltava um detalhe importante: fazer com que Antônio estivesse fora de casa no momento da partida. Isso, de alguma forma, foi fácil — Sebastiana era mestre nesse tipo de estratagema. Bolou um plano: oferecer um bico em um local distante para ele, o que daria tempo suficiente para Maria, Inácio e Inês embarcarem com calma.

O plano de Sebastiana quase deu errado. Antônio demorou para acordar devido ao excesso de bebida do dia anterior. Rapidamente, alguns homens chegaram para buscá-lo para o trabalho. E, por isso, a despedida dos filhos mais velhos foi breve. Ninguém esboçou tristeza ou chorou.

Por volta de meio-dia e quarenta e cinco, o caminhão estacionou na pequena praça da cidade. Maria inspirou fortemente, como se quisesse respirar o ar puro de Jaguaribe pela última vez. Por conta do tempo curto, não deu para arrumar todos os pertences. Na verdade, nem havia tantos assim. Conseguiu levar os documentos dos filhos que estavam consigo: suas respectivas certidões de nascimento, uma novidade que havia acabado de chegar na cidade, junto com o pequeno cartório instalado próximo da igreja, para que todos pudessem lembrar de registrar civilmente os recém-nascidos e não somente batizá-los, como era o costume.

O pau de arara fez um barulho ensurdecedor ao ligar, assustando muita gente em volta. Os moradores locais já estavam acostumados com automóveis na região, porém sempre era motivo de apreensão quando um desses estava funcionando. Depois de virar a chave de ignição, o motorista saiu do caminhão com cara de poucos amigos para apressar as pessoas que iam viajar. Maria não sabia se essa era a expressão correta: viajar... As pessoas não viajam a turismo ou a trabalho? Maria estava fugindo. Estava mudando de cidade dentro de um caminhão sujo para escapar de uma realidade brutal. Seria isso viajar?

Próximo de embarcar, Maria ainda tinha algo importante a fazer: uma última oração na igreja da cidade. O motorista fez uma careta pior que a de antes. Ele usava chapéu, bigode e fumava um cigarro. Foi uma reza rápida, e finalmente o veículo podia partir.

Inácio estava atônito com a situação, sem entender o que estava acontecendo. Aproveitando a inocência da criança, Maria disse simplesmente que iriam embarcar numa aventura. Nem ela acreditava nisso, mas queria evitar maiores questionamentos.

Na saída do caminhão, alguns poucos familiares dos passageiros se encontravam na praça. Alguns se despediram de forma efusiva, outros, nem tanto, como se soubessem das histórias de pessoas que trilharam o mesmo caminho para o sul. Muitas pessoas conseguiam emprego rapidamente, outras, não. A maioria não dava notícias, ficando os parentes apenas com conjecturas: conseguiu prosperar e se esqueceu da família, quebrando a promessa que tinha feito ao partir? Estava tão mal que tinha vergonha de dizer? Não enviava cartas por não saber ler e não tinha dinheiro para pagar alguém para escrever? Muitas dúvidas existiam. E Maria, em qual perfil se encaixaria?

Na carroceria do caminhão existia pouco espaço. Já era esperado que não teria conforto, o que fez Maria pensar que a carroceria fazia jus ao nome. Parecia de fato uma carroça. Refletiu ainda sobre como um equipamento moderno podia ser tão desconfortável. Ela mal suspeitava que aquilo havia sido elaborado para transportar carga de produtos, e não pessoas.

Não havia tempo para elucubrações. Alguém gritou para Maria se sentar em um dos bancos laterais. No meio da carroceria, ela viu algumas caixas, chegando à conclusão de que, na verdade, o caminhão servia também para levar mercadorias. O motorista deu uma breve olhada para trás e certificou-se de que todos estavam sentados. Em seguida, afundou o pé no acelerador e, alguns metros depois, pisou bruscamente no freio, empurrando todos para frente. Era uma forma de acomodar as pessoas. Inês, que estava calma até então, começou a chorar. Maria percebeu pelo retrovisor que o motorista deu um sorriso sarcástico.

Notou também que somente ela levava crianças consigo. Achou estranho, mas não quis questionar ninguém a respeito. Tentou puxar papo com a pessoa que estava ao seu lado:

— Dizem que é uma viagem muito demorada, de dias.

— Hã?

O barulho intenso do motor impedia qualquer tipo de diálogo.

Maria logo concluiu que seria uma viagem cansativa. A sensação parecia dobrada diante do barulho e das estradas que favoreciam as movimentações bruscas. Ainda teve tempo para elaborar uma teoria: o tranco executado pelo motorista na saída foi um teste para detectar quem poderia passar mal com os movimentos ou, ainda, quem poderia desistir.

A viagem tinha muitas paradas, fosse para abastecer o veículo, fosse para as pessoas esticarem as pernas e fazerem suas necessidades fisiológicas. Numa dessas, Maria desceu rapidamente da parte de trás do caminhão para trocar a fralda da filha, levar Inácio ao banheiro e, se possível, comer. E tinha que ser com presteza, porque o motorista mal-humorado podia deixar alguém ali, uma vez que, segundo ele mesmo, não podia atrasar a entrega de suas cargas. Inclusive as humanas, pensou Maria.

Na parada seguinte, havia um pequeno comércio que vendia doces típicos, bebidas, pipas e outros produtos. Por essa razão, atraía a atenção das crianças. Maria observou que o motorista se enturmou com as pessoas do local. Ele se dirigia a um senhor que se destacava dos demais por vestir roupas limpas, paletó e calça brancas, portando uma bengala em uma das mãos e um charuto na outra. Em suma, parecia alguém importante na região. O homem elegante se sentou em frente à loja, pediu uma caixa de madeira e colocou-a ao lado. Imediatamente, quatro crianças se aproximaram dele para ganhar um brinquedo ou um doce.

— Posso ir também? — Inácio indagou à mãe assim que viu a cena.

— Vá, menino — disse com um leve sorriso, um dos poucos que deu desde que saiu de Jaguaribe.

Tão logo, Inácio correu o mais rápido que podia, acreditando que os presentes iam acabar ou que o senhor em breve iria embora. No mesmo momento, Maria viu que Inês precisava se lavar e trocar de fralda. O banheiro improvisado ficava a cinquenta metros da loja e estava inviável, com muita gente na fila de espera. Ela resolveu apelar para a sensibilidade do dono do bar.

— Eu poderia utilizar outro banheiro? — Ela ergueu um pouco mais alto a filha. — É uma emergência.

O senhor inicialmente fez cara feia, mas concordou. Maria foi levada para o banheiro, muito mais limpo do que os que tinha encontrado até então. Tratou logo de colocar em Inês a única fralda limpa disponível e lavar as fraldas sujas, que deixaria secando em um varal improvisado no caminhão. No momento em que fazia isso, ouviu um diálogo do lado de fora da janela:

— Traga mais dessas. Preciso de gente para trabalhar na fazenda. Vou aumentar a produção de cacau. A guerra está por acabar e tudo voltará à normalidade.

— Não se preocupe, doutor Rabelo.

— Sabe que sempre será recompensado por esse serviço, meu caro.

— Às ordens.

Por estar atarefada, Maria pouco se preocupou em refletir sobre o teor da conversa. Arrumou a filha e escutou o ronco do motor do pau de arara. Embarcou rapidamente e o veículo partiu. Olhou ao redor, esperando encontrar o rosto de Inácio. Onde estava seu filho? Ela gritou para o motorista parar, havia um engano, haviam esquecido a criança. Não foi atendida. E, então, ela enxergou uma cena que nunca mais esqueceria: ao longe estava Inácio subindo na carroceria de outro caminhão com mais crianças que adultos. Logo ela se levantou, arriscando se machucar caso o motorista freasse bruscamente, como já havia feito uma vez.

Todos pediram para ela se sentar, preocupados principalmente com a integridade física do bebê. Maria se desesperou e começou a bater na lataria gritando:

— Meu filho! Meu filho!

O motorista ignorou e continuou a dirigir. Maria insistiu:

— Meu filho, moço!

Maria acabou se sentando à força. Quatro pessoas precisaram segurar seus braços e pernas, enquanto ela berrava como um animal machucado. Aos prantos, viu mais uma vez o sorriso sarcástico do motorista no retrovisor e logo uniu as coisas. Tomada pela raiva, ainda contida pelos companheiros de viagem, ela gritou o mais alto que podia, mais alto que o próprio motor do caminhão em direção à boleia:

— Você vendeu meu filho, seu desgraçado!

Mais uma vez, ele não disse nada e seguiu dirigindo. Maria abaixou a cabeça e começou a soluçar, com um bebê dorminhoco no colo enquanto o pau de arara seguia tremendo nas estradas esburacadas.

* * *

Maria percebeu que estava chegando na capital ao ver construções que nunca tinha visto antes, feitas de alvenaria e cada vez mais altas, que depois ficou sabendo que se chamavam prédios. E conforme os prédios iam aparecendo, o número de pessoas que descia do pau de arara aumentava. Alguns anos depois ela entendeu o porquê.

Quando só havia ela, sua filha e as caixas na carroceria, o motorista mal-humorado saiu da boleia e bradou:

— Aqui é a parada final, moça!

Maria sentiu vontade de cravar as unhas em seus olhos. Nunca havia sentido tamanha raiva por alguém. Tinha um ímpeto de matar aquele homem que tinha vendido o seu filho como se fosse uma carga qualquer. O que Inácio estaria fazendo? Deveria estar muito assustado. Ela voltaria para buscá-lo, prometeu a si mesma. Enquanto isso, o monstro do caminhão ficou olhando para ela, esperando. Ele era ainda pior do que o marido que havia deixado para trás. Maria não sabia de muita coisa, mas sabia que esse era um mundo de homens. Sabia que se fizesse qualquer coisa do tipo, qualquer mínimo gesto, um arranhão ou tapa, poderia ser presa, tirariam Inês de seus braços, talvez ela nunca mais visse nenhum dos filhos. Então, sem falar nada, desembarcou. O caminhão logo acelerou e se perdeu de vista. Inês estava com os olhos arregalados, como se estivesse atônita com a cena.

Porém, quem realmente se surpreendeu foi Maria. Olhou em volta e percebeu que as pessoas usavam roupas diferentes das suas e andavam rapidamente. Sentiu-se um peixe fora d'água. Chocou-se ao ver um arranha-céu ao longe, pois achava que a qualquer momento ele poderia cair. No horizonte, um avião preparava-se para aterrissar no Santos Dumont. Maria chegou a ficar sem ar diante da modernidade. Os carros passavam em uma velocidade com que não estava acostumada e, por estar distraída, quase foi atropelada.

Ali próximo havia uma aglomeração de pessoas. Para entender o porquê de tanta gente junta, chegou mais perto. Seguravam placas, mas Maria não sabia ler. Tomou coragem e abordou um popular:

— Boa tarde.

— Boa — respondeu prontamente o rapaz, olhando de cima a baixo a mulher que carregava uma criança no colo.

Maria foi direto ao ponto:

— O que vocês estão fazendo nesta praça?

— Exigindo que o doutor Getúlio continue sendo nosso presidente.

— Ah, sim, doutor Getúlio, ouço bastante ele no rádio. É um bom homem, pensa no povo.

— Por isso mesmo que não podemos deixar que o retirem do poder!

Maria ficou pensativa por uns segundos. A causa era justa, afinal ela só estava ali porque achava que encontraria boas oportunidades, como dito constantemente pelo presidente no rádio.

Porém, pensou também que tinha coisas mais urgentes para fazer, como alimentar a filha e encontrar um emprego com carteira de trabalho, para ser mais uma entre os "trabalhadores do Brasil". Não hesitou em pedir ajuda ao homem que lhe deu atenção:

— Moço, acabei de chegar aqui no Rio de Janeiro. Só queria um lugar pra ficar.

O rapaz olhou novamente de cima a baixo para Maria e Inês, parou alguns segundos e tirou um jornal enrolado do bolso de trás da calça:

— Tome, isso vai te ajudar.

Ele sumiu na multidão.

Maria pegou o jornal, mas não tinha a menor ideia do que fazer com aquilo. Para ela, era apenas um emaranhado de símbolos. Resolveu mais uma vez andar, só que agora no sentido contrário ao dos manifestantes.

Notou o vaivém constante de pessoas, muitas delas usando terno e gravata. Havia também muitos restaurantes.

Em um deles, havia um rapaz na porta com camisa branca, calça e sapatos pretos, colete vermelho e um outro adereço de que ela não sabia o nome próximo do pescoço.

— Boa tarde — resolveu falar com ele —, estou procurando um lugar pra ficar. Preciso tomar um banho, dar um na minha filha e, o principal, comer. Estou faminta.

O garçom se compadeceu da situação de Maria. Pediu para ela aguardar sentada em um banco ali perto. Passados cinco minutos, voltou com comida em um recipiente. Arroz, feijão, restos de carne e de legumes estavam misturados. Ele tentou argumentar:

— É comida que os clientes deixam no prato. Eu guardo para mim e para os meus filhos. Você teve sorte, hoje sobrou um pouco mais.

Maria não respondeu, comeu ferozmente, sem se preocupar com a origem dos alimentos. Ele ainda se ofereceu para segurar a criança, mas ela respondeu que não precisava, com receio do que havia acontecido com seu outro filho.

Enquanto terminava a refeição, Maria, com a boca ainda meio cheia, disse:

— Sabe ler?

— Sim — respondeu o garçom, resignado.

— Isso aqui — estendeu o jornal para ele —, pode me ajudar a arrumar trabalho e local para ficar?

— Claro! — Ele se animou. — Tem os classificados, uma parte do jornal de compra e venda e ofertas de empregos.

— Ótimo. Pode ver se tem algo pra mim?

— O que você sabe fazer?

— Bem, sei limpar e cozinhar.

— Vou procurar aqui.

— Com carteira de trabalho, como o doutor Getúlio fala no rádio.

O garçom olhou desconfiado para ela e começou a procurar. Não passou muito tempo, ele argumentou:

— Tem esse: "Urgente. Procura-se moça para lavar, passar e cozinhar. Necessita ter paciência com crianças. Paga-se bem."

Maria olhou para a filha e retrucou:

— Tenho uma criança em meu colo, ajuda no "paciência com crianças". Onde é o local?

— Aqui próximo, três ruas à frente e vira à direita. É a segunda casa também do lado direito. Aqui diz "urgente" e este jornal é de hoje. Se você for a primeira a chegar, pode ser você a escolhida.

Nesse ínterim, Maria finalizou a refeição, se levantou e rumou para o local. No meio do caminho, viu uma construção suntuosa, e a multidão que encontrou antes estava em frente ao local. Depois, ficou sabendo que se tratava do Palácio do Catete, residência oficial do presidente.

Ao chegar na rua onde o anúncio de jornal indicava, Maria viu uma rua arborizada e casas muito grandes, com jardins floridos na parte da frente. Para ela, eram construções modernas, mas muitas existiam há pelo menos cem anos, como aquela a que deveria ir à procura de emprego.

O casarão à sua frente era um exemplo típico dessas construções. Foi levantado no início do século XIX como presente para a portuguesa Ana Romana de Aragão Calmon, por bons serviços prestados. Por essa mesma razão, foi agraciada com os títulos de baronesa e condessa de Itapagipe.

O título e o imóvel passaram para seu filho, Francisco Xavier Cabral da Silva quando ela retornou para Portugal, após a independência. Francisco empreendeu uma reforma e ampliação depois que retornou da Guerra do Paraguai com bons dividendos.

O filho herdou o local, mas não era muito afeito ao gerenciamento da riqueza da família e acabou falecendo solteiro e sem filhos. Com a Proclamação da República, os títulos de nobreza foram extintos, assim nenhum outro familiar pôde reivindicar a posse da casa, que se tornou propriedade estatal.

Entretanto, diante das dificuldades econômicas do novo regime, o antigo casarão foi colocado à venda. Após a revolução que acabou com a monarquia em Portugal, muito nobres resolveram migrar para o Brasil, trazendo consigo toda a riqueza que possuíam.

Um desses, agora não tão nobre assim, era João Afonso da Costa de Sousa de Macedo, ou simplesmente duque de Albuquerque. Ao chegar ao Brasil, teve que abandonar o título de duque, mas não quis deixar seu passado de nobreza e resolveu incorporá-lo a seu novo nome: João Macedo e Albuquerque.

Com o dinheiro que trouxe de Portugal, comprou a moradia a preço de banana e investiu na indústria têxtil. Depois de alguns anos, passou a emprestar dinheiro a outros comerciantes e empresários, até decidir criar o próprio banco: o Bamal, Banco Macedo e Albuquerque, que o tornou um dos homens mais ricos do país. Por fim, fazendo jus à mentalidade nobre-burguesa, deixou suas posses para o primogênito, João José Macedo e Albuquerque, ou JJ, como ficou conhecido no meio político-empresarial.

Assim como o pai, JJ queria manter as tradições da nobreza de seus antepassados. Mas, por estar em um regime republicano, não podia utilizar símbolos heráldicos. Como solução, criou um outro símbolo com as letras iniciais de seu nome, com um M e um A sobrepostos ao JJ.

Maria entendeu pouco daquela representação no portão de ferro. Nunca tinha visto uma casa tão grande. Pelas grades do portão, viu que existiam estátuas, e de cada uma saía água, que, por sua vez, ia caindo formando um pequeno chafariz. Alguns metros adiante, viu o lar propriamente, muito alto e pintado da cor amarela. Distraída, se assustou quando um rapaz negro a abordou:

— Boa tarde. Em que posso ajudar?

Com o susto, Maria deu um pequeno pulo, que despertou a bebê Inês. Observou calmamente o homem, que vestia uma roupa verde e uma cobertura na cabeça, cujo nome ela não sabia. Ele foi mais incisivo:

— Se veio pedir dinheiro, é melhor ir embora.

Maria sentiu seu orgulho ferido. Ela tinha ido para a capital para trabalhar, e não para viver da caridade alheia. Com isso, fechou a cara, esticou rispidamente o jornal para o homem e bradou:

— Vim por causa disso. — Deu ênfase ao anúncio que o garçom tinha circulado de caneta vermelha quinze minutos antes.

Resignado e levemente envergonhado, o homem abriu o portão e a conduziu, dando uma volta por toda a extensão da moradia. Maria não entendeu para que fazer isso, já que tinha uma porta logo à frente.

Nos fundos, ela viu à sua direita um pequeno cômodo, e à esquerda, outra entrada para a casa principal. Aquele homem era o motorista do patrão. Percebendo a dificuldade de Maria, que tinha no colo uma criança e na mão uma mala, tomou a dianteira e, com um leve movimento de cabeça, fez menção para que ela entrasse. Tentou ainda esboçar um sorriso, porém a expressão séria da moça o intimidou.

Maria não tinha dimensão do novo mundo que surgia quando adentrou na cozinha dos Macedo e Albuquerque. Só aquele cômodo era maior que toda a casa em Jaguaribe. Ao perceber sua presença, uma senhora de roupa preta e adereço branco parecendo um babador na cintura se apresentou:

— Olá, sou Fátima. E você deve ser a moça que procura uma vaga de empregada.

— Sim, vi no jornal.

Ver não era bem a palavra certa, mas era a melhor que encontrou para a situação, pensou.

— Ainda bem que chegou alguém. Estou ficando sobrecarregada!

Maria nada respondeu, apenas observou sua provável futura colega de trabalho. Ela tinha um rosto muito redondo e o queixo se unia à papada, formando quase um outro queixo. Os olhos dela eram castanho-escuros e, quando Fátima esboçou um sorriso, Maria percebeu que faltavam alguns dentes em sua boca, o que não a incomodou, pois também faltavam alguns na sua.

— Quer água?

Maria aceitou. De fato, fazia um dia quente.

— Vou chamar a dona Suzana para te levar ao escritório do doutor Albuquerque.

Maria fez uma leve mesura enquanto bebia a água. Inês se mexeu, dando a entender que estava acordando.

Em pouco menos de três minutos, uma moça loira, alta, com nariz muito fino e olhos verdes apareceu em sua frente. Usava um vestido verde que se moldava muito bem ao corpo magro. Calçava um sapato de salto tão alto que parecia que dona Suzana tinha o dobro da altura de Maria. Ela a encarou e disse:

— Por aqui, por favor.

Sem perder tempo, Maria levantou, acompanhando a mulher que devia ser a tal da dona Suzana. Maria tentava seguir o ritmo dos passos rápidos, mesmo segurando a mala e uma criança que podia choramingar a qualquer momento.

Passaram por um sem-fim de corredores até que finalmente pararam em frente a uma grande porta de madeira. Nesse momento, Suzana encarou Maria novamente e disse, com a voz firme:

— Caso seja contratada, nunca entre nos locais sem bater antes na porta. — E bateu na porta, abrindo uma pequena fresta e, depois, por completo.

Maria estava em outro cômodo grande. Era a biblioteca. Ao fundo havia uma enorme mesa que ocupava quase toda a parede.

Atrás dela estava um homem branco, sentado numa cadeira de estofado verde. Ele tinha os cabelos pretos penteados para trás e falava ao telefone. Conforme as duas mulheres se aproximavam, ele colocou o fone no gancho.

— Meu bem, essa moça veio pelo anúncio.

Maria logo percebeu que se tratava do tal doutor Albuquerque. Suzana saiu com os mesmos passos rápidos e firmes que a levaram até ali, o salto batendo no assoalho.

Doutor Albuquerque fitou Maria, sua filha e a mala:

— Sente-se, por favor.

Maria obedeceu e encarou o homem de volta. Ele tinha olhos negros e vestia terno e gravata, vestimenta que Maria via apenas nos políticos que, de tempos em tempos, pediam votos em Jaguaribe. Ela logo percebeu que seu uso era mais comum na capital.

JJ Albuquerque foi direto ao ponto:

— O anúncio foi bem claro. Aqui você deverá fazer serviços básicos: lavar, passar, cozinhar. E, especialmente, cuidar da minha filha recém-nascida, como essa em seus braços.

— É o que faço desde que me entendo por gente.

— E por que você está com essa mala?

— Acabei de chegar do Ceará.

JJ pensou por alguns segundos e disse:

— Bem, caso você aceite a oferta de emprego, pode ficar na casa dos fundos.

Após uma breve reflexão, Maria concluiu que não era má ideia. Pelo menos a pouparia do trabalho de procurar um lugar para ficar. Albuquerque prosseguiu:

— Só que terei que fazer um pequeno desconto em seu salário... — E franziu levemente o cenho.

— Eu aceito — respondeu Maria prontamente, ao perceber que tinha poucas opções.

Sem hesitar também, foi assertiva:

— Seu Albuquerque.

— Doutor Albuquerque — interrompeu.

— Doutor Albuquerque — corrigiu Maria —, terei carteira de trabalho?

A pergunta chocou JJ. Sem demorar muito, retrucou:

— Não.

— O doutor Getúlio diz no rádio que trabalhador deve ter carteira de trabalho — argumentou a moça.

— Bem, se você quer carteira de trabalho, vá pedir emprego para o doutor Getúlio — disse Albuquerque, de forma seca.

Maria engoliu a saliva e, por um breve momento, pensou em fazer o que o homem à sua frente sugeriu, porém a necessidade falou mais alto. Apenas respondeu em tom baixo e solene:

— Tudo bem. Posso levar minhas coisas pra lá?

— Sim, por favor — respondeu Albuquerque, pegando novamente o telefone, indicando que o assunto estava se encerrando.

Ao sair, Maria concluiu que não podia ter carteira de trabalho porque não conseguia assinar. Também não podia pedir emprego para o doutor Getúlio, uma vez que este seria retirado do poder alguns dias depois.

* * *

— Onde está minha mãe? — perguntou Inácio, de dentro da carroceria do caminhão onde não estava antes de o homem lhe dar um doce.

— Ela vai voltar logo — disse o homem da guloseima. — Vou te levar para outro lugar, para você brincar de outras coisas — prosseguiu, com um leve sorriso.

— Eu quero a minha mãe — respondeu, elevando o tom de voz.

— Bem, então fique aqui esperando — desdenhou Rabelo, ameaçando retirar o menino de dentro do veículo. — Enquanto isso, as outras crianças vão aproveitar. — Apontou para dentro da carroceria.

Sem opções, Inácio ficou em silêncio, como se concordasse com o homem. Rabelo deu outro sorriso e acarinhou o cabelo de Inácio, deixando-o desgrenhado temporariamente.

— Muito bem, rapaz.

Inácio fechou a cara e olhou fixamente para Rabelo. Viu que se tratava de um homem de meia altura, bigode grosso e que usava um chapéu estilo panamá. Ele sorriu mais uma vez e desembarcou do caminhão, entrando num outro automóvel estacionado próximo dali.

O menino percebeu o silêncio absoluto que reinava no interior da carroceria do caminhão. Tinha pelo menos mais cinco crianças além dele.

O caminho até o destino foi rápido. Rabelo acompanhava atrás do caminhão, dentro do carro. Quando chegou, Inácio notou que se encontrava em uma fazenda cujo nome desconhecia, mas depois disseram que se chamava Novo Brasil. Alguns anos depois, Inácio entendeu que de novo não tinha nada.

O local estava repleto de animais e a plantação de cacau se perdia de vista. Inácio viu Rabelo descendo do carro e olhando para o horizonte com orgulho. O dono da fazenda se aproximou do caminhão e ordenou:

— Bora, criançada! Vou dar outro brinquedo pra vocês.

A maioria já desconfiava de que aquilo não se tratava de uma brincadeira, inclusive Inácio, mas fingia que acreditava na mentira. O homem que acompanhava Rabelo estava com uma espingarda na mão e uma pistola no coldre. As crianças logo concluíram que se tratava de um jagunço, figura temida no Nordeste. Suas mães davam relatos terríveis, dizendo que faziam coisas a mando de pessoas poderosas: os coronéis, ou simplesmente *coroné*.

— Muito bem, molecada — disse Rabelo, dirigindo-se às crianças —, a brincadeira é a seguinte... — E mantendo a narrativa lúdica em que somente ele acreditava. — Pegar esses balaios — apontou para alguns que estavam amontoados —, e encher de cacau. Dentro deles tem uma tesoura de poda. Quando acabarem, levem até mim e ganharão uma recompensa.

Nenhuma criança perguntou o que seria a recompensa, apenas abaixaram a cabeça e foram até os cestos. Inácio foi o último a pegar, na esperança de não ter nenhum para não precisar fazer o que Rabelo mandou, e sim o que gostava: brincar.

Rabelo se retirou. Sentou-se numa cadeira de balanço, de onde podia observar sua propriedade com ainda mais orgulho que antes. Ao lado dele havia uma garrafa de aguardente, que ele abriu e deu uma enorme golada direto do gargalo. Depois, acendeu um charuto e viu Zé Angico, o jagunço, levando as crianças para o cacaueiro.

A plantação parecia infinita aos olhos das crianças. Inácio ficou curioso: por que aquele fruto era tão importante, a ponto de ter milhares deles enfileirados? Sua pequena elucubração logo foi interrompida por Zé Angico:

— Bora, moleque!

A raiva começou a habitar o corpo de Inácio, deixando-o ofegante. Tinha vontade de atacar aquele homem. Apesar de Zé Angico não ser alto, sua presença intimidava as crianças. Aparentava ter muito mais idade do que seus cinquenta e seis anos, resultado da dureza da vida que envelhece as pessoas. Seu andar manco e lento era um indicativo da passagem do tempo.

Zé Angico repetiu o gesto do chefe à sua maneira: sentou-se em um caixote de madeira, abriu um cantil para bebidas alcoólicas e deu um grande gole na cachaça que tinha dentro. Em seguida, calmamente, pegou um fósforo e acendeu um cigarro de palha. As crianças observaram a cena em silêncio, sem nem cochicharem umas com as outras. Mesmo assim, Zé gritou:

— O que estão olhando? Ao trabalho!

Quem ainda achava que aquilo era uma brincadeira deixou de acreditar naquele momento.

Passados cerca de vinte minutos, Inácio tomou coragem de falar com o jagunço. Parecia que estava dormindo, de cabeça baixa. Quando o menino estava a dois metros de Zé Angico, ele soltou:

— O que quer, moleque?

— Senhor, estou com sede.

Com o dedo em riste e sem olhar para Inácio, Zé Angico apontou para um galão com água pela metade. Na parte de baixo tinha uma torneira e um copo de madeira, que Inácio concluiu que servia para todos ali. Pensou em agradecer, mas desistiu ao ver Zé com o chapéu sobre o rosto, indicando mais uma pequena soneca.

Uma hora de brincadeira-trabalho foi suficiente para as crianças lotarem os balaios de cacau. Todavia, a saga não tinha terminado: os cestos deveriam ser levados nas costas até perto da varanda de seu Rabelo, para ele conferir a boa execução e finalmente dar a recompensa.

Uma vez isso feito, o dono da fazenda sorriu sem mostrar os dentes e balançou a cabeça positivamente. Em seguida, esticou o braço direito, indicando a direção para onde as crianças deviam ir.

Inácio era o último da fila. Tinha ainda uma pequena esperança de que o esqueceriam em algum momento. Entrou em um refeitório com duas imensas mesas e bancos de madeira. O anoitecer começava a cair no sertão e os lampiões se acendiam.

Rabelo iniciou um novo discurso:

— Molecada, aqui a recompensa: uma buchada! — disse, abrindo os braços com mais um sorriso.

Duas mulheres se aproximavam com pratos de alumínio com a iguaria. Uma delas foi para perto de Inácio, que, faminto, sentiu o cheiro do alimento, mas também o azedo do suor da moça que o servia. Ela ainda se deu ao trabalho de colocar por cima do arroz uma quantidade grande de farinha de mandioca. O processo se repetiu com as outras crianças.

Rabelo agradeceu às moças e olhava com satisfação para o grupo, que comia de forma voraz. Porém, logo se entreolharam, percebendo algo estranho: a comida não estava lá muito boa e, principalmente, estava insossa.

Fingindo não notar a insatisfação das crianças, Rabelo se despediu:

— Amanhã tem outra brincadeira, pessoal.

Inácio tomou coragem para lhe dirigir a palavra com a boca ainda um pouco cheia, cuspindo farinha:

— Senhor, quando minha mãe vem me buscar?

Rabelo se chocou com a pergunta. Pensou por três segundos e disse:

— Rapaz, ela não vem, ela te vendeu pra mim. Por um valor barato, por sinal. Valeu a pena. — E deu dois tapinhas nas costas do menino.

Inácio abaixou a cabeça. Uma lágrima caiu de seu rosto enquanto ele ouvia o barulho das colheres raspando pratos.

1945-1955

Maria e a filha se adaptaram rapidamente à rotina frenética da capital. A nova empregada da família Macedo e Albuquerque logo pegou o jeito do serviço: levantar mais cedo que todos, preparar o café da manhã, limpar, fazer almoço, lavar louça, limpar de novo, varrer. O que não faltava era coisa para fazer. Um ciclo sem fim.

A primeira e mais desafiadora tarefa foi arrumar onde iriam morar. O local em que viveriam não podia ser chamado de lar naquele momento. Estava abandonado havia muito tempo, considerando a sujeira que ela encontrou. Havia também objetos de todo tipo, uma espécie de depósito da família Macedo e Albuquerque. Maria tentou aproveitar ao máximo, especialmente os móveis, mesmo se assustando com os animais peçonhentos que viviam no quarto.

Mesmo atarefada, havia espaço para fazer algumas amizades. Fátima parecia estar sempre de mau humor, mas era uma boa pessoa. Falava pouco sobre sua vida íntima. Dava boas dicas à jovem, inclusive formas de lesar os patrões sem eles notarem. Maria fingia interesse.

Com Celso, o motorista, a relação era diferente. Ele, que recebeu Maria e Inês com desconfiança, agora era pura simpatia. Com o tempo, Maria percebeu que era um bom amigo. Estava sempre elegante, até mesmo quando usava o uniforme obrigatório. Sem ele, Celso vestia uma regata por baixo da camisa de linho aberta e os sapatos de duas cores estavam sempre brilhando de tão engraxados.

O motorista era admirador das melhores rodas de samba da cidade e falava de futebol com maestria, torcedor fanático do Vasco da Gama. Vez ou outra aparecia vestindo a camisa do seu clube do coração. Maria tinha profundo respeito por ele e a recíproca era verdadeira. Nas raras vezes em que Maria via a família de Celso reunida, ela ficava triste, pois se lembrava dos filhos que deixou para trás. Sentia-se culpada pelo seu descuido em relação a Inácio, por ter permitido que pessoas mesquinhas lhe tomassem o filho e o vendessem. Apesar das amizades que construiu no Rio, não encontrava em ninguém um bom confidente para suas angústias. Acreditava que sua vivência era única e, mesmo que compartilhasse seus sentimentos, ninguém seria capaz de entendê-los, por isso se reservava ao silêncio.

Maria desenvolveu uma amizade com o garçom Pedro, que lhe ajudara na chegada à capital. Ele manteve o costume de entregar o resto dos alimentos dos clientes para ela. O rapaz também se insinuava para a moça, porém, ela negava. Mesmo com simplicidade, ela atraía a atenção dos homens. Também era comum ela conversar com comerciantes do bairro e outras empregadas.

Constantemente passava pelo Palácio do Catete, onde Getúlio Vargas voltou a morar após vencer as eleições. "Nos braços do povo", como era cantado no jingle que tocava no rádio, companheiro do dia a dia de Maria.

Getúlio morreu, cometeu suicídio, segundo ouviu no *Repórter Esso*. Foi um dos dias mais tristes para Maria. Comparava com o dia em que seu filho Inácio ficou à beira da estrada e dele nunca mais teve notícias. Contrariando os patrões, ela foi ao velório do presidente. Quando retornou, Inês a viu com os olhos marejados e perguntou:

— Mãe, por que a senhora está triste?

— Um homem muito bom morreu, minha filha — respondeu, enxugando uma lágrima.

— E por que ele era bom?

— Porque ele pensava no povo. — E se levantou para mais um afazer doméstico.

Inês ficou com ainda mais dúvidas, mas satisfeita com a resposta. Sua educação política estava apenas iniciando. Era confusa, pois escutava JJ vociferando "gaúcho de merda" para se referir ao governante.

Os sinais da puberdade começavam a aparecer em Inês. Essas transformações a intrigavam. Certa vez, sua mãe a flagrou se olhando no espelho, observando as mudanças no corpo.

— Em breve, você vai virar moça — Inês ficou com mais dúvidas que certezas —, o que significa que todo mês coisas estranhas vão acontecer com seu corpo.

— Que coisas estranhas, mãe?

— Vai sair sangue do que você tem entre as pernas — respondeu, tentando buscar as palavras adequadas. — Você vai precisar disso — disse, enquanto se levantava e ia em direção às gavetas da cômoda onde, na parte de cima, havia um altar improvisado.

Maria esticou o braço e ficou algum tempo com ele suspenso no ar, pois Inês hesitou em pegar.

— Serve para absorver e não manchar sua roupa. Use sempre que coisas estranhas começarem a acontecer no seu corpo.

A menina deu a entender que compreendeu o recado.

— Você não pode contar a ninguém quando acontecer. É sujo! — ela gritou.

Inês tinha praticamente trânsito livre pela casa, apesar de levar chamadas de atenção da mãe diversas vezes. Ela ressaltava seus limites: nada de dormir ou comer na casa dos Macedo e Albuquerque. Devia saber seu lugar na sociedade desde a mais tenra idade.

Isso não impediu que estivesse com Joana, a herdeira da fortuna de JJ. Ambas desenvolveram uma amizade profunda, mesmo com as diferenças. JJ não proibia que elas conversassem e brincassem juntas. Ele até matriculou Inês no mesmo colégio que a filha. Maria ficava profundamente agradecida pela benevolência do patrão.

Quando Inês tinha dez anos, brincava de se esconder da amiga pela casa e entrou sem querer na biblioteca-escritório de JJ. Levou um susto com a quantidade de livros que havia ali. Sua mãe tinha alertado para que ela não entrasse lá, mas resolveu ficar e observar os livros detalhadamente.

De repente, JJ entrou, assustando a menina.

— Não se preocupe. Gostou de algum?

Inês sentiu alívio quando o homem falou com um leve sorriso e apenas apontou para um dos exemplares. Era *Alice no País das Maravilhas*.

— Você pode ler, mas aqui comigo. — O homem tirava o livro da estante. — Venha.

Inês tentou recusar, porém não quis fazer desfeita para o patrão de sua mãe. Foram para trás da mesa gigante de mogno. JJ entregou o livro e Inês começou a ler em voz muito baixa. O homem bradou:

— Não estou ouvindo, chegue mais perto.

Inês hesitou por um segundo e se aproximou. JJ então resolveu colocá-la em seu colo. Ela encarou como um gesto de carinho, como de um pai que ela nunca teve e, por isso, ficou mais à vontade para ler mais alto.

Durante a leitura, a criança começou a sentir algo muito estranho, que nunca tinha sentido, ao sentar-se no colo de alguém. Era duro. Ela parou. O rosto de JJ expressava uma certa satisfação e, sem falar nada, ele pediu a ela que continuasse a leitura.

Ao terminar a segunda página, Inês decidiu finalizar a leitura e fechou o livro. Imediatamente saiu do colo do homem.

— Você pode vir ler sempre. Só não pode contar para ninguém. Se você falar, vou ter que mandar sua mãe embora e você nunca mais será amiga da Joana.

Inês foi embora sem saber muito bem o que ocorreu. Só lhe veio à cabeça encontrar sua mãe. E, quando a viu, se envolveu em um abraço forte.

* * *

Com o tempo, Inácio percebeu que sua infância havia sido roubada por Rabelo. Sua rotina era muito diferente da das outras crianças. Algumas diziam que, antes de chegarem na fazenda, frequentavam a escola, coisa que não existia lá.

Seu dia a dia era cuidar dos animais, plantar, colher e regar os cacaueiros e as árvores que faziam sombra para eles. Muitas vezes, Inácio fugia subindo nelas, em especial nos umbuzeiros, ficando ali quase o dia todo comendo frutas.

Rabelo expandiu os negócios: comprou outras fazendas na região e estava sempre ocupado viajando pelas redondezas. Inácio achava bom, pois não tinha que lidar com aquele ser repugnante.

Uma das novas crianças chamou sua atenção. Seu nome era Alberto e não soube precisar sua idade, como quase todos ali. Não demorou muito também para que Alberto entendesse a situação: muito trabalho em troca de comida ruim e colchão duro.

A amizade dos dois se fortaleceu nas poucas horas que conseguiam brincar: pega-pega, esconde-esconde, futebol. Inácio, inclusive, ensinou ao garoto o truque de subir nas árvores para se esconder de Zé Angico. Aproveitavam-se da dificuldade de locomoção dele e riam da situação.

Certa vez, em cima de uma árvore, falaram sobre o futuro:

— Nossa, você já tem pelos debaixo do braço? — notou Alberto quando o amigo subiu em um galho.

— Sim. Em você tá começando a aparecer — concluiu Inácio.

— Será que um dia sairemos daqui? — Alberto deu uma mordida no umbu.

— Não sei, nunca pensei em tentar — respondeu Inácio, também saboreando a fruta.

— Não temos muito a perder...

— Verdade. Bem, você tem um plano?

— Sim — se animou o amigo —, fiquei sabendo que o Zé Angico guarda dinheiro na casa dele. É o que a gente precisa pra ir embora. Eu entro na casa e você fica do lado de fora vigiando.

Inácio hesitou um pouco, mas logo concluiu que pegar esse dinheiro seria como ele fazia com os umbus e topou.

Não foi difícil de executar. Enquanto Zé Angico estava distraído, Alberto usou sua habilidade para escalar árvores e rapidamente entrou na casa. Ele pegou a caixa com uma quantia generosa de dinheiro e saiu mais ligeiro do que entrou.

No dia seguinte, o jagunço estava mais cruel do que nunca, chegando a dar uma chicotada numa criança supostamente preguiçosa, que chorava. Isso a fez tomar outra chicotada e um tapa na cara. Zé Angico ainda gritou:

— Seja homem e não chore!

Inácio e Alberto entenderam o motivo da raiva: o sumiço do dinheiro foi percebido por ele e estava descontando nas crianças. Ao final do dia, o jagunço reuniu todos os meninos e disse:

— Invadiram minha casa e roubaram minhas economias. Se alguém souber de alguma coisa, me fale e será bem recompensado.

Por dias, Inácio lutava para dormir. Ver crianças que não tinham nada a ver com o roubo sofrendo nas mãos de Zé Angico o perturbava. Mas com o tempo afastou esses pensamentos. Já havia aprendido que sobreviver poderia vir à custa de qualquer um. Era ele quem pagava pela fuga de sua mãe. A desconfiança de que Alberto poderia delatá-lo ou incriminar outra pessoa fez com que Inácio tomasse uma nova atitude. A vida dura da fazenda fez o menino aprender que, no fundo, é cada um por si e, antes que Alberto pensasse o mesmo, ele o faria primeiro.

A demora em achar o culpado pelo roubo irritava ainda mais Zé Angico, que ficava cada vez mais rude com as crianças. De alguma forma, isso também pesou na decisão de Inácio. Ao final do dia seguinte, procurou Zé Angico e bateu na porta de sua pequena casa:

— Boa tarde, seu Zé.

— Boa tarde, rapaz.

— Tenho algo para dizer ao senhor.

— Pois não, entre.

Com algum receio, ele obedeceu. O jagunço ofereceu uma bebida ao menino, que recusou educadamente. Inácio viu a pistola em cima da mesa e, por poucos segundos, pensou em matar o homem e acabar com aquele assunto. Porém, se errasse o tiro, as consequências seriam muito graves.

Depois de se acomodar na cadeira, Zé foi direto ao ponto:

— Desembucha, sou todo ouvidos.

— Eu sei quem roubou o senhor.

— Quem?

— Alberto.

— Seu amigo?

— Sim.

— E você não está envolvido nisso?

— Não, senhor. Ele só me falou que fez — disse com tranquilidade, para parecer que era verdade.

E foi convincente. Zé Angico imediatamente pediu para Inácio sair, porque ia resolver a questão. E foi rápido. O sistema de justiça da fazenda agiu com presteza. Os apelos de Alberto e a tentativa de também incriminar Inácio não tiveram resultado. Rabelo autorizou a morte do menino naquela mesma noite e chamou todos da Novo Brasil para assistirem ao espetáculo macabro, retomando uma prática antiga do período colonial, em que a pessoa escravizada era castigada no pelourinho, à vista de todos. Em vez de chicotadas, armas de fogo; somente um disparo, para dar um ar de dignidade à cena.

Pouca gente se chocou com a execução. Inácio foi um desses. Alberto chorou e se urinou de medo antes do tiro fatal.

A vida seguiu como se nada tivesse ocorrido na noite anterior. Só mudou para Inácio. Ele foi chamado de canto por Zé Angico:

— Aquele dinheiro que recuperei é para eu viver bem, não quero mais essa vida. Preciso de alguém para me suceder nessa função e acho que você é a pessoa certa. Se você topar, a gente fala com o patrão.

O rapaz se animou, mas não quis demonstrar emoção. Zé Angico estendeu a mão até Inácio a apertar com força, selando um acordo e o início de uma improvável amizade.

Caminharam juntos até a casa de Rabelo. Inácio raramente o via e, quando o observou mais de perto, percebeu alguns traços da passagem do tempo nos pelos brancos que ousavam aparecer na cabeça e no bigode do fazendeiro. Estava com a aguardente e o charuto a tiracolo, como de costume, e falava ao telefone, novidade na região. Zé Angico tirou o chapéu de palha ao entrar e aguardou o patrão desligar o aparelho.

— Com licença, seu Rabelo. Queria tratar com o senhor... — falou, em voz baixa.

— Pois não, Zé. Diga.

— Como o senhor sabe, minha saúde já não é a mesma, a idade vai chegando, eee...

A gaguejada irritou Rabelo.

— Fale logo, homem, não tenho o dia todo.

— Está na hora de eu parar — disse firmemente aquele que queria deixar de ser jagunço.

O fazendeiro paralisou por um instante. Pela janela, ele olhava o pôr do sol no horizonte.

— Tudo bem. Acredito que nada do que eu disser vai fazer você mudar de ideia.

— Fiz umas economias e trouxe o rapaz aqui — disse, apertando o ombro de Inácio, que deu um sorrisinho de canto de boca. — Ele ajudou a pegar o menino ladrão.

— Ah, sim, então ele é de confiança.

— Sim, patrão. Se o senhor me autorizar, eu treino ele para o ofício.

— Ok. Siga em frente.

Inácio quis perguntar se Rabelo sabia quem ele era, mas logo desistiu da ideia. Ele tinha noção de que era uma das centenas de crianças vendidas pelas próprias mães para pessoas como ele.

Selou-se também um acordo entre o patrão e o aprendiz de jagunço com um forte e demorado aperto de mãos, seguido de uma longa troca de olhares. Nenhuma palavra foi dita.

A primeira parte do treinamento era a mais elementar e a que mais deixou Inácio apreensivo: aprender a atirar. As armas mais utilizadas na região eram as famosas pistolas de calibre 38 mm, para disparos de curta distância, como a que matou Alberto, e as espingardas, para tiros longos, usadas principalmente para caçar animais ou fugitivos pelo sertão.

Zé Angico levou o rapaz para um descampado que servia de estande de tiro improvisado. Com paciência, arrumou o local, colocando quatro garrafas de vidro em cima de pequenas colunas de concreto. Afastou-se sete metros delas e, com sabedoria, virou-se para Inácio:

— O segredo de um bom tiro é a respiração.

Inácio olhou com dúvida para o homem, que continuou:

— Você deve prender a respiração na hora de atirar. Assim, você mexe pouco seu corpo, especialmente braços e mãos, favorecendo a precisão.

Dessa vez, Inácio observou o jagunço com a admiração de estar diante de um entendido do assunto. Sem pestanejar, Zé entregou uma pistola para Inácio, que deu uma leve tremida nas mãos ao segurar o objeto. Sentiu seu peso e percebeu que o metal estava frio, apesar do calor que fazia.

O primeiro tiro foi dado por Zé Angico, para mostrar o que era para ser feito. Acertou a garrafa bem no centro, estilhaçando-a em pequenos pedaços e comprovando sua teoria sobre a respiração. Guardou a arma no coldre, indicando que era a vez de Inácio.

O menino seguiu as orientações do mestre, mas o disparo não acertou a garrafa. Abaixou a pistola, respirou fundo e rapidamente deu outro tiro que atingiu o gargalo. Zé deu um leve sorriso de satisfação, ao qual Inácio retribuiu. Já se viam os primeiros pelos nascendo no rosto.

Parecia que ele sempre levou jeito para a coisa. Em todas as outras vezes, ele foi preciso e já não tinha mais garrafa para contar a história. Fizeram outros treinamentos, mas Zé percebeu naquele dia que Inácio estava habilitado a portar uma pistola.

— Um jagunço de respeito também deve saber dirigir — disse Zé a Inácio. — Quando você crescer um pouco mais, vou te ensinar.

Nesse meio-tempo, sempre que podia Inácio se sentava no banco do motorista do carro de seu Rabelo — escondido, como nas subidas ao umbuzeiro — para ver se dava altura para dirigir. Treinava a troca de marchas e a aceleração com o carro desligado, mas era o suficiente para atiçar sua imaginação. Ele se via dirigindo pelas estradas das redondezas e isso não demorou nem um ano para acontecer. Inácio cresceu rapidamente, uma vez que também comia melhor.

Com mais tempo livre, Inácio aprendeu a ler. Zé Angico convenceu Rabelo a pagar dona Terezinha, uma senhora da região que ensinava as letras e os números. O jagunço dizia que seria necessário pelo menos para ler as placas de trânsito e fazer contas básicas.

A amizade de Zé e Inácio se fortaleceu conforme o rapaz ficava mais adulto, fosse pela idade — que não sabia ao certo qual era —, fosse pelas responsabilidades. Angico começou a ver em Inácio um confidente, uma espécie de diário ou divã humano. Contava causos, e Inácio mais ouvia admirado do que falava. Certa vez, lembrou sua origem:

— Na idade em que você chegou aqui, eu estava saindo de Canudos...

Inácio não sabia do que se tratava, mas fingiu entender.

— Era uma comunidade bonita. O beato, como chamávamos o Antônio Conselheiro, era um bom homem, praticamente um santo. Dividíamos comida, água, madeira. Não tinha em abundância, mas tinha para todo mundo. A gente rezava umas três vezes por dia. Tínhamos que agradecer por tudo que Deus nos dava. Morava só eu e minha mãe. Nunca fiquei sabendo do meu pai ou de irmãos. A gente era feliz.

— E o que aconteceu, seu Zé?

— E aí que os soldados vieram e destruíram tudo. Só deu tempo de minha mãe dizer para eu correr o máximo que aguentava e fiz isso, até que cheguei em Feira de Santana.

Zé parou para dar uma golada na aguardente e continuou:

— Lá eu conheci uns cabras corajosos que depois chamavam de cangaceiros. Eles me receberam, deram comida, me criaram. Sou grato a eles. Eu vagava com eles por aí. Inclusive, eles me rebatizaram, dando o nome que uso agora por causa da cidade onde nasci, no Rio Grande do Norte.

— E como vocês conseguiam sobreviver?

— A gente roubava.

Inácio se assustou com a resposta, mesmo ele sendo um exímio ladrão de umbus. Zé Angico percebeu a expressão do interlocutor e logo se explicou:

— Roubávamos dos ricos, daqueles que não se preocupam com a fome do povo. Nosso grupo ficava só com o necessário, o restante a gente distribuía para outras pessoas. Chamavam a gente de Robin Hood. Achava que isso era xingamento, depois fiquei sabendo que era a história de um cara da Inglaterra que fazia algo parecido.

— E hoje, onde estão os — fez uma pequena pausa — cangaceiros? — perguntou Inácio, dando ênfase à última palavra.

— A maioria morreu. As pessoas gostavam da gente, mas mexemos com gente poderosa, como o seu Rabelo. Quando viemos assaltar a propriedade dele, recebi uma proposta: delatar meus companheiros em troca de emprego. Aceitei. Nosso bando era muito perseguido, estava com muito medo de ser pego pela polícia e cansado de sempre fugir.

Nesse momento, Inácio sentiu um certo alívio, pois notou que ele não era o único traidor ali. Entretanto, não julgou o ex-cangaceiro. Muito pelo contrário: ficou admirado por seu ato. Assim como ele, chegou ali a partir de uma traição.

Zé Angico via em Inácio um pupilo promissor. Decidiu submetê-lo a uma prova de fogo. Enquanto ambos almoçavam, Zé puxou assunto:

— Se arrume bem que hoje à noite vou te levar para um lugar interessante.

— Aonde? — Inácio parou de mastigar para prestar mais atenção.

— Onde os meninos viram homens.

— Não tenho roupa para isso, seu Zé.

— Eu empresto, fique tranquilo.

Inácio imaginou que seria levado para a cidade para conhecer moças em bares ou em um forró. No entanto, Zé tinha outros planos. Quando percebeu, estava em um local de luz baixa e vermelha.

— Chegamos.

— O que é aqui? — disse Inácio, olhando para os lados.

— Um bordel, rapaz. Aqui tá cheio de quenga.

A última palavra não era estranha para Inácio, apesar de ter pouco contato com o gênero oposto. Zé Angico tirou-o de seus pensamentos:

— Bora.

Entraram. Zé Angico foi recebido por uma mulher:

— Olá, seu Zé, quanto tempo não o vejo por essas bandas.

— Estive ocupado, Soraia, treinando o rapaz aqui. Ele vai assumir meu lugar lá na fazenda — disse, dando tapinhas nas costas de Inácio.

Soraia entendeu o recado. Inácio era mais um que chegava ali para ter a primeira experiência sexual. Sabendo disso, disse:

— Vou escolher uma moça porreta pra você. — E saiu.

Inácio se animou. Não demorou muito para a cafetina voltar. Junto dela estava a mulher prometida. Ela tinha a pele da cor de cacau torrado — que Inácio conhecia bem — e abriu um sorriso tímido ao ver o rapaz. Zé Angico observou a cena com atenção e tratou logo de fazer o pagamento, de modo que não desse tempo de Inácio desistir.

Meia hora depois, Inácio voltou com uma feição de satisfação. Zé nem se deu ao trabalho de perguntar como tinha sido. O sorriso do rapaz dizia tudo. Missão cumprida, pensou o homem.

Apenas um ano de treinamento foi necessário para que Inácio assumisse a nova função. Sua primeira missão era dirigir para o fazendeiro. Fez como foi ensinado: abriu a porta do carro para o patrão entrar, deu a volta por trás do veículo — como se estivesse cortejando uma dama — e finalmente se acomodou no banco do motorista. Virou a chave de ignição, porém o veículo não ligou. Rabelo olhou de rabo de olho. Suando frio, Inácio tentou mais uma vez e o carro pegou, para seu alívio.

No caminho, resolveu ligar o rádio. Falava sobre as movimentações políticas do país. O patrão se interessava mais pelo assunto, pois seus lucros dependiam do que decidiam na capital; já o empregado, nem tanto, mas preferiu dar mais atenção ao que era noticiado.

Falavam sobre um movimento de militares e civis para impedir a posse do presidente eleito, JK. Porém, o que mais chamou a atenção de Inácio foi o fato de o locutor lembrar de umas das principais promessas de campanha de Juscelino Kubitschek: a construção da nova capital.

Abruptamente, Rabelo desligou o rádio e esbravejou:

— Esse pessoal da capital não sabe o que quer. Ficam brigando uns com os outros.

Inácio não respondeu, apenas continuou dirigindo. Chegando ao local, percebeu que ali não lhe era estranho. A memória não falhou: foi onde se deu a separação de sua mãe. A vendinha continuava ali, mesmo tendo se passado dez anos. Coincidentemente, Rabelo fez o mesmo ritual: sentou-se na entrada do comércio e distribuiu brinquedos e doces para as crianças.

O rapaz também notou que o patrão abordou o motorista do pau de arara e lhe entregou dinheiro, apontando para as crianças que já brincavam e saboreavam os pirulitos. Inácio juntou as pontas: na verdade, as mães não vendem os filhos, Rabelo que as compra. O ódio que sentiu com essa descoberta foi tamanho que desejava matar o fazendeiro, porém conteve sua raiva.

No carro, ao voltar para a Novo Brasil, o novo jagunço não disse nada, mas começou a arquitetar um plano. Esperou o momento certo, o Natal de 1955, para executá-lo. Rabelo costumava promover celebrações com regularidade, para dar uma ideia de que todos ali viviam certa normalidade. Chamava um padre da região para rezar uma missa, agradecer as colheitas, a chuva e todas as benesses que a terra provia. Inácio não entendia muito bem o que comemoravam. O rapaz se questionava se o padre sabia o que acontecia com as crianças da fazenda.

Aproveitando que todos estavam distraídos, risonhos e bêbados, o jagunço iniciou a ação. Viu que Rabelo foi sozinho ao banheiro do lado de fora, geralmente utilizado pelos funcionários da fazenda. Seguiu-o. Percebeu que ele estava tão embriagado que não fechou a porta. Perfeito, pensou Inácio. Chegou sorrateiramente, como seu mentor Zé Angico lhe ensinou, inclusive lhe dando calçados apropriados para não ser notado. Aplicou a técnica de respiração e disparou duas vezes com uma diferença de tempo pequena entre os tiros. Um para matar e outro para garantir, como o mestre lhe falou. Só não seguiu uma orientação: atirou pelas costas, sem dar chance para a vítima ver quem a matou. Era uma questão de honra e tradição.

Às favas o costume, pensou Inácio. O agora ex-fazendeiro caiu como cacau maduro na privada com a própria urina. O local ideal para ele morrer, concluiu o rapaz. A segunda parte do plano era a fuga. Essa foi mais fácil, já que estava com a chave do carro. Já deixou tudo preparado. Dessa vez, não precisou dar a partida duas vezes.

Inácio começava uma nova fase: em direção à futura nova capital, Brasília.

1955-1960

Inês entrou várias vezes na biblioteca-escritório de JJ Albuquerque. Numa delas, Maria flagrou sua filha saindo de lá ofegante. Entreolharam-se por um breve segundo e cada uma foi para um lado da mansão.

Maria desconfiava do que acontecia lá dentro, mas não queria acreditar no seu lado racional. Sabia que não era prudente deixar crianças da idade de Inês sozinhas com homens. Tinha conhecimento de causa, pois foi abusada por volta da mesma idade. O casamento com Antônio foi um alívio para ela, por se livrar de seu tio algoz. No entanto, saiu de um inferno para entrar em outro.

Agora se via no céu, apesar do trabalho duro que começava a comprometer sua saúde. Sua suspeita sobre o que ocorria entre JJ e Inês a deixava doente. Maria passava noites em claro. Às vezes, fantasiava invadir a biblioteca, gritar com o patrão, chamá-lo de lixo, ameaçar ir até a polícia. E, então, ela lembrava que o empresário financiava os estudos da filha. Era o passaporte para uma liberdade futura, uma chance que ela própria nunca havia tido. Se esforçava em acreditar que nada de ruim acontecia lá dentro, que JJ funcionava como uma espécie de pai que Inês não tinha. Talvez eles estivessem apenas lendo boas histórias. Por tudo isso, Maria permanecia calada.

Quem tinha certeza de tudo era dona Suzana. Ela suspeitava que a empregada pedia à menina que se insinuasse para o marido e descontava sua raiva em Maria e Inês, sempre que possível, especialmente na ausência dele. Deixava cair taças de vinho propositalmente, vigiava de forma constante para que as duas não roubassem nada e verificava cada canto da casa em busca de qualquer sinal de poeira.

Maria suportava a fúria da patroa. Suas colegas empregadas diziam que essas madames eram assim mesmo. Só acreditava que a ira não deveria ser direcionada a ela e sua filha, e sim ao marido, já que à noite ouvia do seu quartinho as discussões cada vez mais frequentes entre os dois. Algumas vezes, escutou barulhos de tapas. Em uma dessas brigas, Joana, a filha do casal, saiu da mansão e foi se consolar com a empregada e sua melhor amiga.

Apesar disso, nos dias seguintes, a patroa aparecia imponente, impecavelmente maquiada. Nos constantes jantares de negócios na casa, ela aparecia sorridente, demonstrando serem uma família feliz.

A amizade entre Inês e Joana se fortalecia. Eram unha e carne, apesar da discordância de dona Suzana. As duas se beneficiavam do clima de otimismo que o país vivia na época. João José Albuquerque aumentou ainda mais sua riqueza com a construção da nova capital. Os lucros dos empréstimos eram utilizados para comprar bens que começavam a ser produzidos em larga escala no Brasil. O principal era o automóvel. Os carros da Vemag se tornaram febre, a ponto de JJ trocar o Studebaker Champion da primeira geração por um de fabricação nacional: o Grande DKW-Vemag, um sedã de quatro portas bem confortável.

O dinheiro era tanto que doutor Albuquerque se deu ao luxo de comprar o mesmo modelo, porém da cor vermelha, para a esposa, como uma tentativa de acalmar seus ânimos. Ofereceu também um motorista, mas ela negou. Queria usufruir da liberdade de dirigir um veículo.

Algumas vezes, Inês entrava no Grande DKW-Vemag e ficava maravilhada. Entretanto, sua mãe continuava alertando sobre aquele não ser seu mundo e que só estava ali por benevolência dos patrões; por isso, devia ser sempre grata. Com o tempo, a moça foi percebendo que não era bem assim.

O momento era de tanta euforia que até o doutor Albuquerque deixou de xingar o presidente. Parou de dizer que "os políticos e as fraldas devem ser trocados pelos mesmos motivos", frase que ele dizia ser de Eça de Queiroz. Porém, para Maria as coisas eram diferentes. Há mais de dez anos, saiu de sua cidade natal e nunca mais deu notícias. Agora ela entendia por que quem partia não dava satisfações. A maioria estava em subempregos, no meretrício e até na criminalidade e não queria escrever sobre isso para os parentes. E o que ela teria para dizer em uma carta? Que desde que chegou no sul era uma empregada doméstica sem carteira assinada e que, no caminho, perdeu o filho? Seria vergonhoso admitir isso.

Por essas e outras, Maria dedicava o maior tempo possível ao trabalho, para não precisar pensar no assunto. Fé no futuro e esqueça o passado, dizia a si mesma, resignada.

Sobre o futuro, a empregada pensava em buscar novas oportunidades em São Paulo. Mas depois do que ela e a filha passaram a caminho do Rio de Janeiro, ela teve ojeriza a viagens, mesmo que de ônibus. No boca a boca das feiras, diziam que naquela cidade choviam empregos — com carteira assinada — e que muita gente estava indo para lá. Inclusive, houve uma mudança nas rotas dos paus de arara que saíam do Nordeste: em vez de desembarcarem no Rio de Janeiro, iam direto para São Paulo. Maria ficava tentada a ir, mas, ao ver a filha tirando boas notas na escola, percebeu que tinha que ficar ali.

Como previsto, Inês virou moça e agora entendia o que aquilo queria dizer. Desobedecendo à recomendação da mãe, tocou no assunto com Joana:

— Já aconteceu com você? — disse certa vez, envergonhada.

— Aconteceu o quê? — respondeu, com as sobrancelhas arqueadas para baixo.

Inês ficou mais envergonhada. Por mais que existisse cumplicidade entre as duas, ela sempre seria a filha do patrão. Joana já dava sinais de ter virado moça, adquiriu um pequeno seio, o que tinha encorajado Inês a fazer a pergunta. Ela não sabia se perguntava sobre a menstruação ou sobre algum abuso sofrido.

— Nada, deixa para lá.

— Diga, amiga.

— Aquelas coisas que acontecem todo mês — disse, fazendo movimentos circulares próximo da região pélvica.

— Ah, menstruação! — falou Joana, com certa surpresa, e até esboçou um leve sorriso de espanto.

Todavia, quem se espantou foi Inês ao ver a amiga proferir a palavra proibida. Chegou a colocar as mãos na boca para simbolizar que estava arrependida de ter iniciado a conversa, ficando levemente corada.

— Não precisa ficar assim — tentou acalmar a amiga. — Todas as mulheres passam por isso. Sua mãe não te ensinou?

— Sim, e disse para eu não falar com ninguém, porque é algo sujo.

Ela ainda falou sobre as toalhas que eram usadas por ela para conter o fluxo. Em solidariedade à amiga, Joana pegou alguns absorventes descartáveis e os entregou a Inês.

Outra coisa que adoravam fazer juntas era ver televisão na mansão. Apesar de o aparelho já circular no Brasil desde que eram pequenas, elas ainda ficavam encantadas com a caixa estranha de onde saíam sons e imagens, que mudavam num simples virar de botão. Quase nunca podiam ver TV sozinhas; em geral, os adultos definiam o que seria assistido, mas de vez em quando podiam escolher entre o número seis, da TV Tupi, a primeira e mais famosa da época, o número treze, da TV Rio, e, finalmente, o número nove, da TV Continental.

Gostavam de variar entre as três e tinham preferência pela programação infantil, em especial o *Sítio do Picapau Amarelo*. Às escondidas, viam alguns programas de adultos, como *Noite de Gala*, *Show 713* e *Rio, Cinco para as Cinco*. Chegaram a assistir também às temidas novelas. Os adultos diziam que não eram adequadas para as crianças, mas viviam em frente às TVs, vidrados naquelas histórias. Inês e Joana não entendiam o porquê da proibição, apenas tentavam obedecer. Depois de um tempo, descobriram que tinha relação com o fato de mostrarem casais dando beijos na boca. Riram de tão sem sentido que era aquela proibição, especialmente porque não era bem um beijo, e sim um selinho, dos que costumavam dar nos meninos nos fundos da escola.

No entanto, a novela que mais marcou a dupla de amigas foi *Pollyanna*, quando elas tinham por volta dos onze anos. Passava perto das sete da noite, quando os adultos estavam no controle da programação, mas as meninas — especialmente Joana — convenceram dona Suzana e JJ a deixarem-nas ver essa novela. Falava sobre uma menina que, após a morte do pai, vai morar com Miss Polly, uma tia severa. Inês, de alguma forma, acreditava que vivia um drama parecido com o da protagonista. Todas as vezes que via Miss Polly na tela, ela se lembrava automaticamente de dona Suzana.

Os programas musicais também atraíam a atenção das moças, especialmente no final da década, como o *Campeões do Disco*, apresentado pelos irmãos Celly e Tony Campello. Ouvir discos era algo frequente entre elas. A vitrola que ficava no canto do quarto de Joana não parava de tocar músicas de Elvis Presley. Elas cantavam as músicas a plenos pulmões e nas paredes do cômodo havia diversos pôsteres do artista.

Entretanto, a grande idolatria foi com Celly Campello. Era alguém em quem se inspiravam. Para as amigas, Celly era o símbolo da liberdade feminina: usava vestidos e saias plissadas menores que as habituais, cortava o cabelo curto e não se submetia aos caprichos masculinos. Queriam se vestir e cantar como ela, mas somente Joana tinha acesso às roupas e aos objetos que Celly usava.

Livros também as uniam. Compartilhavam a leitura de clássicos e de uma coleção intitulada Biblioteca das Moças. Inês apenas lamentava que, para ter acesso a eles, tinha que entrar na biblioteca e estar perto de JJ. Por lá, encontrava muitas histórias escritas por mulheres, o que a deixava ainda mais animada a ler. Gostava de autoras como M. Delly, Concordia Merrel, Louisa May Alcott e Elinor Glyn. Dessa última, achou interessante o romance *O it*; ela entendeu logo que "it" se referia à atração sexual entre duas mulheres. Como queriam impedir que crianças vissem selinhos em novelas e, ao mesmo tempo, permitiam que elas lessem obras como essa? Adulta, Inês descobriu que muitas dessas escritoras usavam pseudônimos e ela logo entendeu por quê.

Quando estavam perto de fazer quinze anos, Inês e Joana se animaram com os aniversários. Porém, somente a filha de JJ teria festa. Ele e a esposa decidiram que Inês não podia comparecer à comemoração. Apesar de dizerem que ela e Maria eram quase da família, não queriam passar a vergonha de ter a empregada e sua filha em um evento tão importante como aquele.

Inês aproveitou que todos da família Macedo e Albuquerque estavam fora e foi à biblioteca. Puxou um livro da estante e um envelope caiu no chão — estava escrito "Carlos Lacerda". Ela sabia de quem se tratava. Era um político famoso por ter sido um grande opositor de Getúlio Vargas. Após um atentado contra Lacerda, ele acusou o presidente de estar por trás do crime, o que fez com que Vargas cometesse o suicídio que tanto entristeceu sua mãe.

Inês estava por dentro das movimentações políticas: o corvo, como era conhecido Carlos Lacerda, era candidato ao governo do recém-criado Estado da Guanabara, a partir da mudança da capital para Brasília, apesar de ter sido contra a construção da nova cidade.

Do outro lado do envelope estava escrito "$". Havia muitas cédulas de cruzeiro. Uniu as pontas: aquele dinheiro devia ser doação de JJ à campanha, só que não declarada à Justiça

Eleitoral. Temerosa em ser pega, Inês devolveu o envelope, mas ficou orgulhosa da sua descoberta.

* * *

Inácio percebeu que os treinos com o carro parado deram resultado quando desbravou as estradas do agreste baiano.

O modelo era um Rural Willys, importado dos Estados Unidos. Inácio ficou triste de ter que abandonar o veículo para não gerar suspeita. Pensou em deixar a arma também, mas resolveu ficar com ela por precaução.

Sem condução, fez sinal para diversos caminhões e um deles parou exatamente à sua frente. Para Inácio, era um sinal de que o caminhoneiro era experiente:

— Boa tarde, moço.

— Boa tarde, rapaz. Para onde está indo?

— Brasília.

O homem riu da inocência de Inácio:

— Brasília ainda não existe.

— Estou indo para fazer existir.

Foi o suficiente para convencê-lo. Inácio embarcou na boleia, deu um firme aperto de mão, encarou seu interlocutor e disse:

— Prazer, Paulo.

— Reginaldo — falou, apertando as mãos com mais potência.

Reginaldo usava camisa azul sem abotoar, exibindo a barriga. Inácio notou que faltavam alguns botões e que esse era o motivo de ela estar aberta, e não apenas o calor.

— Você está com sorte, Paulo!

Inácio demorou para entender que estava falando com ele:

— Ah, sim. Por quê?

— Estou indo para onde será construída a nova capital, levando materiais para as primeiras instalações. Parece que vai sair, JK é um homem de palavra.

— Também acredito que é pra valer.

— De onde você está vindo?

A pergunta paralisou Inácio.

— Trabalhava em uma fazenda.

— Realmente muita gente tem saído destes locais e buscado oportunidades no sul e, agora, onde vai ser Brasília.

Apesar do balanço durante a viagem, Inácio conseguiu tirar uma soneca. O sol batendo no rosto e a água que Reginaldo jogou em seu rosto o assustaram a ponto de ele quase pegar a arma. O caminhoneiro deu um riso desdentado e falou:

— Chegamos, rapaz.

— Chegamos aonde? Brasília? — disse, sonolento.

— Não. Barreira. Vou ficar aqui para descansar. Se quiser seguir viagem, fique à vontade.

— Não sei como lhe agradecer, seu Reginaldo.

Inácio refletiu. Por um lado, tinha pouco dinheiro, por outro, o homem foi uma das poucas pessoas que o trataram com alguma dignidade nos últimos anos. Decidiu pagar pela carona. Entregou cem cruzeiros. Reginaldo recebeu sem demonstrar nenhuma emoção. Estava mais preocupado em dormir.

Ao descer do alto da boleia, Inácio finalmente sentiu o cheiro da liberdade. Viu uma cidade pacata, porém com aspectos modernos. Ao mesmo tempo que havia pessoas andando sobre cavalos, outras se locomoviam com motocicletas.

Observou uma movimentada praça nas proximidades. Encontrou um pequeno bar. Quando entrou, percebeu que era o único cliente. Pediu um café em copo americano e um pão de queijo. Deu um gole do líquido e fez uma careta. Perguntou ao homem que o atendeu:

— Moço, onde tá o açúcar?

O atendente colocou o pote em cima do balcão e continuou seus afazeres. Ele era careca e usava um pano de prato encardido em cima dos ombros. Inácio insistiu:

— Senhor, como faço para ir pra Brasília?

O homem se virou. Inácio percebeu que ele tinha uma cara carrancuda que, para outras pessoas, poderia causar medo.

— Pelo jeito, você não é daqui...

— Exatamente, não sou.

— Nossa cidade está ficando infestada de gente como vocês.

— Vocês?

— Sim, forasteiros. Pessoas que perturbam nossa paz.

— Só pedi uma informação, não precisa me ofender. Se não quer gente — deu ênfase a essa palavra — como eu, é só falar como chego em Brasília.

— Duzentos metros à direita.

— Muito obrigado — respondeu com ironia, deixando o café já frio pela metade e o pão de queijo mordido.

Apesar do tratamento recebido, acreditou na informação do homem da espelunca e seguiu até a rodoviária da cidade, apinhada de pessoas que perturbam a paz da cidade.

Conforme se aproximava, o burburinho aumentava. Inácio concluiu que muitos tiveram a mesma ideia que ele, a de buscar uma nova vida na futura capital. Os ônibus saíam em profusão para o destino.

Dessa vez, a viagem foi rápida e tranquila. Num piscar de olhos, viu um cenário onde o vermelho-alaranjado era o padrão. Não demorou muito, sentiu a secura na garganta dando o sinal de que tinha chegado.

A quantidade de gente e o barulho eram muito maiores do que em Barreira. Inácio nunca viu tantas pessoas juntas, parecia um verdadeiro formigueiro humano. E assim como as formigas que carregam cem vezes o peso do próprio corpo, aqueles seres humanos carregavam o peso de suas vidas nos pertences que puderam levar. Como formigas, esses indivíduos eram os trabalhadores que colocariam a nova capital em pé.

Inácio sentiu-se pequeno diante da multidão. Voltou à realidade quando ouviu um homem em cima de um caixote de madeira falando em um megafone:

— OS CANDANGOS INTERESSADOS EM TRABALHAR NA NOVACAP DEVEM SE DIRIGIR AO SERVIÇO DE IDENTIFICAÇÃO.

Inácio ficou confuso. Novacap? Candango? Seria ele um candango?

A fila era imensa. Foi para o final dela e puxou papo com o rapaz de chapéu que estava à sua frente:

— Boa tarde.

— Boa.

— Me tira uma dúvida, por favor. O que é candango?

O rapaz deu um breve sorriso e respondeu:

— Candangos somos nós. Pessoas sem eira nem beira que vêm trabalhar.

— Entendi.

— Aqui tem gente de todo lugar, especialmente do Nordeste. De onde você veio?

A pergunta colocou uma interrogação na cabeça de Inácio.

— Nordeste. — Era a única coisa que sabia a respeito da geografia do Brasil.

— Eu vim de Cuiabá.

— Já ouvi falar — mentiu.

Nesse espaço de tempo, a fila andou com certa rapidez. A vez de Inácio foi chegando, e ele, cada vez mais apreensivo. Finalmente foi atendido por um homem careca de barriga proeminente, parecida com a do caminhoneiro Reginaldo, porém com cara de poucos amigos.

— Pois não?

— Tô aqui por causa do aviso que deram lá na praça, sobre os candangos.

O homem olhou Inácio de cima a baixo. Ele estava levemente maltrapilho depois de dias de viagem com banhos escassos.

— Identidade, por favor.

Inácio sentiu um frio na espinha. Não tinha documentos e, mesmo que tivesse, não poderia mostrar.

— Não tenho, senhor.

O homem bufou, coçou a cabeça e, vendo o estado de Inácio, teve certa compaixão:

— Bem, qual é o seu nome?

— Paulo.

— Paulo de quê?

— Ferreira — dessa vez, não mentiu.

Rapidamente, o funcionário bateu na máquina um documento de identificação para Inácio, que chegou a tremer para pegar o objeto e assinar no pequeno retângulo. As letras ficaram disformes devido à alfabetização precária e tardia que teve.

— Muito obrigado. Quando eu começo a trabalhar?

O senhor se assustou com a inocência do rapaz:

— Isso vai demorar um pouco. Estamos cadastrando os trabalhadores. Depende dos trâmites burocráticos do Rio de Janeiro. Deve ser em breve, vocês saberão. — Ele olhou para a fila, indicando que Inácio devia ser retirar.

— Preciso de um emprego com certa urgência — respondeu, em tom de melancolia.

Mais uma vez, o espírito filantrópico bateu no homem. Ele aparentava ser muito cristão, com um terço pendurado no pescoço.

— Todos aqui precisam, mas vou te ajudar. — E Inácio começou a pensar que no mundo não existiam somente pessoas como o doutor Rabelo. — Procure um senhor chamado José Pereira, ele é o responsável por mapear a região para a construção da cidade. Ele deve te dar uma oportunidade.

Inácio saiu do local com a esperança de que as coisas estavam mudando para o lado dele. Era uma casa de madeira e havia uma placa grande onde estava escrito "Comissão de Localização". Alguns homens estavam na porta conversando e fumando. Inácio abordou o grupo:

— Boa tarde. Vim falar com o senhor José Pereira.

Os homens se entreolharam. Um deles respondeu:

— Do que se trata?

— Vim aqui pedir um emprego na construção de Brasília.

Um outro integrante tragou, jogou a fumaça com certo desprezo, semicerrou os olhos e disse:

— Nunca diga a palavra Brasília para o seu Zé Pereira.

— Devo dizer o quê?

— Vera Cruz — respondeu o terceiro homem.

— E onde eu o encontro?

— No segundo andar — falou o do cigarro.

— Obrigado. — E caminhou com confiança para entrar na casa.

Subiu as escadas e as pernas começaram a tremer. Próximo da porta entreaberta, hesitou por três segundos antes de bater duas vezes com o nó do dedo indicador.

Abriu a porta calmamente e viu um senhor entretido em seus afazeres. A sala estava decorada com fotos, molduras de diplomas e uma farda militar em um cabide. Sentava-se atrás de uma mesa grande de madeira repleta de papéis empilhados e, ao lado direito, havia uma bandeira do Brasil em um mastro. No canto da sala, havia um enorme armário, também de madeira, mais escura que a mesa. Inácio viu que Zé Pereira era idoso, mas aparentava gozar de boa saúde, mesmo com o maço de cigarros aberto no bolso da camisa.

— Com licença, boa tarde. — Zé Pereira continuou a fazer uma anotação.

Inácio pensou em falar novamente achando que ele poderia não ter escutado, mas obteve resposta:

— Boa tarde — disse, ainda terminando de escrever.

— Vim por indicação do Serviço de Identificação — nesse momento, Zé Pereira olhou para Inácio —, quero trabalhar com a construção de — quase cometeu o ato falho — Vera Cruz.

Zé Pereira ficou mais atento quando ele disse as últimas palavras.

— O que você sabe fazer?

— Bem, trabalhei em uma fazenda.

— Aqui vamos construir uma cidade, não vamos plantar nada.

— Posso ajudar — respondeu prontamente.

— Como?

— Sei dirigir.

Seu Zé pensou.

— Sei ler e escrever também.

— Pode ser útil. Bem, um motorista não cairia mal. Tem documentos?

— Sim. — E entregou ao seu interlocutor.

Zé Pereira colocou os óculos e Inácio se perguntou por que não os utilizava para escrever. Esticou o rosto e viu que os escritos estavam fora das linhas.

— Bem — fez uma pequena pausa para ler o documento —, Paulo, pode começar amanhã mesmo. Por enquanto, fique no quarto dos fundos, mas procure outro lugar em breve.

Deram um longo aperto de mãos. Zé Pereira sentiu os calos e a dureza da palma de Inácio.

No dia seguinte, Inácio estava a postos para seu primeiro dia no novo trabalho. Tomou um banho gelado e colocou a roupa que seu novo patrão lhe emprestou. Ele sentiu mais uma vez a secura da região e se perguntou como queriam construir uma cidade em um local como aquele, onde a poeira subia por qualquer razão.

Colocou em prática suas habilidades de motorista, fazendo com que Zé Pereira chegasse mais rápido aos destinos. Algumas vezes, o idoso pedia para ir mais devagar e Inácio obedecia. Diferentemente da sua relação com o falecido Rabelo, Inácio tinha profundo respeito pelo chefe. Descobriu que ele também nasceu no Nordeste e era militar. Zé Pereira lhe disse que foi enviado para a Primeira Guerra Mundial e lá estudou sobre tanques, uma nova arma usada durante o conflito, trazendo-os para o Exército Brasileiro. Tal conhecimento lhe deu prestígio, sendo enviado como adido para Londres, onde conheceu a esposa, que naquele momento estava no Rio de Janeiro. Zé informou ainda que chegou a conhecer o rei da Bélgica em uma visita dele ao Brasil e que falava mais três idiomas além do português: inglês, alemão e francês.

Inácio ouvia Zé Pereira com admiração e certa inveja. Ele escutava também as lamentações, como a saudade da esposa e o fato de seu Projeto Vera Cruz não deslanchar. O presidente eleito JK tinha outras ideias a respeito da nova capital, causando incerteza entre todos.

A apreensão teve fim quando foi aprovada a lei que pôs em funcionamento a Novacap. Os dias seguintes foram agitados com o vaivém de pessoas engravatadas, que Inácio entendeu serem pessoas importantes. Engenheiros, arquitetos e políticos passaram a ser figuras constantes na região, o que irritava Zé Pereira. Vendo que não tinha mais espaço ali, voltou para a futura ex-capital para viver ao lado de sua esposa.

Inácio não simpatizou com os novos mandachuvas. Pareciam arrogantes e mandões. Era o trabalho deles, pensou Inácio, mas era diferente. Exigiam, por exemplo, a construção em dez dias de um local para o presidente despachar. Foi feita uma mobilização imensa para isso acontecer. Inácio tentou tirar algo bom de tudo, porque ao menos ele tinha um emprego.

Durante a construção, reencontrou Reginaldo, que levava mais um carregamento de madeira. Pensou se devia falar com ele, mas talvez não se lembrasse dele. Tomou coragem e foi ao seu encontro:

— Seu Reginaldo, como vai?

O caminhoneiro estranhou que alguém ali o conhecesse. Se virou e viu um rapaz de rosto comprido ostentando um pequeno bigode:

— De onde te conheço?

— Você me deu carona certa vez — quase disse seu nome verdadeiro —, Paulo. Falei que viria para cá, lembra?

— Ah, sim! Me recordo.

— Estou aqui fazendo Brasília acontecer.

— Verdade.

— O que traz de carga dessa vez?

— Madeira. Acho que vão precisar.

— Sim. Inclusive, estamos chamando isto aqui — apontou para a obra — de Palácio das Tábuas. — E deu um leve sorriso amarelado.

— Sugestivo.

Inácio olhou para os lados para saber se alguém os via ou ouvia:

— Seu Reginaldo, tem algumas madeiras sobrando aí?

— Agora não tem, mas posso fazer sobrar. Precisa de algumas?

— Sim, vou construir uma casa na Cidade Livre, conhece?

— Claro, faço entregas lá sempre que estou por aqui.

— Estou em um quartinho, mas agora quero algo maior, entende?

— Perfeitamente.

Selaram um acordo e, na vez seguinte, antes de ir para o canteiro de obras das primeiras instalações, Reginaldo deixou madeira com um conhecido e avisou Inácio. Ele agradeceu mais uma vez pela gentileza. Quis pagar pelo serviço, mas o caminhoneiro não aceitou.

Conforme o previsto, o Palácio das Tábuas ficou pronto a tempo e várias autoridades começaram a frequentar o local. O presidente demorou um pouco para inaugurar, pois a pista de pouso de avião não havia sido finalizada. Problema resolvido, ele pôde chegar. Inácio estranhou quando viu que aquele objeto imenso era capaz de voar.

JK chegou com uma comitiva imensa, incluindo esposa e filhos. Um músico estava presente também. O artista viu o imóvel e achou que tinha alguma semelhança com o Palácio do Catete e resolveu apelidar o Palácio das Tábuas de Catetinho. O nome pegou.

Era a primeira vez que Inácio via alguém tão importante. Percebeu que ele fazia questão de cumprimentar a todos, até os trabalhadores. Estava sempre sorrindo, e Inácio se perguntou do que aquele homem ria tanto. Os engenheiros também sorriam para o presidente, mas Inácio acreditava que eram risos falsos daquela gente metida.

A esposa e a filha do chefe da nação tiveram posturas diferentes. A primeira, em poucos minutos no solo, reclamou do calor e da poeira, pois o vestido havia ficado sujo e ela suava muito. A segunda tratou logo de correr para o parquinho que foi elaborado nos fundos do Catetinho.

Em pouco tempo, outras estruturas foram feitas, como a Ermida Dom Bosco e a Igreja São Geraldo, onde a primeira-dama podia fazer suas preces. Inácio participou ativamente da construção do imponente Hotel Brasília. Quando uma obra acabava, ele partia para outra imediatamente, e assim fazia o sonho de JK virar realidade.

Inácio passou a viver na Cidade Livre. Morava lá com a expectativa de que pudesse se fixar ali, apesar de as autoridades da Novacap deixarem claro que, após a construção da capital, todos deviam voltar para seus locais de origem. Qual era o lugar de Inácio?

Na Cidade Livre, não existia pagamento de impostos e isso justificava o nome dado. Não existia asfalto, a luz elétrica era artigo de luxo. Na Cidade Livre havia ainda matadouro, vendas de secos e molhados, granja, prostíbulo e até cinema. Também eram realizados casamentos, onde famílias eram formadas. Eram eventos festivos, porém tristes para Inácio, que lembrava que não tinha uma família, mesmo sabendo a verdade sobre sua separação da mãe. Para ele, a verdade era que nenhum dos familiares procurou saber onde ele estava, nem sequer se estava vivo. Esse sentimento ficava mais evidente quando ouvia a vizinha cantarolando "Peixe vivo". Inácio entendia a mensagem: era o peixe fora da água fria de sua família.

Isso não o impedia de estar na companhia de mulheres, como a vizinha cantante. Sempre que tinham oportunidade, transavam às escondidas do marido da moça. Ela notou a falta de experiência do rapaz e não ligou.

Inácio frequentava assiduamente os bares da Cidade Livre. Começou a beber, jogava sinuca e fazia amizades, como a com o rapaz com quem conversou na fila do Serviço de Identificação da Novacap. Em um desses botecos, eles se encontraram:

— Lembra de mim? — disse Inácio.

— Sim, você é o rapaz que não sabia o que era candango.

— Pois é, estou descobrindo. — Abriu um sorriso de canto de boca e deu um gole na cachaça.

— Você só não disse seu nome...

— Paulo. — Estendeu o braço para cumprimentar o rapaz.

— Me chamam de Cuiabano. — E apertou a mão de Inácio.

— É comum darem apelido do local de origem às pessoas aqui. Conheço o Gaúcho, o Alagoano e até o Equatoriano.

Em sua mente, veio-lhe que ele não tinha apelido por não saber onde nasceu.

— O problema é quando tem mais de um desses lugares. Cuiabano acho que tem somente eu.

Inácio deu outro sorriso como o anterior, enquanto o dono do bar servia mais uma dose de aguardente.

As brigas nos bares não faziam jus ao nome da Cidade Livre. Nessas situações, a Novacap usava seu braço armado, a GEB, a Guarda Especial de Brasília. Eram homens temidos por seus métodos violentos para acabar com as confusões. Chegavam disparando para o alto sem saber quem estava certo ou errado. Muitas vezes, era suficiente para dispersar as pessoas. Quando necessário, pegavam um bêbado e levavam para um lugar desconhecido. A maioria não voltava, e os que voltavam transmitiam o recado através do estado em que retornavam.

Na Cidade Livre havia pobreza, mas também solidariedade e filantropia. Uma das beneméritas era a própria primeira-dama. Ela convenceu um grupo de empresários a construir uma escola e um hospital que, para agradar o chefe da nação, batizaram com seu nome. Um dono de lojas de eletrodomésticos resolveu fazer sorteio de uma geladeira entre os moradores. A vencedora levou para casa o objeto, mas logo o vendeu ao dono de um bar por não ter como usar porque não tinha energia elétrica em sua casa.

Aos domingos, era comum a pelada entre os operários da Novacap. Dividiam os times por turnos. O de Inácio era o da manhã e quase sempre era a equipe vencedora. Eram tão bons jogadores que se cogitou transformá-los em atletas amadores para competir na região sob o nome de Candangos Futebol Clube.

Na birosca mais frequentada por Inácio e Cuiabano, futebol era assunto recorrente. Sabiam das notícias mais recentes por meio de um artigo de luxo para a região: o rádio. Em volta dele, os homens se reuniam para ouvir jogos, fazer comentários e expressar opiniões intermináveis.

Assim como para a inauguração de Brasília, havia muita expectativa quanto à seleção de futebol que representaria o país na Copa do Mundo de 1958. O dono do bar, antenado nas novidades do mundo do futebol, afirmava que a grande esperança não era Garrincha, e sim um tal de Pelé, moleque de dezessete anos que havia feito incríveis cinquenta e oito gols em trinta e oito jogos pelo Santos no campeonato paulista daquele ano.

A esperança se confirmou. Pelé se destacou marcando dois gols na final contra a Suécia, que provou um pouco do veneno que é perder uma Copa em casa. A vitória brasileira foi uma grande epifania na Cidade Livre. Inácio comemorou, cantando a canção que embalava os torcedores locais: "A taça do mundo é nossa/ com o brasileiro não há quem possa."

Todo esse clima de festa contrastava com a realidade em que todos ali viviam. O serviço nunca acabava e o salário era baixo. Inácio e Cuiabano começaram a trabalhar juntos na construção de mais um prédio importante. Enquanto aguardavam a refeição chegar, confabularam:

— O que vai ser aqui? — disse Inácio, sem saber se perguntou para o amigo ou para si mesmo.

— Não sei, nunca nos dizem. Só temos que construir e, depois que fica pronto, a gente não pode entrar.

Nesse ínterim, a comida chegou. Inácio se sentou no chão, colocou um azulejo em cima de uma lata de tinta e improvisou uma mesa. Cuiabano fez o mesmo e continuou o assunto:

— É como a história daquele samba do pedreiro Waldemar. Faz tanta casa e não tem casa pra morar — afirmou, segurando uma coxa de frango.

Inácio tentou rir da própria tragédia, mas não conseguiu e estava de boca cheia. Após engolir, respondeu:

— Não conheço.

— Nunca ouviu Wilson Batista?

— Não.

— Jorge Goulart, o rei do rádio?

— Nunca.

— Luiz Gonzaga?

— Ouvi falar — disse, tentando encerrar o assunto.

— Parece até que você é de outro planeta. De onde você veio não tinha rádio?

Inácio parou de mastigar.

— Não era um costume de lá — respondeu para acabar a conversa, que estava indo para um rumo perigoso.

— Lá onde? O Brasil inteiro escuta rádio — insistiu Cuiabano.

— Bem, vamos voltar ao trabalho. O dever nos chama e não quero fazer serão hoje. — E se levantou rumo ao andaime.

Enquanto subiam, ouviram um barulho parecido com uma queda. Em princípio, não ligaram, era comum objetos caírem durante a obra, mas dessa vez alguém gritou que era um operário. O mestre de obras e um soldado da GEB tentaram abafar a situação, dizendo para todos voltarem ao trabalho, mas os candangos desobedeceram e foram ver o que tinha acontecido.

Os trabalhadores se assustaram ao ver que não tinha corpo nenhum ali. Porém, tinham certeza de que se tratava de uma pessoa. Esses sumiços repentinos começaram a ser comuns nas obras. A população da Cidade Livre fazia cerimônias para aqueles que morriam, mas não tinha corpo.

Era o enterro do Candango Desconhecido, uma alusão ao Túmulo do Soldado Desconhecido.

A carga de trabalho aumentava com o passar do tempo e muitos sucumbiam à fadiga ou arriscavam-se para acelerar a construção, que, segundo as autoridades, estava atrasada. Brasília tinha pressa e a imprensa estava em cima, cobrando. Muitos repórteres iam conferir o ritmo, aventando a possibilidade de a obra não ficar pronta a tempo. Alguns jornalistas iam acompanhados de fotógrafos, que gostavam de registrar em imagem os candangos. Inácio nunca tinha aparecido em uma. Sempre que o chamavam para a foto, ele se esquivava. Certa vez, ele cedeu e apareceu em uma imagem com um grupo de trabalhadores. Posou ao lado do amigo Cuiabano.

Uma das obras que Inácio mais admirava era o lago Paranoá. Sempre que tinha um tempo livre, gostava de observar o horizonte e se banhar. Era o momento de contemplação da natureza, apesar de ser um lago artificial. Um momento somente dele, de pensar no passado, no presente e no futuro. O passado ele queria esquecer, e um dos objetos que o ligava ao passado era a arma usada para matar Rabelo. Também era uma boa lembrança de Zé Angico e das aulas de tiro, mas concluiu que não precisava mais daquilo. Brasília, apesar de tudo, era o futuro e, nesse tempo, uma arma não seria necessária. E atirou-a o mais longe possível em direção ao lago. Inácio ainda olhou por cinco segundos o local exato onde o objeto caiu para ter certeza de que afundou.

No ano previsto para a inauguração, mais candangos chegavam para terminar as obras a tempo. Mais morriam também. Novas construtoras apareceram para acelerar o trabalho, entre elas a Alves Braga, que contratou Inácio e Cuiabano naquele mesmo ano.

Os amigos passavam poucas e boas com as outras empreiteiras, mas essa era diferente. Em um dos almoços no refeitório, durante o Carnaval, Cuiabano resolveu introduzir o assunto com outros trabalhadores:

— Essa comida que nos mandam é uma porcaria!

— Já encontrei pedra na minha refeição. Não catam o feijão? — falou Piauí.

O som das gargalhadas foi alto. Inácio apenas observava.

— Na minha, veio casca de barata — falou um dos Baianos.

— Não respeitam nosso descanso! — gritou um trabalhador.

— Não pagam horas extras! — bradou outro.

— Não podemos ficar parados diante disso! — disse Cuiabano, subindo na mesa.

Os operários presentes fizeram um burburinho, demonstrando perplexidade com a coragem do rapaz e, ao mesmo tempo, temerosos com as consequências. Nesse momento, Inácio se arrependeu de ter jogado o revólver no lago Paranoá. Talvez pudesse ser útil. Ele resolveu se retirar do refeitório, prevendo o pior.

E aconteceu. Um candango raivoso jogou comida estragada na direção dos responsáveis pela alimentação. A confusão foi generalizada. A GEB foi chamada. O primeiro efetivo não foi suficiente para conter a revolta. O reforço foi chamado. Tiros foram disparados para o alto e nos trabalhadores.

Após vinte minutos, os ânimos arrefeceram. Os que sobreviveram ao massacre foram colocados em um ônibus e levados para Luziânia, onde tinha uma delegacia e uma prisão. Nesse ínterim, Inácio foi para a Cidade Livre descansar. Antes de dormir, refletiu sobre a possibilidade de dali a pouco mais de um ano não mais viver ali.

No dia seguinte, foi acordado com batidas fortes na porta. Eram dois homens da GEB. Um negro e um branco. Inácio tentou demonstrar calma:

— Bom dia.

— Você é Paulo Ferreira? — disse o branco.

— Sim, senhor.

— Nos acompanhe, por favor — ordenou o negro.

Inácio seguiu-os com a consciência tranquila de que não tinha feito nada de errado. Na sede da GEB, foi levado para uma sala para conversar com o chefe da força de segurança:

— Senhor Paulo Ferreira — disse, olhando o documento —, o senhor estava ontem junto com os arruaceiros no refeitório da Alves Braga?

— Sim, mas saí antes da confusão começar.

— Você pode nos dizer, por exemplo, como tudo começou? Há algum líder?

Inácio viu na sugestão uma oportunidade.

— Bem, posso contar o que sei, com uma condição.

O homem pensou e olhou para os outros dois guardas presentes na sala:

— Pois bem, diga.

— Quero ser um de vocês — disse Inácio, sem pestanejar.

Os guardas da GEB se entreolharam com a inusitada proposta. Em geral, se pede proteção ou dinheiro nesses casos, e não emprego. O senhor que fazia o interrogatório ficou atônito também. Inácio, percebendo a atitude de todos, continuou:

— Sei dirigir bem e já atirei.

Todos se calaram por alguns instantes. O guarda branco quebrou o silêncio:

— E desde quando candango sabe atirar?

81

— É uma longa história, mas no Nordeste já fui jagunço — disse Inácio, com medo de que investigassem esse passado.

— Bem, de fato estamos precisando de mais efetivos — ponderou o chefe. — Se você souber mesmo, pode fazer parte da equipe.

Dirigiram-se para os fundos da sede e lá tinha um pequeno estande de tiro, onde Inácio devia mostrar seu valor. Assim como na primeira aula na fazenda, colocaram garrafas de vidro em blocos de concreto a uma distância de sete metros de onde Inácio atiraria. Deram uma pistola na mão dele, que estava com as palmas suadas. Os guardas ficaram com as mãos em suas armas caso o rapaz se voltasse contra eles.

Inácio estava enferrujado na prática do tiro, porém os ensinamentos de Zé Angico sobre respiração para calibrar a mira deram resultado. Ele acertou as três garrafas em cheio, surpreendendo os presentes. Ao voltarem para a sala, o chefe voltou ao assunto principal:

— Bem, Paulo, vimos que de fato você atira bem. Porém, você deve cumprir sua parte do trato e dizer o que sabe sobre o ocorrido ontem.

Essa era mais uma prova de fogo para Inácio. Porém, aprendeu desde cedo a delatar pessoas para obter vantagens.

— Há um líder naquela revolta.

— E quem é?

— Cuiabano.

— Seu amigo?

— Sim, ele incitou tudo, dizendo que a comida era ruim, estragada. Disse também que a empresa não respeita descanso e não paga horas extras.

O chefe da GEB acreditou naquela meia-verdade, pois confirmava o que foi dito nos outros depoimentos e assim poderia concluir a investigação: Cuiabano era o líder da revolta e devia continuar preso. Os outros trabalhadores seriam soltos para continuar o serviço, afinal as obras não podiam parar.

— Paulo, sua contribuição foi de grande valia. A partir de agora, você faz parte da equipe. Sou Edson, serei seu chefe imediato. Aquele é o Gerson — apontou para o branco — e aquele é o Mota — apontou para o negro. — Eles serão seus companheiros de trabalho.

Inácio assentiu. Edson se dirigiu a Gerson:

— Leve-o para tirar as medidas do uniforme. — E voltou a falar com Inácio. — Bem-vindo à GEB, Paulo.

— Obrigado, seu Edson. Não vou decepcionar.

A rotina do último ano da construção da cidade foi diferente para Inácio, que estava em um lado diferente e estranho ao mesmo tempo. Ao entrar na Guarda Especial, ele começou a ser visto com desconfiança pela população da Cidade Livre, e os amigos se afastaram. Mais uma vez, Inácio era o peixe vivo fora da água fria. Muitas pessoas suspeitavam que ele estivesse relacionado com a prisão de Cuiabano, enquanto os outros participantes da revolta estavam soltos. Alguém chegou a atirar alimentos podres na porta da casa de Inácio em represália.

Brasília finalmente ficou pronta, marcada pelo suor, pelo sangue e pelas lágrimas dos candangos. Foi uma grande festa da qual Inácio participou fazendo a segurança do local. Foi celebrada uma missa, soltaram fogos de artifício, aviões desfilaram pelo céu formando imagens com a fumaça e shows musicais animaram a população.

No fundo, Inácio achava aquilo uma grande bobagem e até comemorou quando choveu. Sabia que Brasília tinha sido inaugurada sobre o grande túmulo do Candango Desconhecido e viu como um deboche a escultura que foi instalada na praça dos Três Poderes, centro do evento. Inicialmente, a obra se chamaria "Os guerreiros", mas depois foi nomeada de "Os candangos". Inácio olhava tudo em volta com orgulho por fazer parte e desprezo pelas consequências geradas.

Em meio à alegria coletiva, pensou no que pouca gente naquele momento queria imaginar. A Novacap faria cumprir a promessa de acabar com a Cidade Livre após a inauguração da nova capital. Inácio concluiu que agora, sendo da GEB, tinha emprego, mas, por outro lado, não teria casa.

1960-1964

Maria varria a residência da família Macedo e Albuquerque quando ouviu o jingle de campanha do candidato à presidência Jânio Quadros. No fundo, achava que era um deboche utilizar um objeto típico de sua profissão como símbolo de campanha.

Os brasileiros começaram a se acostumar com a possibilidade de escolher livremente o presidente. Já era a quarta vez após o Estado Novo. Por ser analfabeta, Maria não podia votar, mas simulava solitariamente quem seria seu candidato.

Em 1945, tinha acabado de chegar ao Rio de Janeiro e não tinha opinião formada, outras eram as suas prioridades naquele momento. Em 1950, não hesitaria, doutor Getúlio novamente. Em 1955, escolheria o doutor Juscelino. Já em 1960 era a campanha em que tinha mais dúvidas. Doutor Jânio não inspirava confiança com seu jeito histriônico. Seu maior adversário era o marechal Lott. Maria não tinha muita simpatia por militares, mas ele garantiu a posse de JK cinco anos antes e conquistou seu respeito. Já próximo da eleição, Maria decidiu seu voto imaginário: Teixeira Lott, mas admirava mesmo o vice dessa chapa, doutor Jango, herdeiro político de Vargas.

No fim, Jânio se sagrou vencedor, com Jango como vice. Depois de sete meses, mais uma confusão política. O presidente renunciou, e Maria ficou mais interrogativa. Deram posse ao vice, mas no sistema parlamentarista, com a promessa de um plebiscito para decidir qual era a melhor forma de fazer política. Maria não entendia nada. Não podia votar, quanto mais escolher entre presidencialismo e parlamentarismo.

A inflação comia seu parco salário. O tomate dobrou de preço em menos de um ano. Cada vez mais, Inês e Maria dependiam de restos doados nos restaurantes da região. Depois da humilhação sofrida na entrevista de emprego com JJ, poucas vezes Maria tomou coragem de pedir aumento para o patrão. Ele poderia se irritar e demiti-la, pensava a empregada. Pelo menos não ficaria na rua da amargura e sua filha teria uma boa formação, concluía, resignada.

Maria depositava esperanças de um futuro melhor em Inês. Ela se deu conta de que a filha se tornava uma mulher. Em um jantar cujo prato não sabia identificar, Maria notou que Inês usava uma roupa de Joana e interrogou a filha:

— Está faltando roupa pra você?

— Na minha idade, crescemos muito rápido — respondeu, apesar da baixa estatura.

— Por isso mesmo que compro com a dona Neuza, empregada do major Valadares. Sabe quem é?

— Sim, eu me lembro de quando ela ia na feira com a senhora. Sabe de onde vem a roupa que ela vende? — perguntou, já querendo logo responder.

— Sei que são usadas, mas não importa. O que interessa é que são as que eu posso pagar.

— Que orgulho besta, mãe! Que diferença faz? De uma forma ou de outra, continuamos recebendo restos dessa gente — apontando para a mansão —, seja comida, roupa ou casa. — E deu a última garfada no alimento.

Aquelas palavras atingiram em cheio Maria, que revidou com um tapa na cara. A filha cuspiu o bolo alimentar. Depois, Maria saiu da mesa em silêncio. Colocou o prato na pia e se encaminhou ao pequeno altar.

Inês ficou impassível. Levantou-se da cadeira e foi para o canto, próximo do rádio, para ouvir as novidades musicais. Tocava "Terezinha", cantada por um homem de voz grossa, Wilson Simonal. Ao longo da década, também conheceu outros músicos nacionais e internacionais, como Roberto Carlos e The Beatles.

A adolescente passou a idolatrar outras mulheres além de Celly Campelo. Admirava atrizes do cinema francês e americano, como Brigitte Bardot e Marilyn Monroe, por serem livres para ganhar o próprio dinheiro e, até mesmo, se separarem dos respectivos maridos. Ambas se casaram três vezes, o que horrorizava a sociedade brasileira, que ainda não permitia o divórcio.

Ela ficava sabendo dessas novidades através de Joana, que, em uma das viagens internacionais, trouxe biquínis parecidos com os que Brigitte Bardot usava e emprestou uma das peças para Inês. As amigas também tentavam imitar o penteado de Marilyn Monroe e recriar a cena do filme *O pecado mora ao lado*, utilizando um ventilador para simular a famosa levantada de saia. Ficavam com receio de serem pegas por dona Suzana, o que dava mais emoção à estripulia.

Na escola em que estudavam, descobriram que Inês era filha de uma empregada doméstica e ela passou a ser achincalhada pelos colegas. Joana defendia a amiga, arrumando brigas constantes. Sua mãe foi chamada várias vezes para apaziguar os ânimos. Chegou a sugerir que o marido tirasse Inês do colégio, mas ele não cedeu aos apelos da esposa.

A cumplicidade das amigas era invejável. Elas ficaram arrasadas quando veio a notícia da morte de Marilyn Monroe. No quarto de Joana, uma consolava a outra. Inês quebrou o silêncio:

— Uma grande artista. Gostava muito dela.

— Eu também, amiga. Um exemplo de beleza e liberdade feminina... — Sentou-se na cama.

— Sim — respondeu Inês, sentando-se próximo de Joana.

— Tomara que um dia todas as mulheres sejam independentes como ela.

— Como assim?

— Que possam trabalhar, por exemplo. Os homens nos impedem de fazer isso.

— Amiga, muitas mulheres já trabalham e há muito tempo.

Joana não soube o que responder e desconversou:

— Será que um dia poderemos nos relacionar com quem quisermos? — disse, encarando Inês.

— Acredito que sim. A Brigitte se casou mais de uma vez.

— Não é bem disso que estou falando. E se uma mulher quiser casar-se com outra mulher... — E se inclinou em direção a Inês.

— Ah, sim, já li isso em um livro certa vez. *O it*, lembra?

— Uhum. Foi um dos que eu mais gostei da coleção.

Nesse momento, estavam com os lábios a centímetros um do outro. Hesitaram por um instante até selarem um beijo digno das novelas que viam escondidas desde dez anos antes. Foi um beijo molhado, diferentemente dos selinhos secos dos rapazes da escola. Joana esticou o braço e pegou nos seios de Inês, que retribuiu com um pequeno gemido.

Ela havia deitado a amiga na cama quando ouviram passos no corredor. Tiveram poucos segundos para se recompor quando dona Suzana entrou no quarto. Embora tivessem tentado disfarçar, a matriarca era perspicaz, conseguia captar o que ocorria em cada canto da casa.

* * *

Naquele mesmo ano, a seleção brasileira de futebol partiu para mais uma Copa do Mundo, dessa vez no Chile. Para a defesa do título, praticamente o mesmo plantel de jogadores foi enviado. O maior desafio da primeira fase foi o jogo contra a Espanha, com os naturalizados Di Stéfano — que se machucou e não jogou — e Puskás. O craque húngaro-espanhol deu trabalho, porém o Brasil foi vencedor, avançando para a fase final. Esse jogo também ficou marcado pela malandragem do lateral Nilton Santos, que cometeu falta dentro da área, mas deu alguns passos para fora dela, ludibriando o árbitro, que não marcou pênalti.

Infelizmente, Pelé se lesionou no primeiro jogo e não voltou para a Copa, deixando o ataque desfalcado. Seu substituto, Amarildo, deu conta do recado — por essa razão, ficou conhecido como O Possesso — junto com Vavá e Garrincha.

A final parou o país, que colou o ouvido no rádio para acompanhar a vitória por três a um contra a Tchecoslováquia.

Não foi diferente na casa dos Macedo e Albuquerque e no anexo dos fundos. Maria e Inês não eram lá tão fanáticas, mas também comemoraram a vitória do escrete canarinho, dias depois recebidos como heróis por conquistarem a taça pela segunda vez seguida, feito raro em Copas do Mundo.

O clima de euforia contrastava com as agitações sociais. Após o plebiscito que restabeleceu o presidencialismo, Jango poderia colocar em prática as Reformas de Base como forma de combate ao aumento de preços. Greves pipocavam pelo país para pressionar os parlamentares a aprová-las. Somente em 1963 houve a dos bancários, a dos motoristas de ônibus e a dos marítimos. Até militares de baixa patente reivindicavam melhorias salariais.

A proposta de Reformas de Base dividia o país, e Maria era favorável a ela, pois uma visava ao direito de voto para pessoas analfabetas. JJ era contrário às medidas, especialmente porque poderiam comprometer seus lucros no Bamal. Vociferava novamente pela casa a expressão que repetia dez anos antes: "Gaúcho de merda", agora dirigida a Jango.

Em meio ao caos, Inês passou no vestibular. Sua boa formação escolar foi fundamental. Estudaria na Faculdade Nacional de Direito, a famosa FND, onde apenas pessoas de alto gabarito chegavam. Foi um dia de imenso orgulho para ela e para a mãe, que não conteve o choro ao saber da notícia. Era uma conquista e tanto para a filha de uma empregada doméstica retirante estar onde antigos nobres estudavam.

Joana também foi aprovada, sem surpresa. Era esperado que pessoas como ela frequentassem as melhores universidades do país. O curso escolhido foi filosofia, causando rusgas com os pais, que desejavam um curso mais tradicional, como medicina. Quando viram seus nomes na lista de aprovados, as amigas celebraram com um longo e afetuoso abraço.

Inês sentiu uma excitação naquele momento. Depois do que aconteceu no quarto de Joana no ano anterior, nunca mais tocaram no assunto. Achava que era coisa de adolescente e que aquilo nunca mais se repetiria.

O primeiro ano como universitária foi como um novo mundo se abrindo. Nos primeiros meses, Inês descobriu a existência da União Nacional dos Estudantes, a UNE. Ela se sensibilizou com a causa social e começou a ter contato com a teoria marxista e com a prática revolucionária. Soube da existência das ligas camponesas, da luta pela reforma agrária no Nordeste e da atividade do Partido Comunista, mesmo na ilegalidade.

No começo, tudo era meio confuso, mas com o tempo foi se habituando e passou a participar com mais afinco do movimento estudantil. Convidou Joana para se filiarem à UNE. Era fácil a dupla frequentar a sede, que ficava muito próximo da casa dos Macedo e Albuquerque.

Na efervescente década de 1960, debatia-se o papel da cultura e sua relação com o povo. Em um dos eventos do Centro Popular de Cultura — uma organização de artistas vinculada à UNE —, acompanhada de Joana, Inês observava um rapaz cabeludo que discursava em um pequeno tablado:

— Temos que combater essa imensa influência da música americana no nosso país! — esbravejou balançando um vinil de Elvis Presley.

Um grupo de dez pessoas aplaudiu efusivamente. Inês e Joana, não.

— Isso aqui — esticou um disco de João Gilberto — é a pura obediência ao imperialismo ianque! — Em seguida, jogou os dois objetos no chão e os quebrou.

A plateia tornou a aplaudir, dessa vez gritando ao mesmo tempo. As amigas não reagiram novamente. Quando o silêncio se fez, o rapaz concluiu:

— A verdadeira música brasileira é o samba e a música regional nordestina! — E finalmente desceu do palco.

Após o fim da fala, um samba começou a tocar. Inês puxou assunto com Joana:

— Sabe quem é esse moço do discurso?

— Sim, é o Carlos. Filho do major Valadares. Meu pai e o dele são amigos. Quando éramos crianças, eu frequentava muito a casa dele. Ficou interessada?

Inês realmente o achou bonito. Joana continuou:

— Dizem que o pai dele o deserdou, brigaram muito nos últimos anos. O major disse que não queria comunistas na família.

Ao longe, Carlos conversava com mais dois companheiros. Inês admirou, a distância, o trio. Carlos percebeu que estava sendo observado e se aproximou das moças com uma lata de cerveja na mão:

— Olá, meninas — cerrou um pouco as sobrancelhas ao olhar para Joana. — Conheço você de algum lugar...

— Eu também. Você não me é estranho.

Inês pensou em rir da mentira descarada da amiga.

— Ah, sim, você é a filha do banqueiro JJ. Só esqueci seu nome, me desculpe...

— Joana. Esta é Inês — apresentou e apontou para a amiga.

Carlos virou o rosto para a moça e notou sua beleza juvenil, a pele cor de folha seca de outono, os olhos castanhos e o cabelo preto como fuligem.

— Encantado. — Cumprimentou e beijou a mão direita da jovem.

Inês achou tanta graça da formalidade de Carlos que não soube o que fazer. Durante boa parte de sua breve vida, quase não foi cortejada pelos rapazes. Afinal, quem teria alguma relação com ela se soubesse que era filha de uma empregada doméstica, pensava. Não que tivesse vergonha da mãe, mas ela vivia em uma realidade onde os valores aristocráticos ainda eram muito presentes, os casamentos eram praticamente arranjados e vistos como negócios de família.

— Vocês querem uma cerveja? — disse Carlos, tirando Inês de seus devaneios.

— Aceito — Joana respondeu prontamente.

— Não, obrigada, eu não bebo — Inês falou, quase automaticamente.

Ela se arrependeu de ter dito aquilo. Já tinha dezoito anos, não precisava mais seguir as ordens da mãe sobre não aceitar nada de estranhos.

Carlos retornou com uma garrafa e a dividiu com Joana, que logo disse:

— Preciso ir ao banheiro. — E se retirou.

Era uma estratégia para deixar Inês e Carlos a sós. O rapaz notou a timidez da mulher e puxou assunto:

— Qual é o seu curso?

— Direito.

— Sério? É o meu também, na Nacional.

— Bacana, estudo lá também. Nunca te vi.

— A militância aqui toma muito meu tempo, acabo indo pouco para a faculdade. Na verdade, eu moro aqui. Meu pai me expulsou de casa.

Inês fingiu interesse em uma informação que já sabia. Carlos continuou:

— Mas ele me dá uma mesada.

Ela ficou imaginando quão vantajosa deve ser a situação de sair de casa, mas continuar sendo sustentado pelos pais. Não demorou para Joana voltar sorridente e dançante. Inês acompanhava a amiga timidamente, se sentindo uma estranha, pois estava ali mais pelo debate dos problemas de pessoas como sua mãe do que por festinhas regadas a cerveja e samba. Carlos pediu licença e circulou pelo ambiente. Inês notou que ele era sociável; em cada grupo que parava, todos gargalhavam bastante.

Joana percebeu que a amiga não parava de olhar para Carlos e tomou uma atitude:

— Estou menstruada e esqueci o absorvente. Vou ter de ir embora.

Inês não quis saber se era verdade ou não e acreditou no que a amiga disse. Apesar do incômodo com o clima de festa, queria ficar mais um pouco. Carlos se aproximou das duas moças e, sabendo que Joana ia embora, convidou Inês para se juntar a um grupo. Ele a apresentou e a festa continuou. Horas depois, Carlos puxou Inês:

— Está tarde. Posso te acompanhar até sua casa?

Ela pensou em recusar, pois, na verdade, não dava para chamar onde morava de casa. Por outro lado, queria ficar a sós com o rapaz. Acabou aceitando a oferta. No caminho de dez minutos até a mansão dos Macedo e Albuquerque, Carlos se mostrou mais interessante do que antes. Inês admirava sua eloquência. Pouco falou e mais sorriu. Ao chegarem, Carlos se espantou:

— Você mora aqui?·Você é da família dos Macedo e Albuquerque?

— Eles dizem que sou quase dela.

Carlos respondeu com um leve sorriso, se despediu com mais um beijo na mão de Inês e disse:

— A gente se vê por aí.

— Sim — respondeu e entrou.

Na cama, antes de dormir, ela se lembrou das palavras de sua mãe, para que não se deslumbrasse com um mundo que não é seu. Da pior forma possível, confirmou o que ouviu em sua infância.

Passados alguns meses, já no ano de 1964, Inês entrou no quarto de Joana e a viu chorando.

— O que aconteceu?

— Eu odeio meus pais.

— O que eles fizeram?

— Ontem, no jantar com os amigos do meu pai, ele disse que os homossexuais são a escória do mundo. Me senti ofendida. Eu sou a escória do mundo?

A amiga pensava no que ia responder enquanto abraçava Joana. Suas lágrimas molharam a roupa de Inês.

— Não, você não é.

— Minha vontade é pegar o dinheiro do cofre e sumir — Joana continuou.

— Cofre?

— Isso. Na biblioteca, atrás de um quadro tem um. Sei o código de tanto que meu pai já me disse. Você pode estar se perguntando por que um dono de banco precisa de um cofre em casa, mas eu vou dizer: aquele dinheiro é sujo, fruto de corrupção. Uma vez entrei lá escondida, tinha vários envelopes com nomes de políticos.

Inês ligou os pontos com sua descoberta de alguns anos antes, mas preferiu não falar a respeito. Apenas a abraçou novamente e deram um longo selinho.

Nos últimos anos, a filha da empregada Maria notou uma movimentação maior na mansão da família Macedo e Albuquerque. Empresários eram visitas constantes em busca de melhores condições para empréstimos. Entretanto, a partir da posse de João Goulart, políticos, militares, agentes da CIA e até religiosos apareciam muito por lá. Inês ficava intrigada com o motivo de tanto entra e sai de pessoas importantes.

Na UNE se falava cada vez mais na possibilidade de um golpe para tirar Jango do poder, inclusive com apoio estrangeiro, leia-se americano. Vivia-se o auge da Guerra Fria, e o fantasma do comunismo rondava a sociedade brasileira. Era o caso de JJ, imaginava Inês. Ele despejava sua raiva em qualquer um que demonstrasse estar minimamente comprometido com a causa social, o que, para o empresário, era sinônimo de comunismo. Esse era o motivo também do aumento de pessoas possivelmente favoráveis a um golpe frequentando a casa de JJ, concluía a moça.

Para ela, algo precisava ser feito. Ela não era a única: o próprio chefe da nação tinha ideia semelhante. Em março de 1964, foi organizado um grande comício para a divulgação de medidas e para colocar em prática as reformas de base que criaram alvoroço na população.

O evento aconteceu na Central do Brasil, local de grande movimentação popular e próximo da Faculdade Nacional de Direito. Nesse dia, Inês encontrou Carlos esbaforido nos corredores do prédio, segurando um cartaz e uma bandeira da cor vermelha. Quando esbarraram, ele sorriu:

— Falei que a gente ia se ver por aí.

Inês retribuiu com outro sorriso:

— Você se lembra de mim?

— Claro. Lá do samba da UNE. Você estava com a Joana, filha daquele banqueiro espoliador JJ.

Ela riu da forma como ele se referiu ao patrão da mãe. O rapaz continuou:

— Estamos nos organizando para ir ao comício. Vamos?

Todo apoio era pouco nesse caso. Os dois se juntaram a outros militantes, lotando as imediações da estação de trem. Jango discursou efusivamente ao lado de outros políticos reformistas, ou, para alguns, comunistas. O presidente assinou a lei que previa desapropriação de terras nas margens de rodovias e ferrovias.

Foi a gota d'água para os conspiradores de plantão e os de ocasião, que movimentaram a máquina golpista. Os poucos militares hesitantes aderiram ao plano após uma revolta de marinheiros referendada pelo presidente. Consideraram uma insubordinação inaceitável.

Na semana seguinte ao comício, diversas Marchas da Família com Deus pela Liberdade ocorreram no país. O nome pomposo escondia seus verdadeiros objetivos: fabricar um apoio popular para a derrubada de Jango. Insuflava-se contra o perigo do comunismo nas famílias brasileiras e que somente os militares poderiam salvar o país desse mal. Os fardados atenderam ao pedido e, no mesmo mês, deflagraram o golpe, retirando João Goulart do poder.

O dia seguinte ao golpe parecia um dia comum para Inês. Ela estava convicta das intenções dos conservadores, porém após a invasão do centro acadêmico da faculdade entendeu do que se tratava. Forças policiais reviraram o local em busca de documentos que pudessem incriminar alunos ligados ao movimento estudantil. Sentiu medo do que poderia acontecer consigo, com Joana e com Carlos.

Maria demorou um pouco para entender o que estava acontecendo. Somente no ano seguinte notou que não fez a votação imaginária para presidente, como tinha feito nos últimos quinze anos.

* * *

Inácio acreditava que, se ele não tinha família, ninguém mais podia ter. O agora policial cumpria cegamente as ordens que recebia: retirar os moradores da Cidade Livre. Ele obedecia com certa tristeza, pois era o local onde, apesar das circunstâncias, foi feliz. Com dor, viu sua antiga casa de madeira ser destruída pelos tratores, mesmo que ele já morasse em outra na Vila Planalto. Pagava um aluguel com o salário que ganhava na antiga GEB, agora denominada Departamento Federal de Segurança Pública.

Brasília estava pronta — ou quase. Muita coisa ainda faltava, como os funcionários do antigo Distrito Federal — agora Estado da Guanabara. Esperava-se que atendessem ao chamado patriótico das autoridades e ocupassem a nova capital para trabalhar. Poucas pessoas se interessaram em se mudar para um local desconhecido. O novo governo tentava de várias maneiras atrair os servidores, oferecendo boas residências e salário dobrado.

Um dos aspectos que mais influenciava a recusa de morar em Brasília era o fato de ainda existirem muitas ocupações ao redor do Plano Piloto, o que não estava de acordo com o discurso de modernidade defendido no projeto da construção. Os ideólogos da nova capital pensavam que as diversas classes sociais poderiam viver em conjunto, em superquadras nas Asas Norte e Sul. Na prática, isso não ocorreu. Os moradores do entorno do Plano Piloto foram expulsos para locais cada vez mais distantes, as cidades-satélites. Algumas tinham nomes irônicos, como a Vila Jânio.

Brasília se tornava, assim, uma cidade dividida entre ricos e pobres, como qualquer outra no Brasil, e Inácio colaborava para isso acontecer. Nos burburinhos de Brasília, falava-se sobre um dos diversos planos megalomaníacos do presidente Jânio Quadros. O da vez era uma operação para invadir a Guiana Francesa pelo Amapá. A imprensa chamava jocosamente de Guerra da Lagosta o episódio em que embarcações francesas foram vistas por pescadores de Recife retirando lagostas em mar territorial brasileiro.

Jânio considerou um ataque à soberania nacional e articulou com o governador do Amapá a Operação Cabralzinho, em homenagem ao general Francisco Xavier da Veiga Cabral. Entretanto, o presidente renunciou e o plano foi abortado. Acreditava-se que o Brasil poderia vencer essa guerra, pois os franceses estavam mais interessados na independência da Argélia.

No entanto, outra oportunidade surgiu para Inácio. Jânio resolveu condecorar o revolucionário argentino radicado em Cuba, Ernesto Che Guevara. Pouca gente entendeu a atitude do chefe da nação, mas para Inácio pouco importava. No departamento, o delegado Edson chamou o rapaz e os colegas Gerson e Mota:

— Temos uma missão para vocês: fazer a segurança desse comunista — disse com desdém.

Inácio acatou, porém imaginou por que se recusavam a escoltar alguém importante. Tinha alguma ideia do que havia ocorrido em Cuba através do rádio e dos poucos jornais impressos que chegavam, mas não fazia a menor ideia do que de fato era comunismo.

Che chegou no dia anterior à festividade usando sua tradicional boina e com uma grande comitiva falando uma língua estranha para Inácio, um espanhol tão rápido que não sabiam se eles estavam xingando os brasileiros.

No trio de policiais, Inácio era o responsável por dirigir e não foi diferente com o revolucionário. Ele foi levado para o Hotel Brasília e convidou Inácio e os outros para entrar e se juntarem ao grupo estrangeiro. Finalmente poderia usufruir de uma obra em que colaborou com a execução.

Inácio se animou a participar de um evento com alguém tão relevante e conseguiu convencer os colegas a aceitar. No quarto, encontraram coisas típicas do país caribenho, que Inácio somente ouviu falar quando soube da missão.

Che Guevara e seus companheiros — como ele costumava chamar — trataram logo de acender charutos e abrir uma garrafa de rum. Inácio admirou a simplicidade do guerrilheiro, muito diferente dos governantes nacionais que pareciam ter ojeriza aos pobres. Nunca poderia imaginar um político brasileiro convidando três pessoas comuns para conversar, beber e fumar.

Os policiais resolveram experimentar os charutos e o rum. Inácio gostou da bebida e do produto de tabaco. Já levemente bêbados, conseguiram entender um pouco o que Guevara falava. Inácio se interessou pelas ideias dele, especialmente sobre a importância do verdadeiro poder popular.

No dia seguinte, uma agitação pairava sobre Brasília devido à homenagem ao líder comunista. Oficiais militares se recusavam a perfilar para receber Che Guevara. Inácio pensou em se voluntariar, porém o imbróglio foi resolvido. Jânio Quadros concedeu a Ernesto a Grã-Cruz da Ordem

Nacional do Cruzeiro do Sul, enfurecendo outros homenageados, que ameaçavam devolver a distinção.

Seis dias depois, mais uma bomba política na capital do país. O presidente apresentou uma carta de renúncia. Inácio ficava confuso com tantos acontecimentos importantes sucessivos. Jânio afirmava que forças terríveis o impediam de governar e, por essa razão, estava deixando o cargo. Aventava-se que seu verdadeiro propósito era retornar à presidência com mais poderes, talvez até ditatoriais.

Inácio ouviu a notícia no *Repórter Esso* e acompanhava, de sua casa da Vila Planalto, o intenso vaivém dos engravatados por mais uma crise política. O rapaz também ficava sabendo de tudo indiretamente, através de políticos, para quem ele fazia serviço de segurança por fora do trabalho oficial. Naquele agitado agosto de 1961, um deputado lhe afirmou:

— Não podemos deixar que um comunista chegue ao poder.

Inácio pensou que se o comunista em questão fosse Che Guevara, não havia problema ser o novo presidente. O rapaz notou ainda que os parlamentares se dividiam entre os favoráveis e os contrários à posse de João Goulart. Aos poucos, Inácio se inteirava sobre os meandros da política nacional.

Seguiu-se o caminho do meio, e o parlamentarismo foi adotado. Falava-se tanto sobre o perigo do comunismo que Inácio passou a odiá-lo sem ao menos ter muita noção do que se tratava. A higiene social com a expulsão de moradores foi feita e a grande questão para as autoridades era acabar com o comunismo, sobretudo do maior foco: a recém-inaugurada Universidade de Brasília.

Inácio e os outros policiais ficavam encarregados de vigiar noite e dia o que acontecia no local. Diante de qualquer movimentação estranha, deviam reportar aos superiores. O delegado Edson afirmava para o trio:

— Temos que cortar o mal pela raiz.

O trio seguia à risca as orientações. Inácio começou a frequentar as redondezas e a instituição de ensino. Numa das rondas, viu dois rapazes se beijando nos fundos de um prédio do campus. Nunca tinha visto uma cena igual. Tinha aprendido nas missas que frequentava na fazenda Novo Brasil que essas pessoas eram pecadoras. No entanto, acreditava que estava ali para pegar comunistas, e não gays.

No departamento, o delegado Edson cobrava resultados:

— Cadê os comunistas?

Gerson argumentava:

— Não encontramos nada de mais, chefe.

— A maioria das vezes encontramos eles no pátio conversando — interveio Mota.

— Sobre qual assunto? — disse Edson, já elevando o tom de voz.

— Não conseguimos identificar. Não nos aproximamos muito pra não gerar suspeita — falou Inácio.

— Continuem atentos — concluiu Edson.

Inácio hesitou um pouco, mas antes de sair resolveu perguntar ao delegado:

— Doutor Edson, desculpe a ignorância, mas o que é comunismo?

Gerson e Mota se assustaram com o questionamento, mas ficaram curiosos por também saberem pouco sobre o assunto. Delegado Edson pensou por cinco segundos, levantou-se e iniciou sua palestra:

— Bem, basicamente no comunismo toma-se a propriedade alheia. Pegam pessoas da rua e colocam dentro de sua residência.

Inácio pensou que uma das famílias que expulsou da Cidade Livre poderia morar em sua casa no caso de o Brasil virar comunista. Edson continuou:

— O comunismo é o caos. Pense naquele rapaz que você denunciou, o Cuiabano. Um comunista de primeira ordem! Líder de uma revolta de trabalhadores. Aqui estamos para salvar o Brasil dessa gente.

— Doutor Edson — interrompeu Inácio —, no comunismo só tomam as propriedades das pessoas?

— Não. Tentam impor valores que não condizem com a realidade brasileira. Por exemplo, a sodomia.

O trio fez uma feição interrogativa com a última palavra dita pelo delegado, que percebeu:

— Viadagem, boiolagem — disse Edson gesticulando. — Isso tem muito no comunismo. Essas pessoas espalham doenças, não respeitam as leis de Deus — fez o sinal da cruz — e são adeptos do satanismo, assim como os comunistas. Por isso, homossexuais e comunismo têm tudo a ver.

Inácio não era lá muito religioso, mas se convenceu da explicação do delegado e se lembrou dos rapazes que viu na universidade dias antes. Edson concluiu:

— E esse presidente que assumiu é um defensor ferrenho do comunismo. Só de propor essas reformas de base. Ele quer transformar o Brasil numa grande Cuba! Somente o Exército e as forças de segurança podem salvar o país desse mal.

De fato, João Goulart era pouco visto em Brasília, o que alimentava a suspeita de estar participando de um grande plano para instaurar o modelo comunista. Inácio suspeitava cada vez mais de seus objetivos e se perguntava o porquê da construção de Brasília se o presidente ficava mais no Rio de Janeiro ou em viagem.

A desconfiança do rapaz aumentou quando lembrou que Jango estava na China quando houve a renúncia de Jânio Quadros. Seus parceiros de trabalho falavam que esse país era comunista e que lá se comiam baratas, ratos, cobras e outros animais peçonhentos porque faltava comida de verdade.

Em Brasília, corria o boato de que a primeira-dama Maria Thereza era adúltera, e Inácio se revoltava ainda mais com o chefe da nação. Além de comunista, era corno, concluía.

O ódio de Inácio foi alimentado quando militares americanos desembarcaram no Brasil para mostrar como se lida com comunistas. Delegado Edson chamou o trio em sua sala e informou sobre um treinamento nos dias seguintes. Inácio se animou com a possibilidade de aprender sobre segurança com um agente da temida CIA.

No dia marcado, ele, Gerson e Mota estavam a postos no local designado. Era um galpão próximo a uma das diversas cidades-satélites que surgiram na região.

Lá encontraram um homem com a pele de tonalidade rosa — algo nunca visto por eles — e um cabelo tão loiro que pareciam fios de ovos. Os olhos eram verdes e os lábios chegavam a fazer um arco virado para baixo de tão carrancudo que era. Se apresentou como John Paine e dispensou o tradutor, pois falava um português com sotaque carregado:

— Bao dia, senhorres. O que vou ensinarr parra vocês são técnicas que aprendi durrante anus na Ci Ai Ei.

A plateia observava curiosa, inclusive Inácio. No local, havia diversos objetos e equipamentos que ninguém tinha visto. Formaram uma roda em volta de John, que continuou:

— Vocês devem estarr curriosos em saberr parra que serrrvem estes coisas. Irrei dizer... — E fez um sinal com as mãos para um militar brasileiro próximo de uma porta que dava para os fundos do galpão. Ele saiu e rapidamente voltou com uma pessoa algemada. Um preso comum ou um azarado indigente que estava na hora e no lugar errados.

O fardado empurrou o preso para o centro do círculo, onde ao lado havia um grande tonel para colocar água. Discretamente, Inácio esticou o pescoço para conferir se estava cheio e confirmou que sim. Pensou em cochichar a informação para os amigos, mas não quis interromper o norte-americano, que se pronunciou:

— A torrrturra é uma ciênça — Inácio ficou intrigado. Acreditava que o treinamento era para qualquer coisa, menos isso. — E contra a comunismo qualquer meia de acabarr com ele é justo.

Apesar da forma estranha de falar, Inácio entendeu perfeitamente a informação.

— O que temas aqui é algo simples para obterrr um inforrrmaçao de comunista: o afogamento.

Mota e Gerson deram um passo para trás. Sabiam que existia essa prática, mas em Brasília era pouco difundida. Quando se pegava um bandido, ou matava, ou prendia. Inácio ficou inerte, observando.

John se aproximou do homem algemado, levantou-o como se fosse um animal e, com a mesma feição no rosto, colocou a mão na nuca do preso e rapidamente o empurrou para dentro do tonel. A plateia ficou em silêncio com a cena. O afogado se debatia e o agente da CIA permanecia impassível, mantendo a cabeça do homem submersa.

Paine se dirigiu a todos sem parar o que estava fazendo:

— O que tem aqui é água, mas pode serr urrina também — e puxou o homem que, por sua vez, deu um grunhido de alívio —, essa aqui não vai falarrr nada, mas as comunistas falam. Se não, deve-se usarrr autros meios — complementou.

105

Em seguida, fez o mesmo sinal de antes para o soldado, que correu para pegar a cobaia, dessa vez uma mulher. John Paine puxou-a dos braços do recruta e a jogou em uma espécie de trono de metal, onde prendeu seus pulsos no braço do assento.

Paine rasgou suas roupas velhas, deixando-a nua. A mulher se debateu e tentou gritar, em vão. O americano abafou sua voz, amarrando um pano em sua boca. Ela se desesperou, arregalando os olhos e emitindo grunhidos não identificáveis. Ele conectou fios em diversas partes do corpo, inclusive nos seios e no órgão íntimo. Todos olhavam a cena com atenção, oscilando entre desprezo e pena. John quebrou o silêncio:

— Esta é o cadeirra do dragão. É inspirada nas cadeiras eletricás. Alguns comunistas são condenadas à pena de morte — Inácio notou que ele falou as últimas palavras com um português correto e ficou intrigado —, como a casal Rosenberg, há dez anus. Dais comunistas judeus a serviço de União Sovietíca.

Inácio olhou em volta e para os companheiros. Eles pareciam entender a que o agente John se referia. Esse fato foi amplamente divulgado, mas Inácio, à época, estava na fazenda Novo Brasil. Julius e Ethel eram espiões que passavam informações valiosas sobre bomba atômica para a URSS.

Paine explanou:

— Sua funcionamento e bem simplas. Atrás dela há um manivela e um dínamo. E só girar que ela se enerrrgiza. As fios levam o energia para o corpo, produzindo a choque.

Ele olhou com atenção para todos e apontou para um policial:

— Você — o homem fez uma cara de assustado —, gire a manivela!

A ordem foi dada de forma tão assertiva que o rapaz nem esboçou reação. Hesitou um pouco, porém obedeceu. John o olhava com a mesma feição de sempre, e a mulher sentada entrou em pânico.

Ao ver que o aprendiz estava no local correto, John gritou:

— Gire! Rápido!

E assim foi feito. A presa se debateu como uma cobra atingida na cabeça. Os olhos do rapaz marejaram, mas ele não desistiu da empreitada. Paine resolveu jogar a água do tonel em cima da mulher, que incrivelmente se tremeu ainda mais do que antes, até desfalecer.

John se aproximou da moça e colocou os dedos grossos no pescoço dela para verificar os sinais vitais. Nada disse, somente gesticulou para o soldado levá-la. Ninguém teve coragem de perguntar.

Foi algo chocante de se ver, mesmo para quem estava acostumado a lidar diariamente com a morte. Menos para Inácio, que não se compadecia.

John observou com orgulho que o pupilo aprendeu a lição e fez o mesmo sinal anterior para trazer mais um preso-cobaia. Mota cochichou para Inácio:

— Essa porra não vai acabar?

Inácio não respondeu, estava atento ao homem que era trazido para o centro do galpão. Era uma pessoa familiar. A memória não falhou, tratava-se de Cuiabano. Ex-candango e comunista, segundo o delegado Edson. Pela lógica do chefe e de John Paine, ele merecia estar ali.

O agente americano amarrou Cuiabano em uma posição desconfortável numa estrutura de madeira horizontal, presa a duas barras de ferro na vertical. Após finalizar, John se dirigiu aos discípulos:

— Aqui chamam issa de pau de arara.

Do jeito que estava vulnerável, Cuiabano não reconheceu ninguém presente. Mesmo assim, gritou:

— Me tirem daqui!

Paine lhe deu um tapa e continuou:

— Esta instrumento aqui é somente deixarr neste posição. Uma hora a comunista não aguenta a peso e resolve falarrr.

— Socorro! — gritava em vão o rapaz. Dificilmente alguém ali teria a coragem de defendê-lo e ser colocado em seu lugar.

— Você! — disse John, apontando para Inácio. — Venha aqui.

Inácio acatou a ordem sem pestanejar.

John pegou os fios da cadeira do dragão e entregou para Inácio. Ato contínuo, dirigiu-se à manivela do dínamo e disse:

— Encoste a fio nele.

Inácio hesitou por uma fração de segundo. Lembrou que Cuiabano foi uma das poucas pessoas que o ajudaram quando chegou assustado para construir Brasília. Quando lhe ensinou o significado da palavra "candango". Vieram à mente os momentos felizes nos bares da antiga Cidade Livre e até as dificuldades que passavam com os salários atrasados das construtoras.

Naquele momento, Inácio pensou também que já tinha matado, roubado e traído pessoas. Aquele não era momento para sentimentalismo. A urgência do dever falava mais alto. Esticou o braço e encostou o fio em Cuiabano. Ao mesmo tempo, John Paine girava a manivela o mais rápido que conseguia.

Da mesma forma que a cobaia anterior, ele parou de respirar. Paine fez o sinal e o soldado correu para levar o preso. Assim como a mulher, não se soube sobre o estado de saúde de Cuiabano. Inácio concluiu que era melhor não saber mesmo.

Após aquele macabro treinamento, a caça aos comunistas se intensificou. Delegado Edson ficava cada vez mais paranoico sobre o perigo vermelho, como se dizia na época, e pressionava o trio de policiais.

Numa das diligências pela Universidade de Brasília, Inácio encontrou novamente o mesmo casal de homens se beijando e, dessa vez, resolveu agir. Deu o flagrante. Pensou em utilizar as técnicas que aprendeu com o agente Paine, mas apenas deu vários tapas na cara dos rapazes, que não reagiram.

Eles foram levados para a delegacia e Inácio apresentou os rapazes com orgulho para o chefe:

— Aqui, doutor Edson, dois comunistas.

— O que estavam planejando?

— Vi os dois se beijando na universidade.

— Muito bem, Paulo. Pode se retirar.

O policial saiu, porém vinte minutos depois viu chegar ao local um dos diversos engravatados que circulavam pela cidade. Inácio reconheceu: era um dos deputados de quem ele fazia a segurança. Em seguida, o homem entrou na sala do delegado Edson e saiu com os rapazes sem as algemas em menos de cinco minutos.

Inácio observou aquela cena intrigado e o chefe da porta da sala, aos berros, o tirou de suas interrogações:

— Paulo! Na minha sala, urgente!

Inácio obedeceu. Doutor Edson segurava um copo de café que tremia em sua mão. Ele foi direto ao assunto:

— Porra, Paulo, você quer me fuder? Pegar o filho do deputado Paiva!

— Lamento, chefe, mas não sabia quem ele era.

— Agora ele quer você fora dessa delegacia.

Aquelas palavras atingiram Inácio em cheio. Se isso acontecesse, o que seria dele? Candango não podia mais ser, Brasília estava pronta. Havia outras obras, mas não era a sua vontade. No departamento encontrou o seu lugar, um jagunço urbano. Pensou rapidamente em uma resposta:

— Não existe outro local onde eu possa trabalhar?

Delegado Edson levantou-se da cadeira, foi em direção a Inácio e disse:

— Pode ser uma opção. Você é um bom rapaz — e deu tapas no ombro do subordinado —, vou fazer os meus contatos. Acredito que estão precisando de efetivo no Rio de Janeiro.

Quando o delegado Edson falou o nome da antiga capital, lembranças passaram na cabeça de Inácio. Apesar de quase vinte anos atrás, tinha nítido em suas memórias o dia em que foi roubado de sua mãe. Sabia na época que estavam indo em direção ao sul, só não recordava a cidade específica. Porém, quando ouviu sobre a possibilidade de ir para o Sudeste, suas esperanças cresceram de pelo menos ter a oportunidade de procurar sua mãe e sua irmã. Não sabia sequer se estavam vivas, mas se animou.

— Vou aguardar — Inácio se limitou a dizer, e se retirou da sala com a anuência do chefe.

Os ventos mudavam não só na vida do policial, mas também na política nacional. O presidente Jango não conseguia mais se manter no poder na entrada de 1964. Tentava suas últimas cartadas, infrutíferas. Inácio acompanhava com interesse o desenrolar dos acontecimentos dos primeiros meses daquele ano.

1964-1968

Inês estava confusa com os últimos acontecimentos. Não entendia como tudo aparentava normalidade com militares golpistas no poder. Dizia-se que eles ficariam até 1965, quando novamente teriam eleições e o poder seria devolvido aos civis.

Até políticos mais experientes, como Carlos Lacerda, caíram nessa balela. Inês percebeu que a intenção dos novos governantes não era essa quando presenciou outras devassas no prédio da Nacional. Estudantes e professores sumiram repentinamente e logo ela concluiu que algo estranho ocorria.

Enquanto isso, a população estava hipnotizada com os rumos da telenovela *O direito de nascer*, da TV Tupi. Cadê aquela multidão que apoiou as reformas de base do presidente Jango no comício da Central do Brasil? Onde estavam os sindicalistas que lideravam greves? Por que estudantes não se movimentaram para manter Jango no poder? Essas eram perguntas que Inês fazia em seu íntimo.

A vida seguia, inclusive seus estudos. Além dos livros sobre direito, Inês lia sobre outros assuntos das ciências humanas. Um dia, na biblioteca da universidade, encontrou um exemplar com um título curioso, *O segundo sexo*, de Simone de Beauvoir.

Inês leu a obra em menos de uma semana. Achou muito interessantes as ideias contidas no livro e decidiu pesquisar sobre a autora. Descobriu que ela e seu marido Jean-Paul Sartre estiveram no Rio de Janeiro cinco anos antes, quando ela era apenas uma adolescente. O mais importante para Inês foi descobrir que eles tinham uma forma, digamos, peculiar de se relacionar. Simone tinha amantes homens e mulheres e seu parceiro sabia de tudo. Inês achava interessante esse tipo de arranjo matrimonial. Afinal, ela própria vivia algo parecido: gostava de Joana, mas também de Carlos.

Em casa, observava os primeiros cabelos brancos que abriam caminho nas têmporas de sua mãe. O andar cada vez mais curvado e as constantes reclamações de dores nas costas também eram as marcas de vinte anos de trabalho ininterruptos.

Os jantares entre ambas eram cada vez mais silenciosos. Somente o barulho dos talheres nos pratos ecoava no ambiente. Em uma dessas refeições, Inês interpelou:

— A senhora não acha que é hora de sairmos daqui?

Maria continuou a mastigar, pensando em uma resposta. Levantou o olhar e fixou-o no da filha. Ao fundo, o altar em cima da cômoda:

— E vamos para onde com esse salário de merda que ganho?

Inês abaixou a cabeça para dar uma garfada, repetindo o gesto da mãe. Assim que engoliu, respondeu:

— Posso procurar um emprego.

— Eu te proíbo — disse Maria, levantando a voz. — Sua dedicação deve ser aos estudos!

A filha se assustou com a veemência com que Maria despejou a última palavra. Pensou em contestá-la, afinal era adulta, não precisava mais seguir cegamente suas ordens. Tentou ponderar:

— Que tal a senhora procurar outro emprego, mãe? Eu sei que esse JJ não paga o salário mínimo e nunca te deu férias. Isso é exploração!

— O doutor Albuquerque — corrigiu — é um bom homem. Pagou seus estudos. — Apontou o dedo em riste em direção a Inês. — Você é uma mal-agradecida, isso sim.

Inês não acreditava no que a mãe tinha acabado de dizer. Lembrou-se de quando a pegou chorando a morte de Getúlio Vargas e tentou levar a discussão para o viés político:

— Ele é um golpista! Tramou a retirada do Jango do poder. Esse monte de milicos entrando e saindo da mansão no ano passado. A senhora acha que era para quê?

— Não estou preocupada com isso.

Anonimamente, Maria notou a preparação de tudo o que ocorrera quando servia cafés para os generais, mesmo sem entender os códigos que utilizavam nas conversas com o patrão. O que a filha verbalizou fazia sentido, pois não mais ouviu jingles de campanha no rádio.

Inês apelou para o último argumento que lhe restava:

— Esse homem abusava de mim.

Maria soltou o talher quando ia dar a última garfada do jantar. Em seguida, respondeu:

— Isso aconteceu? De verdade? Eu não queria acreditar.

Olhou firme para Inês e engoliu a própria saliva aguardando a resposta.

— Aconteceu. Você sabia. E por que não fazia nada a respeito? — falou com incredulidade.

— O que você queria que eu fizesse? — disse Maria em tom de raiva. — Que pegasse nossas trouxas e fôssemos para rua pedir esmola? Ou voltar para o Nordeste e passar fome?

Inês emudeceu. Pensou rapidamente que tudo que lia sobre feminismo, marxismo e revolução não valia de nada diante da realidade da vida vivida por pessoas como sua mãe.

— Nós poderíamos... — Inês tentou dizer. — Nós poderíamos...

— Poderíamos o quê? Vamos, ande, me diga o que eu poderia ter feito. Já não basta toda a culpa que carrego?

— Você deixou tudo acontecer. Bem debaixo do seu nariz. Você me prostituiu!

Maria sentiu o rosto queimando de raiva. Pensou em agredir a filha, não teve forças. Por fim, falou a mesma frase que tinha dito à filha mais velha, mais de duas décadas atrás.

— Isso não vai ficar assim — ameaçou Inês.

— Não faça bobagem, minha filha — lamentou Maria, os olhos marejados. —Espero que um dia você possa me perdoar.

As suspeitas de Inês se confirmaram: não teve eleição em 1965. Muito pelo contrário, Castelo Branco continuou no poder. Nesse período, já se aventava uma divisão nas Forças Armadas: aqueles que desejavam a volta dos civis ao poder e outros contrários a isso. Os últimos, os "linha-dura", acreditavam que os comunistas e corruptos deviam ser extirpados da nação.

Suas convicções aumentaram quando definiram que haveria somente dois partidos políticos, e a UNE foi fechada. Quando soube da notícia, Inês ficou triste, sentiria falta até dos sambas que lá ocorriam. Foi em direção ao local para tentar o ato heroico de evitar o desastre, e encontrou Carlos esbaforido. Militares colocavam móveis e outros objetos dentro de um caminhão. Carlos profetizou:

— Esses caras não entraram para perder.

— Como assim?

— Os milicos. Não vão sair tão cedo do poder.

— Verdade. Um golpe desse tamanho não foi à toa.

Ambos se entreolharam como se tivessem resolvido um cubo mágico. Carlos continuou:

— Alguma coisa mais enérgica deve ser feita.

— O quê?

— Pegar em armas, se for preciso. Como foi feito na China, em Cuba e no Vietnã.

Inês admirou sua determinação. Ela tinha certeza de que as coisas deveriam mudar, só não sabia se daquela forma. Carlos trouxe mais um argumento para sustentar sua tese:

— Já há relatos de ações nesse sentido. Em Pernambuco, explodiram uma bomba no aeroporto para chamar a atenção, dizer que há uma ditadura em nosso país.

Inês ficou pensativa. Ele fechou seu minidiscurso particular:

— Estão torturando operários e estudantes para que deem informações relevantes.

Inês se convenceu de que a situação era grave. Todavia, ainda estava receosa sobre a possibilidade de aderir a um grupo armado e lutar contra a ditadura. Admirava os revolucionários da época, mas nunca tinha pensado que um dia poderia virar uma guerrilheira em seu próprio país.

— De fato é algo preocupante. Devemos nos organizar.

— Mais do que isso, companheira — colocou as mãos nos ombros de Inês —, temos de agir.

Ela sentiu um frio na espinha com o toque de Carlos. Sentiu energia e verdade quando olhou no fundo dos seus olhos. Enquanto isso, o caminhão levava tudo que estava na UNE, inclusive a inofensiva mesa de sinuca. Carlos observou a partida do veículo com tristeza, vendo-o cada vez mais distante. Imaginava que aquilo tudo seria simplesmente queimado.

Apesar de ele não ter chamado Inês a aderir a nenhum grupo oficialmente, ela afirmou que ia pensar nisso, afinal, era arriscado. Ainda assim, não faltavam exemplos de que a revolução podia acontecer. Por que não no Brasil? — Inês refletia.

Voltou para a mansão dos Macedo e Albuquerque acompanhada de Carlos. Ele contou que ficaria morando na casa de um amigo e entregou um papel a Inês com o endereço. Quando chegaram, Inês sentiu uma palpitação mais forte e tomou coragem:

— Acredito que você precisa saber algo importante a meu respeito.

Carlos ficou desconfiado. Sua expressão facial dizia tudo.

— Moro aqui, mas não nessa casa.

Ele entendeu o recado, porém emudeceu, acreditando que ela seria mais direta.

— Vivo nos fundos, com minha mãe.

Inês desviou o olhar e pensou que era a hora de entrar. Acreditava que Carlos jamais olharia para ela novamente. Ele não pestanejou e respondeu:

— Eu já desconfiava. Não há problema nenhum em ser filha de uma trabalhadora, seja ela quem for. Em casa sempre tivemos empregada doméstica. A que eu mais gostava era a dona Neuza, uma mulher negra. Às vezes, ela levava os filhos para a nossa casa, brincávamos quando eu era mais novo, apesar de o meu pai não gostar muito. Ele achava que eu não devia me misturar com eles, acreditando que podiam roubar algo.

Inês se sentiu mais leve e se despediu com um sorriso, depois de ele dar um beijo em sua mão. Ao abrir o portão, encontrou Joana sentada no banco próximo do chafariz, com um livro em mãos. Ficou em dúvida se a amiga viu a cena.

— Oi, amiga. O que está lendo?

— *Reforma ou revolução?*, da Rosa Luxemburgo. Conhece?

— Já ouvi falar. Depois você empresta?

— Claro. Sempre foi assim, né?

O comportamento enigmático de Joana intrigou Inês. Será que ela estava com ciúmes de Carlos? Pensou em sugerir que a amiga lesse *O segundo sexo*, mas resolveu entregar a triste notícia:

— Fecharam a UNE.

Joana interrompeu a leitura para dizer:

— Era esperado que fizessem isso. Não querem que a gente se organize.

— Tem outro caminho.

— Qual?

— A revolução! — deu entonação à palavra, mas sem falar alto, para outras pessoas da casa não ouvirem.

— É exatamente o que a Rosa discute nesse livro — disse, dando dois tapinhas na capa.

— E o que você pensa a respeito?

— Que em situações como a que a gente está vivendo devemos usar todo tipo de tática.

— Inclusive com armas?

— Especialmente com elas. Já viu alguma revolução sendo feita com flores?

Inês sorriu.

— Você já deve saber... — Joana continuou. — Odeio meus pais. Vivem explorando o povo para aumentar a riqueza. Quero viver em um mundo onde pessoas como eles não existam.

O vento com cheiro de maresia soprou nas duas amigas. Inês concordava com tudo que Joana dizia, apesar de saber que ela usufruía da riqueza que tanto criticava. Por outro lado, admirou a coragem de reconhecer a verdadeira face de seus pais. Achou que seria a hora de dizer o que JJ fez com ela durante dez anos, mas achou melhor não. Sua amiga não merecia mais esse sofrimento. Joana finalizou:

— Ele chama o motorista de macaco e eu sei que não paga salário-mínimo para a sua mãe. Meu pai é um monstro!

Inês não soube o que dizer. Queria abraçar e beijar Joana, mas estavam em um ambiente altamente vigiado por dona Suzana. Certamente ela estava à espreita para flagrar as duas em atitude, para ela, suspeita.

Nem tudo era luta. A vida continuava. No vaivém de estudos, Inês viu um novo canal no ar. Tratava-se da Rede Globo, no quatro VHF, um dos primeiros da frequência na televisão. A programação não era muito diferente das outras emissoras e por isso a audiência era baixa. Para atrair o público, promoveu um festival de música, copiando a fórmula das concorrentes Record e Excelsior.

Inês gostava desses eventos. Estava sempre por dentro das novidades musicais e dava um jeito de acompanhar. Os militares perseguiam inicialmente os sindicatos e o movimento estudantil, dando pouca atenção aos artistas. Esses, por sua vez, aproveitavam uma certa liberdade para fazer experimentos e importar as mazelas da população para suas músicas.

A influência das produções estrangeiras continuava incomodando Carlos. Seu novo alvo era o movimento conhecido como Jovem Guarda, que tinha um programa de televisão aos domingos na Record. Em um desses dias da semana, Carlos convidou Inês e Joana para passar uma tarde com ele e seu amigo Fernando. Quando Roberto, Erasmo e Wanderléa apareceram na TV, Carlos bradou:

— Ih, vai começar essa porcaria de iê-iê-iê.

Os outros presentes riram. Ele continuou:

— Uma ditadura em nosso país e esses caras falando de carro e broto.

— Ah, é uma música dançante, parecida com os Beatles — rebateu Joana.

— Esse é o problema — disse Carlos. — Enquanto isso, a música verdadeiramente brasileira é deixada de lado.

Carlos não era o único insatisfeito com os rumos da música brasileira. Por isso, a existência dos festivais. O primeiro, em 1965, foi chamado curiosamente de Festival de Música Popular Brasileira. O termo pegou e a sigla MPB passou a circular nos jornais. Nesse evento, exibido pela Excelsior, o grupo de amigos viu uma pequena cantora com uma voz inversamente proporcional ao seu tamanho. Tratava-se de Elis Regina, que interpretou a canção "Arrastão". Ficaram estarrecidos com seu talento.

No dia da final, somente Carlos, Inês e Fernando estavam presentes, pois Joana tinha viajado com a família para Búzios. O anfitrião caiu no sono após várias taças de vinho. Inês e Carlos também degustavam a bebida. Inês aproveitou o momento de intimidade e tomou coragem para falar:

— Tenho que falar algo importante a meu respeito.

— De novo? — Surpreendeu-se Carlos. — Quantos segredos você tem? — Sorriu.

— Bem, gosto muito de você e acredito que já percebeu. Mas também gosto de mulheres. Da Joana, especificamente.

Carlos ficou perplexo com a informação. Desconfiava de sua origem social, mas não da sexualidade de Inês.

— Sei que tem mulheres que gostam de outras...

— Inclusive a Simone de Beauvoir, conhece?

— Vagamente.

— Ela é casada com o Sartre e se relaciona com mulheres. Ele sabe de tudo e não se opõe.

— Uma relação diferente dos moldes tradicionais.

— Você acha isso um problema?

— Não, absolutamente. Você disse que gosta de mim, isso que é importante, não acha?

— Acho — disse, aproximando seus lábios dos de Carlos.

Enquanto ele se preparava para continuar falando, Inês avançou e encostou sua boca na dele. Ao fundo, Elis Regina terminava sua performance.

No ano seguinte, reuniram-se novamente para assistir à final e um impasse típico dos anos anteriores aconteceu. A canção ganhadora foi "A banda", do novato Chico Buarque. Contudo, o público aclamava "Disparada", de Geraldo Vandré. O júri teve que acatar a voz do povo e declarou empate.

Diversos artistas concordavam com Carlos e vociferavam sobre a grande americanização da música brasileira. Entendiam que o objeto-símbolo disso era a guitarra elétrica. Por essa razão, decidiram fazer uma marcha no ano de 1967 contra o uso desse instrumento.

Só não contavam com um grupo que subverteria toda a discussão no festival do mesmo ano. Eram os tropicalistas, liderados por Caetano Veloso, Gilberto Gil e a banda Os Mutantes. Eles não estavam tão interessados na revolução política, e sim nos costumes. Assim, chocavam a sociedade com cabelos grandes e roupas coloridas.

No dia da final, mais uma vez se reuniram na casa de Fernando para assistir ao programa e debatê-lo. Dessa vez, Joana também estava presente. Carlos foi o primeiro a opinar:

— Muito estranha a música desse Caetano. Tem guitarra misturada com ritmo regional, que bagunça!

— Ah, eu gosto — rebateu Joana. — O Brasil tem essa característica de juntar as coisas que vêm de fora e fazer algo novo.

— Sou mais os ritmos tradicionais — Inês se limitou a dizer.

— Estou torcendo para "Domingo no parque" ganhar. E vocês? — interveio Fernando.

— "Roda viva" — respondeu Inês.

— "Alegria, Alegria" — disse Joana.

— "Roda viva" — falou Carlos, que sorriu para Inês.

Nenhum dos palpites foi o certo, mas a discussão estava posta. Para Carlos e Inês, a música brasileira deveria expressar o sentimento do povo, ou seja, a revolução. Joana também acreditava no poder popular, mas estava mais aberta a ouvir e admirar outros ritmos, que simbolizassem não somente a mudança coletiva, mas também a individual.

No festival da TV Globo do ano de 1968 — o último dos grandes festivais —, esse debate chegou às vias de fato. A canção favorita era "Pra não dizer que não falei das flores", de Geraldo Vandré, porém a vencedora foi "Sabiá", de Chico Buarque e Tom Jobim. O público ficou enfurecido, chegando a atacar o carro de uma das juradas. Carlos também ficou indignado e cogitou que aquilo tinha o dedo dos militares.

Sua suspeita fazia sentido. Nesse ano, a ditadura mostrou a que veio. Diante do aumento da mobilização pela volta da democracia, a repressão também cresceu. Os militares linha-dura agora estavam no comando, com o presidente Costa e Silva. Parecia que os tempos de greves e manifestações tinham voltado. Inês, Carlos, Joana e Fernando participavam ativamente das discussões e passeatas, como a dos cem mil, após a morte de um estudante no restaurante universitário Calabouço.

Naquela sexta-feira, a região da Cinelândia estava lotada de manifestantes, que cantavam em uníssono a canção de Geraldo Vandré, chamando a população para aderir à manifestação. Não eram só palavras, houve também ação quando Fernando utilizou uma tática antiga para desestabilizar a polícia: jogar bolinhas de gude para que os cavalos e, consequentemente, os soldados caíssem. No momento em que fez isso, foi flagrado por outro militar.

Ele tentou correr, afastando-se do trio de amigos. Quando estava prestes a ser pego, um fotógrafo registrou o instante em que Fernando ia cair de cabeça. Reconheceram o amigo na foto. Tentaram em vão procurar seu destino.

Inês conhecia Fernando havia pouco tempo, mas sempre nutriu grande admiração por ele, mesmo com a timidez do rapaz. Esse episódio fortaleceu seu desejo de entrar em grupos armados para defender seus ideais. No entanto, estava perto de terminar a faculdade. Virar doutora, como era desejo de sua mãe. Inês não sabia se queria isso.

Esse dilema não durou muito tempo; a ditadura estava cada vez mais ativa e presente. A luta tinha pressa. Após o jantar, enquanto lavava a louça, comunicou sua decisão para a Maria:

— Mãe, vou trancar o curso.

Maria aguardou alguns segundos antes de responder.

— Falei que não precisa procurar emprego. Estou dando conta de tudo.

— Não estou me referindo a emprego, e sim me dedicar a lutar por um futuro melhor para mim, para a senhora e para todo o povo brasileiro — disse, com brilho nos olhos.

— Você precisa estudar e não se envolver com isso.

— Mãe — disse com cadência e colocando o último prato no escorredor —, não posso ficar parada diante de tudo que está acontecendo. Não vê, mataram um estudante no restaurante universitário e meu amigo Fernando está sumido. A senhora soube disso?

— Sim, ouvi no rádio. A situação está feia, verdade, mas você não precisa se expor, correr risco desse jeito. Não viemos do Nordeste pra isso.

— Viemos para que, então? Para morar de favor nos fundos da casa de um pedófilo?

Maria abaixou a cabeça. Inês continuou seu sermão:

— Já tenho vinte e três anos! A senhora não vai conseguir me impedir de lutar pelos meus ideais.

— De fato, não vou conseguir — concluiu, resignada.

Em um curto espaço de tempo, um turbilhão de lembranças dos últimos vinte e três anos vieram à sua mente. Lembrou-se de Inácio e se perguntava onde ele estaria. Pensou rapidamente que falar para a filha sobre a existência do irmão perdido podia convencê-la a desistir da nova empreitada.

— Só não quero perder mais um filho! — disparou.

Inês ficou chocada e inerte com a última fala da mãe. Durante anos, acreditou ser filha única. Não ter irmãos não era algo que a angustiava. Joana cumpria esse papel.

— Como assim? — perguntou Inês.

— Sim. Você tem irmãos. A maioria ficou em Jaguaribe. Vim somente com você e Inácio.

Maria foi em direção à gaveta, pegou a certidão de nascimento do filho e entregou a Inês. Ela abriu, confirmando o que a mãe revelou há poucos segundos.

— E o que aconteceu com ele?

— O motorista do pau de arara o vendeu quando estávamos no caminho para cá. Provavelmente para um fazendeiro... — Uma lágrima surgiu. Ao abaixar a cabeça novamente, ela caiu no choro.

Inês se aproximou da mãe. Abraçou-a sem nada dizer. A tristeza virava combustível para sua fúria contra a elite do país. Maria se debulhou em um choro guardado por mais de duas décadas. Entre um e outro, balbuciou:

— Nunca vou me perdoar por isso.

— A culpa não foi sua, mãe! — Foi o máximo que conseguiu falar para consolar Maria.

Um novo dilema caiu sobre Inês: a busca pelo irmão desaparecido. Não sabia nem por onde começar. Estava se formando em Direito, porém não tinha o menor tino para investigações. Não tinha nem recursos para iniciar algo dessa magnitude. Podia procurar as autoridades e a imprensa, mas a chance de ser ignorada era imensa. Quem ia se preocupar com o filho de uma empregada doméstica retirante?

Recompondo-se, Maria voltou ao assunto inicial:

— Você tá certa, filha, não posso te impedir. Só vou rezar para você ficar bem — afirmou e olhou de esguelha para o altar.

Inês assentiu e apertou mais forte a mãe com seu abraço, antes de se levantar.

Carlos e Joana também estavam convencidos de que algo maior do que as passeatas devia ser feito. Na universidade, não faltavam convites para integrar a luta armada. A diversidade dizia respeito às discussões que se tinha dentro da esquerda brasileira: reforma ou revolução? Restaurar a democracia ou revolução socialista? Iniciar pela cidade ou pelo campo, como na China e em Cuba?

O trio escolheu entrar no Mopre, o Movimento Popular Revolucionário. Borboletas voavam no estômago dos jovens quando um Ford Falcon cinza parou diante do trio em um local ermo do centro da cidade. Um homem negro com cabelo black power saiu do veículo, ajeitando a calça social enquanto observava ao redor. Apenas ordenou:

— Entrem.

Dentro do automóvel, um silêncio sepulcral, quebrado pelo homem quando outro comando saiu de sua boca:

— Coloquem isso! — ordenou, esticando os braços para trás. Entregava a eles panos pretos para se vendarem.

Obedeceram. Nenhum deles se arriscou a puxar assunto com o motorista. No entanto, a curiosidade era imensa, especialmente quanto ao local para onde estavam indo. Meia hora depois, chegaram ao destino. O homem que fez questão de não se apresentar levou-os para dentro de um imóvel. Nesse momento, autorizou a retirada das vendas.

Estavam em uma casa com um muro branco e alto. Por dentro, era pintada de verde e tinha um pequeno quintal entre a entrada principal e a porta aberta que dava para uma sala. Uma árvore fazia sombra. A garagem era repleta de azulejos vermelhos quebrados que formavam um mosaico e levava para outro quintal nos fundos. Não faziam ideia de onde estavam, nem se continuavam na mesma cidade.

Pela distância percorrida, parecia que sim, concluiu Carlos silenciosamente.

Outro homem se aproximou do trio. Ele estava armado e com um cigarro na mão. Olhou de cima a baixo e disse:

— Bem-vindos, companheiros e companheiras. Eu sou o Almeida, e este — apontou para o motorista — é o Barbosa. A partir de agora, esqueçam tudo que vocês deixaram para trás. Hoje vocês serão outras pessoas. Por essa razão, terão novos nomes. Como somos uma organização democrática, daremos a oportunidade de escolher a alcunha pela qual querem ser chamados.

Tiveram que pensar rápido. Inês notou que se apresentaram com sobrenomes. Imaginou que talvez essa fosse a regra, tal qual nas Forças Armadas. Almeida apontou para Carlos:

— Você. O seu nome.

— Maurício — respondeu rapidamente.

Almeida olhou para Inês e Joana, aguardando a resposta de ambas.

— Rosa — respondeu Joana.

— Sônia — disse Inês.

— Muito bem. Agora, vocês podem se juntar ao restante do grupo.

Foram levados para o fundo do imóvel, onde encontraram dois homens e três mulheres, que olharam os três com desconfiança. Estavam mexendo em armamentos. Carlos cochichou para Inês:

— Sônia?

— Foi a primeira coisa que me veio à cabeça — disse, no mesmo tom de voz.

Em seguida, olhou para Joana e perguntou:

— E por que Rosa?

— Por causa da Rosa Luxemburgo.

Almeida ouviu o diálogo e interrompeu:

— Vocês já se conhecem?

— Não! — respondeu Carlos com tanta ênfase que convenceu o guerrilheiro.

Pararam próximo de uma árvore, e Almeida continuou sua explanação:

— Vocês receberão documentos adequados em breve. Por enquanto, vocês devem ler isso. — E entregou o livro *A guerra de guerrilhas*, de Che Guevara.

No dia seguinte, foram acordados quando o sol nascia e partiram para o início do treinamento. O trio — agora sem venda — foi levado por Barbosa ao volante e Almeida no carona, para um descampado com três blocos de concreto e garrafas de cerveja em cima de cada um deles. Logo entenderam que se tratava de um estande de tiro. Após desembarcarem, Almeida falou:

— A parte fundamental é vocês saberem atirar. Só alerto que a arma deve ser usada em último caso. Não queremos ferir ou matar alguém do povo. Isso geraria antipatia da sociedade.

— E quando vamos começar a atuar? — perguntou Carlos.

— Calma, companheiro Maurício. Não vamos colocar vocês em risco também.

Barbosa se encaminhou ao porta-malas, retirou três pistolas e entregou a cada um do trio. Joana sentiu um frio na barriga ao segurar o armamento, Carlos tremia, e Inês suava nas mãos. Almeida continuou:

— Vamos começar com você — informou, apontando para Carlos.

Ele deu três tiros em um curto espaço de tempo e errou todos. A mão estava trêmula. Almeida contemporizou:

— Companheiro Maurício, tente respirar fundo antes de atirar.

A segunda foi Joana. Aquela arma foi o objeto mais pesado que tinha segurado em suas mãos lisas. Apesar do nervosismo, conseguiu acertar o alvo uma vez. Barbosa deu um tapinha nas costas dela e disse:

— Muito bem, companheira Rosa.

Finalmente chegou a vez de Inês. O suor entre as mãos e a pistola não atrapalharam, ela efetuou os três disparos certeiros. Almeida se orgulhou:

— Companheira Sônia... Você já sabia atirar?

— Não, senhor, é a primeira vez.

— Parabéns, você será muito útil pra nossa organização.

O treinamento se repetiu algumas vezes e, com o tempo, Carlos e Joana conseguiram ter o mesmo desempenho de Inês. Era a hora de colocar em prática os conhecimentos teóricos e práticos. Planejaram o roubo do Bamal. Almeida reuniu o grupo para explanar a ação:

— Como vocês sabem, esse é um dos maiores bancos do país, explorando o povo com suas taxas de juros altíssimas. Seu dono, JJ Albuquerque, é um golpista convicto e apoia ferrenhamente o atual governo. Temos funcionários que facilitarão nosso trabalho. Por uma questão de segurança, não revelarei quem são.

Joana sentiu uma ponta de tristeza pela forma como o guerrilheiro falou de seu pai. Sabia que ele tinha razão, só era duro ouvir isso da boca de alguém. No fundo, queria completar o que Almeida disse, afirmando que ele não sabia da missa a metade. Além de financiador do golpe, era corrupto e batia em sua mãe. Porém, se falasse, desconfiariam de sua origem e a expulsariam do Mopre.

Escolheram uma terça-feira — dia de pouca movimentação bancária — para colocar o plano em prática. Entraram como se fossem clientes, com roupas formais. Joana ficou do lado de fora, de guarda, com um vestido azul — a arma por baixo dele — e óculos escuros para não gerar suspeita, próxima do carro de apoio. Caso a polícia aparecesse, ela deveria dar o aviso. Ao sinal de Almeida, todos se posicionaram. Ele tirou a pistola da cintura e bradou:

— Não queremos machucar ninguém, viemos pegar o que é do povo!

A maioria dos presentes se abaixou, exceto Inês e Carlos. O casal rapidamente se dirigiu aos caixas e colocou o máximo de notas de cruzeiro-novo que conseguiu dentro dos sacos. Quando Inês se aproximou do último, o empregado lhe disse:

— Abaixo a ditadura, companheira!

Ela não teve muito tempo para pensar. Estava ofegante e suando frio. Apenas olhou profundamente nos olhos daquele homem, tentando sinalizar uma concordância silenciosa. Entretanto, as palavras "abaixo a ditadura" ecoaram fundo em sua mente.

Três minutos depois, o trio saiu com rapidez, porém, antes, Carlos deu dois tiros a esmo e gritou:

— Poder popular para mudar o país!

Em seguida, correram para o carro. Joana acompanhou com certa dificuldade, mas conseguiu entrar. Estava com taquicardia e a boca seca diante do perigo de ser pega a qualquer momento. Barbosa saiu em disparada, o carro de apoio acompanhava atrás.

Quando estavam a cerca de trinta metros da ação, escutaram uma sirene. Almeida viu no retrovisor, era a polícia. As viaturas pararam na porta da agência achando que os assaltantes ainda estavam lá.

Mesmo assim, Almeida se dirigiu a Carlos:

— Ficou maluco, Maurício? Falei para atirar em último caso.

— Ninguém se feriu.

— Não importa, chamou a atenção da polícia. Vamos ter que mudar os carros, eles devem ter visto a cor e o modelo.

Inês segurava o saco de dinheiro com orgulho. Pensou em quanto tinha ali, se era equivalente a tudo que JJ devia à sua mãe. Por um breve momento, cogitou sair da organização com aqueles recursos. Mas ela não queria somente aquilo, seus planos eram mais ambiciosos.

O ano de 1968 terminou com a decretação do Ato Institucional número cinco. O linguajar técnico dos documentos produzidos pelo governo não enganava Inês, agora ela entendia tudo. Definitivamente, ela, Carlos e Joana corriam perigo. Agora, não tinha mais volta.

* * *

A solidão era cruel, pensava Inácio enquanto viajava de ônibus entre Brasília e o Rio de Janeiro. Um longo percurso, havia muito o que pensar. Em uma das paradas, viu uma passageira alegre com seu filho e sentiu o peso dos seus dezenove anos sem um porto seguro chamado família.

Inácio via-se como um andarilho, desprovido de lugar no mundo. Quem sabe a antiga capital poderia ser um local para finalmente fincar raízes? Estava cansado de vaivéns e confusões. Queria ser somente uma pessoa comum, como muitas que conheceu em sua trajetória: ir trabalhar, voltar para casa, encontrar a esposa e os filhos. O que ele fez para não ter direito a isso?, matutava melancólico.

Quando chegou ao Rio de Janeiro, sentiu o cheiro da maresia vindo da Baía de Guanabara assim que desceu do veículo e foi em direção ao bagageiro. Era um aroma de renovação, de uma nova vida. As nuvens brancas em um céu azul-claro como o mar eram o prenúncio da mudança. O olfato contrastava com a audição, o burburinho era ensurdecedor, lembrando o dia em que chegou em Brasília. A rodoviária estava apinhada, demonstrando que mesmo após quatro anos da mudança da capital, a Cidade Maravilhosa ainda atraía pessoas.

Inácio seguiu as orientações do delegado Edson e foi até o endereço escrito no documento que levava. Por sorte, era próximo do Terminal Rodoviário, na praça Mauá. Ao entrar, observou a grande movimentação. Sem pestanejar, abordou o policial que fazia o atendimento:

— Bom dia, estou procurando o delegado Carvalho.

— Quem é o senhor?

— Paulo. Vim transferido de Brasília. — E entregou o envelope.

O funcionário passou os olhos nos papéis e respondeu:

— Aguarde, por favor.

Meia hora depois, finalmente foi chamado. Ao adentrar com mais vagar a delegacia, ainda carregando a mala, ele percebeu como era bem diferente da GEB. Para começar, era maior, com mais salas e corredores. Os policiais pouco se entreolhavam, sempre com pastas presas debaixo das axilas, como se guardassem um grande tesouro. A maioria circulava pelas dependências segurando um copo de café, um cigarro ou ambos. Após subir três lances de escada, chegou até a sala do seu novo chefe. O policial que o atendeu fez o anúncio:

— Com licença, doutor Carvalho, aqui está o rapaz transferido.

Carvalho estava sentado, porém Inácio viu que ele não era alto, já estava com uma certa idade e usava uma roupa social com suspensórios. Em cima da mesa havia um chapéu. Diferentemente da sala do doutor Edson, não encontrou cinzeiro, por isso concluiu que provavelmente doutor Carvalho não fumava charutos, como parecia ser o costume entre os delegados. Contudo, o bigode grisalho estava presente. Inácio conjecturava que talvez fosse uma condição para estar naquela posição: ter um bigode grosso.

Doutor Carvalho tirou Inácio de seus devaneios:

— Por favor — olhou o papel sobre a mesa —, Paulo, sente-se.

Inácio obedeceu. O delegado continuou:

— Estou vendo sua ficha aqui. Somente boas recomendações.

— Procuro sempre ser o melhor no meu trabalho, doutor.

— Isto é bom, precisamos de pessoas assim. Não há nenhuma anotação de falta grave. Qual foi a razão para te mandarem para cá?

Inácio pensou que poderia ser uma pergunta retórica. Mesmo assim, encontrou uma resposta:

— Disseram que estavam precisando de pessoal aqui, devido à situação no país.

— Certamente. Está um caos mesmo. A criminalidade tem crescido bastante e os comunistas estavam tentando chegar ao poder. Ainda bem que os militares estão agora no comando e tudo vai entrar nos eixos.

Delegado Carvalho voltou a analisar a ficha de Inácio:

— Vejo aqui que você fez um treinamento com a CIA.

— Sim, foi um grande aprendizado.

— Esses americanos — filosofou —, conheci muitos.

— Onde?

— Na Europa, durante a Segunda Guerra. Estive lá como soldado. Saí de lá como sargento. Como tinha um pouco mais de estudo e experiência, consegui uma vaga aqui na delegacia.

Inácio ficou admirado com a história do doutor Carvalho. Estava se sentindo mais à vontade com a hospitalidade recebida. Confirmava o que ouviu em Brasília, de que os cariocas eram muito receptivos.

Ao observar uma fotografia pendurada na parede de doutor Carvalho sem os cabelos grisalhos e com um outro homem sorridente ao lado dele, tomou a liberdade de perguntar:

— Quem é ele? — disse apontando para a imagem.

O delegado virou-se para trás para conferir o que já sabia e respondeu:

— Você não o conhece? Carlos Lacerda, nosso governador. Liderei a investigação do atentado contra ele há onze anos. Não ficou sabendo disso?

— Eu era muito novo — falou, limitando-se a uma meia verdade.

— Fui até condecorado — disse sorridente.

Inácio foi salvo de mais perguntas sobre um período em que nada soube por viver cativo na fazenda Novo Brasil por batidas na porta. Era um jovem branco, de estatura média e sorriso sarcástico. Ao entrar, disse:

— Bom dia, doutor Carvalho.

— Bom dia, Maciel — respondeu o delegado.

— Bom dia — falou, olhando para Inácio.

— Paulo.

— Prazer. — Maciel estendeu a mão.

Inácio apertou forte e a recíproca foi verdadeira.

— Vocês dois trabalharão juntos — interveio doutor Carvalho.

Ele se dirigiu a Maciel e continuou:

— Paulo está vindo de Brasília.

— Começarei hoje? — perguntou Inácio.

— Sim — rebateu o delegado —, o que não falta aqui é trabalho. Vou adiantar o processo com a papelada e fazer seu registro como policial desta delegacia — concluiu.

— Doutor Carvalho, só preciso de um lugar temporário, enquanto não encontro um definitivo.

— Sem problemas, temos um dormitório. Maciel — virou-se para o rapaz —, leve ele até lá e depois vão para a diligência que determinei.

— Sim, senhor — disse Maciel, acenando firme a cabeça.

Ambos saíram da sala. Maciel seguiu as ordens do superior. Durante o caminho, nenhuma palavra foi dita. No alojamento, Inácio quebrou o silêncio:

— Bem, qual é a ação de hoje?

— Simples. Uma dupla de traficantes tem agido na região da Central do Brasil. Temos que ficar na espreita e pegá-los em flagrante.

— E qual é a descrição deles?

— Aqui está o retrato falado — disse, esticando os braços. Em suas mãos, papéis sobre o caso.

Inácio conferiu. Os três anos de experiência foram suficientes para que ele desenvolvesse uma boa memória fotográfica. Ele respondeu:

— Vamos. Eu dirijo a viatura.

— Antiguidade é posto — Maciel falou sorrindo.

Inácio não retribuiu. Passaram na reserva de armas e cada um pegou uma pistola calibre 38. No carro, Maciel iniciou o papo:

— Ao sair da garagem, vire à direita.

E assim foi feito. Poucos metros depois, Maciel fez uma sugestão:

— A gente podia aproveitar e pegar um arrego lá com as prostitutas. Vai reto.

— Como?

— Extorquir. Tudo que acontece na cidade, em especial as ilegais, precisa ter a nossa autorização. Não é assim em Brasília? Entra na próxima à esquerda.

— Digamos que sim.

— Só com esse salário que a polícia paga não dá pra viver. Temos que dar nosso jeito, né? Para aí na frente.

Inácio estacionou. Maciel concluiu:

— Moro em Bangu, muito longe daqui. Quero comprar logo meu carro, de preferência conversível, e passar com ele por Copacabana, igual os bacanas de lá.

Saíram do veículo e se afastaram dele para se camuflarem na multidão. Veio como um vulto sua experiência com pessoas como a que Maciel descrevera, como o fazendeiro Rabelo e os engenheiros das construtoras em Brasília.

A dupla iniciou o trabalho olhando pelas redondezas, em busca dos bandidos conhecidos como Gaguinho e Cara de Cavalo. Inácio tirou um maço de cigarro do bolso. Ofereceu ao parceiro, que respondeu:

— Obrigado. Eu não fumo.

— Nem eu.

Maciel olhou para Inácio com estranheza.

— Finjo que uso para dar a impressão de que estou distraído. Só acendo e não trago. Faço isso desde as rondas que eu fazia na Universidade de Brasília.

— Interessante. Acredito que tenho muito a aprender com você, Paulo.

— Espero que sim. Olhe, o meliante ali.

— Onde?

— Atrás da árvore.

Maciel ameaçou acelerar o passo e foi impedido por Inácio:

— Calma, rapaz. Esses bandidos também ficam de olho na gente. É como um gato e rato, temos que ficar na espreita, para dar o bote na hora certa.

Aproximaram-se sorrateiramente da dupla de bandidos e, no momento em que entregavam um pacote de maconha para um jovem branco e loiro, Inácio puxou a arma e apontou em direção aos traficantes:

— Parados! — gritou Inácio.

Cara de Cavalo correu como um animal de sua alcunha. Era uma estratégia dos criminosos: a ação em dupla permitia a divisão. Assim, enquanto um foge e toma a atenção dos policiais, o outro também faz o mesmo. Só que Inácio não teve essa reação, ficou com a arma apontada para Gaguinho.

Maciel retirou as algemas do bolso e prendeu o bandido sob o olhar dos populares que observavam a dupla de policiais com orgulho. Era uma inflada no ego que Inácio gostava, ser admirado pela sua bravura. Conduziram Gaguinho até a viatura e jogaram-no no camburão como se atirassem entulho em uma caçamba.

De volta à viatura, Inácio puxou o papo:

— Onde tem um galpão abandonado?

Maciel pensou por um tempo e respondeu:

— Lá para os lados onde moro. O que você quer fazer lá?

— Vamos interrogar esse bandido. — E apontou a cabeça para a traseira do veículo, onde Gaguinho se encontrava em silêncio.

— Não devemos levá-lo direto para a delegacia?

— Faremos melhor. Levaremos o outro também.

Maciel ficou intrigado com o que acabou de escutar. Decidiu ouvir a voz da experiência e guiou o parceiro até o local escolhido.

Quando chegaram, a dupla encontrou o galpão com fraldas sujas espalhadas, que se misturava com móveis velhos e quebrados, colchões rasgados e restos de obra. Uma das poucas coisas intactas era o que um dia foi uma caixa-d'água. Inácio a viu e ordenou a Maciel:

— Traga água.

Ele obedeceu, apesar de não entender a razão de toda aquela parafernália montada pelo policial transferido, logo em seu primeiro dia de trabalho no Rio de Janeiro. Fez algumas viagens com baldes cheios. Quando chegava de uma, Inácio despejava o líquido na caixa-d'água. Quando finalmente terminaram, Inácio tirou Gaguinho de dentro do camburão e o aproximou do compartimento. Em seguida, inquiriu:

— Cadê o seu comparsa? Para onde ele foi? Sei que vocês combinam um lugar em caso de fuga.

— Na-na-na-na-não sei, senhor.

Inácio não pestanejou. Aplicou os ensinamentos do agente John Paine e imediatamente empurrou a cabeça de Gaguinho para dentro da água. Segurou-a por um tempo e, ao levantá-la, repetiu a pergunta. Dessa vez, o traficante deu a informação. Inácio julgou-a verdadeira. Maciel apenas observou a cena como mais um dos aprendizados que teve com seu novo parceiro.

Ao retornar para a delegacia, viram fotógrafos e repórteres ávidos por mais um caso de prisão e, assim, alimentar a imprensa marrom carioca. Inácio evitava ser fotografado. O passado sempre estava à espreita, tinha receio de algum parente do fazendeiro Rabelo encontrá-lo.

Carvalho os aguardava em sua sala.

— Porra, eram dois meliantes, cadê o outro? O secretário de segurança está me enchendo para pegar esse Cara de Cavalo. Esses jornalistas estão feito abutres aqui na porta esperando.

— Infelizmente, ele fugiu, doutor — lamentou Maciel.

O delegado deu um soco na mesa, balançando a caneta e a caneca com café. Em fúria, esbravejou:

— Nem nos meus últimos seis meses de trabalho eu tenho sossego. Quero me aposentar em paz!

— Doutor, ele se evadiu, mas conseguimos a localização. Seu comparsa o dedurou — interveio Inácio.

— Ótimo. Vamos em busca desse bandido. Faço questão de participar pessoalmente. Quero fechar minha carreira com chave de ouro.

Nas semanas seguintes, a relação entre Maciel e Inácio se fortaleceu. O primeiro apresentou o submundo do crime carioca: prostituição, cassino ilegal, agiotagem, clínicas de aborto e, o que mais chamou a atenção de Inácio, o jogo do bicho. Apesar do pouco tempo na cidade, ele percebeu que era uma prática local muito antiga e, portanto, popular. Se interessou pela lógica simples do jogo e como ele era rentável. Analisou, por fim, que no Rio de Janeiro quatro homens dominavam as apostas. Um mercado muito grande para somente eles, concluíra o policial.

A busca por Cara de Cavalo se intensificou. Inácio e Maciel participavam das incursões, especialmente na Favela do Esqueleto, onde Gaguinho afirmou que ele se encontrava. Delegado Carvalho tinha dificuldade de acompanhar o ritmo dos mais jovens, mas cumpriu sua promessa de fazer parte da equipe.

O cerco ao maior bandido da época, segundo a imprensa, tomou conta dos jornais, e a população cobrava das autoridades uma solução. O governo respondeu utilizando todo o aparato possível: mais delegacias — portanto, homens — e até helicópteros.

Quis o destino que, em um dos becos, Cara de Cavalo visse o delegado Carvalho ficando para trás em relação aos dois policiais e, sem hesitar, disparasse três vezes pelas costas contra o velho homem. O barulho chamou a atenção de Maciel e Inácio, que virou imediatamente a arma para o bandido. Este, sem reação, soltou a arma, indicando que iria se entregar. Delegado Carvalho, no chão, conseguiu dizer para Inácio:

— Quem atira em policial não merece viver.

Foi a deixa para Inácio aplicar a técnica da respiração aprendida com Zé Angico na fazenda Novo Brasil. Não podia errar o alvo. Feito. Um tiro certeiro no peito de Cara de Cavalo, que se ajoelhou com o impacto do projétil em seu corpo e finalmente se estatelou no chão, onde o esgoto passava a céu aberto.

Neste ínterim, outros policiais — inclusive Maciel — se aproximaram da cena e completaram o serviço, atirando mais onze vezes no bandido caído.

Nos dias seguintes, a imprensa noticiava a ação bem-sucedida da polícia, em especial do policial Paulo, por ter dado o tiro fatal em Cara de Cavalo. Na delegacia, Inácio passou a ser chamado de Paulo Onça, em homenagem ao felino homônimo, símbolo da caça. No caso de Inácio, de criminosos. Por uma ironia do destino, esse animal não consta na listagem do jogo do bicho. Por outra ironia, a onça tem por caraterística ser solitária, assim como Inácio.

No entanto, entre a população mais pobre, a ação policial foi rechaçada. No fundo, essas pessoas viam Cara de Cavalo como um ser mítico, que desafiava os ricos e poderosos do país. Um artista reverberou esse sentimento alguns anos depois ao elaborar uma obra de arte homenageando o bandido em que estava escrito: "Seja marginal, seja herói."

A morte do delegado Carvalho desencadeou uma vendeta dos policiais contra os bandidos da cidade. Desestabilizaram-se os acordos tácitos entre ambos e os doze policiais que participaram da captura de Cara de Cavalo foram designados para compor o Grupo Especial de Combate à Criminalidade, responsável por "limpar" a cidade e evitar outra comoção popular por outros criminosos.

Inácio e os outros não gostaram desse nome e se autointitularam Órfãos do Carvalho. Tinham até um lema, inspirados na última fala do delegado: bandido bom é bandido morto. Os primeiros meses foram um sucesso para o grupo. Maciel conseguiu juntar dinheiro para comprar o tão desejado carro ao recolher o espólio da guerra contra os criminosos. Inácio ficava com uma parte do dinheiro também, o que permitiu pagar um aluguel e sair do alojamento da delegacia.

Os doze passaram a ser considerados policiais diferenciados. Isso permitiu o convite para que Inácio participasse da segurança e escolta da rainha Elizabeth, em sua visita ao Brasil em 1968. Ela fazia questão de ver um jogo em que Pelé estivesse em campo.

A seleção brasileira não tinha o mesmo encanto de outrora, especialmente após o fracasso na Copa do Mundo de 1966, em que o português-moçambicano Eusébio ofuscou Pelé, sendo considerado o craque do torneio, apesar de a Inglaterra ter sido a campeã.

Inácio acompanhou a monarca britânica em um jogo entre Flamengo e Santos no Maracanã, pela Taça Brasil. Fazer parte dessa comitiva o fez lembrar de outra figura internacionalmente importante, Che Guevara. O policial ficou sabendo da morte do guerrilheiro pelo *Repórter Esso*, isto é, não pelo rádio, e sim pela TV. Ficou com sentimentos confusos diante deste homicídio: ao mesmo tempo que lamentou o assassinato, concordava com o que foi feito. Finalmente concluiu: era menos um comunista no mundo.

Os Órfãos do Carvalho chamaram a atenção das autoridades. Muitas delas procuravam os serviços do grupo não para pegar bandidos comuns, e sim os terroristas. Quem fez o convite para Inácio mudar para o Departamento de Ordem Política e Social foi o major Valadares. Ele chamou o novo subordinado em sua sala, no último andar do prédio, para dar-lhe as primeiras orientações:

— Bem-vindo, Paulo. Como você deve saber, aqui não pegamos bandidos pé de chinelo, trombadinhas e traficantes. Nosso foco são os comunistas.

— Peguei alguns lá em Brasília.

— Pois bem. Temos informações de que centenas se reunirão em breve numa fazenda no interior de São Paulo.

— Hum — Inácio se limitou a responder.

Major Valadares continuou:

— Você será designado para essa missão. Pegar e prender a maior quantidade de subversivos possível. É uma ação integrada com a delegacia de São Paulo. Você será responsável por identificar os comunistas das organizações daqui. — E entregou uma pasta a Inácio.

Inácio folheou rapidamente. Sua habilidade em memória fotográfica estava sendo colocada à prova novamente, só que numa escala maior. Identificar dezenas de rostos era uma tarefa árdua. Entretanto, era a chance de mais um salto na carreira de agente da segurança.

— Pode deixar, major, farei o meu melhor.

— Dispensado — retrucou o militar.

O novo agente do Dops cumpriu sua missão. O Congresso da UNE foi interrompido quando ele e os policiais de outras partes do país entraram na fazenda e prenderam centenas de estudantes. Porém, houve também fugas. Diante do sucesso da operação, major Valadares chamou novamente Inácio para mais uma missão:

— Paulo, me sinto um pouco constrangido a misturar questões pessoais com profissionais, porém não vejo ninguém melhor do que você para isso.

— Pois não, major.

— Você tem cônjuge?

Inácio estranhou a pergunta. Fez um breve silêncio e respondeu:

— Não. Tenho focado bastante no meu trabalho e acabo nem pensando muito nisso.

De fato, nesse breve período em que estava no Rio de Janeiro, pouco se movimentou para tentar encontrar a mãe ou construir uma nova família. Major Valadares prosseguiu:

— Minha filha Silvia está debandando para os lados do comunismo. Acredito que um casamento irá acalmá-la. Não vejo um pretendente ideal a não ser você. Um rapaz de respeito, honesto e trabalhador.

— Fico feliz pelos elogios, major.

A proposta era tentadora, pensava Inácio. Era a chance que nunca tivera até então. Major Valadares virou para o subordinado o porta-retratos que tinha sobre a mesa. Apontou para a moça que estava a seu lado direito na fotografia e disse:

— Essa é minha filha.

Inácio examinou o objeto e viu uma mulher de sorriso largo, cabelos pretos na altura dos ombros, olhos amendoados e castanhos, penetrantes como de uma *femme fatale*. Usava um vestido azul, que Inácio achou curto para o seu gosto.

— Com todo o respeito, ela é muito bonita mesmo. Quem é esse ao seu lado esquerdo?

— Meu outro filho, Carlos. Esse entrou para grupos terroristas. Ainda acho que tem salvação, tenho esperança. Não quero que Silvia tenha o mesmo destino, por isso proponho um casamento.

— E para quando seria?

— O quanto antes. Vocês podem sair e se conhecer rapidamente, acredito que daqui uns três meses podemos consumar.

— Fechado — respondeu Inácio, sem pensar muito.

O policial passou a frequentar a casa dos Valadares para se habituar à futura família. Conheceu o major em sua intimidade e viu a forma grosseira com a qual tratava os empregados. Lembrou o tempo em que era um simples candango, quando estava em uma posição semelhante à deles.

Quando finalmente ficou a sós com Silvia, ela logo explicitou:

— Quero deixar bem claro que sou contra esse casamento.

Inácio ficou sem reação. Acreditava que a noiva estivesse de acordo com tudo.

— No entanto, vou acatar o que papai decidiu. Ele está farto de decepções, como a do meu irmão, um covarde que abandonou a família.

145

O futuro noivo acreditava que a revolta de Silvia acabaria assim que se casassem. Com o tempo, ela se acostumaria com a situação.

As expectativas de Valadares se concretizaram e, em três meses, Inácio e Silvia se casaram. Ele tomou a frente de tudo: desde molhar a mão do padre para abrir um espaço na agenda da igreja, até acelerar o processo de confecção do vestido da filha. Pela urgência da cerimônia, poucos foram os convidados, não chamando a atenção dos colunistas sociais.

Assim que entraram na limusine, Silvia fechou a cara sorridente que teve durante toda a cerimônia e nada disse. Inácio tentava conversar, mas ouvia respostas monossilábicas.

Na suíte de lua de mel, no Copacabana Palace — com a diária paga por Valadares —, Inácio, vestindo um elegante terno, iniciou a tradição, abrindo o champanhe francês. Era a bebida mais cara que ele havia consumido. Chegou a ficar com a mão trêmula ao servir as duas taças. Brindaram. Silvia permaneceu com sua feição de esfinge. Em seguida, Inácio começou a tirar os botões do vestido da noiva. No terceiro, Silvia rasgou a própria roupa rapidamente, depois vestiu o roupão e disse:

— Nosso acordo acaba aqui. Agora é cada um por si. Fizemos o que meu pai queria, assinamos aquele pedaço de papel. É o suficiente.

Uma grande tristeza se abateu sobre Inácio. Seu grande sonho de ter uma família se esvaía como um vento forte que empurra uma nuvem.

— Nem adianta querer transar comigo. Se meu pai ficar sabendo que você me violentou, ele te mata e você sabe que ele é capaz disso. E segundo: tomo a pílula. Esse remédio é milagroso. Não precisamos mais ficar reféns de vocês, homens. Controlamos se queremos ser mães ou não.

Ele não esperava ouvir aquilo. A raiva fez seu corpo ficar quente. Atirou a taça de champanhe com metade do líquido na parede. Silvia viu a reação do marido e aparentou indiferença, dando um gole no champanhe. Por fim, Inácio foi, cabisbaixo, em direção à janela e viu o mar e sua sinfonia de ondas, lembrando a mãe e a irmã, sua primeira e última esperança de ter uma família.

A frustração virou combustível para o trabalho. Major Valadares via Inácio como um fiel escudeiro e, por aceitar o casamento com a filha, o promoveu. Agora poderia chefiar uma equipe investigativa. Sua primeira missão no novo cargo foi comunicada pelo próprio Valadares:

— Estamos investigando uma nova organização terrorista, o Mopre. Foi atribuído a eles o assalto à agência do Bamal na semana passada, ficou sabendo?

— Sim, acompanhei pela TV.

— Aqui estão os integrantes — apresentou um conjunto de papéis com diversos retratos falados —, precisamos capturá-los. Só peço cuidado com meu filho Carlos. Quero-o vivo. Entendido?

— Sim, senhor.

O agente viu com atenção as imagens e registrou a de uma mulher de cabelos pretos curtos e um olhar que lhe era familiar. Ao lado, um codinome: Sônia. Major Valadares continuou sua explanação:

— Precisamos de uma estratégia para nos aproximar desse grupo. Você sugere algo?

Inácio refletiu por alguns segundos e pensou em uma que usou em vários momentos de sua vida. Propôs ao chefe:

— Sim, só vou precisar de alguém como apoio.

— Quem?

— O Maciel.

— E qual será o papel dele na investigação? — questionou Valadares com curiosidade.

— Bem, ele será nosso informante privilegiado. Vou convencê-lo a entrar nessa organização — disse com determinação.

1969-1970

Maria viu com orgulho e tristeza a imagem da filha em um cartaz colado no muro. Não conseguiu ler o que estava escrito embaixo dos rostos de Inês, Joana e do rapaz que não conhecia, mas podia imaginar do que se tratava. No fundo, ficou até feliz — era um sinal de que a filha ainda estava viva.

Sua ausência a machucava profundamente, porém ela não podia fazer nada para evitar tudo isso. Sua filha era adulta, por mais inconsequente que fosse. Os joelhos ficavam cada vez mais doloridos, pois ela rezava diariamente diante da santa no altar para que nada de grave acontecesse com Inês.

Tentava esquecer a situação com mais trabalho. Não tinha mais a energia de outrora, mas dava conta de tudo. Certo dia, ao levar um café para o patrão, viu a porta do escritório-biblioteca entreaberta. Não tinha o costume de ouvir as conversas, mas decidiu prestar atenção. Dona Suzana sussurrou:

— Você tem que demitir a Maria.

— De novo essa história. Maria é uma fudida de uma retirante nordestina. Ela é inofensiva — retrucou JJ.

Do outro lado da porta, Maria sentiu o sangue quente correr pelas veias. Segurou firme a bandeja. Sabia quem o patrão era, mas escutar aquelas palavras vindo diretamente da boca dele era cruel.

— O problema é a Inês. Ela fica colocando caraminholas na cabeça da Joana — retrucou Suzana, aumentando o tom de voz.

— Você que não soube criá-la do jeito certo.

Maria aproximou-se mais da porta.

— Com certeza foi ela quem levou Joana para essas organizações terroristas.

— Já estou entrando em contato com uns conhecidos para resolver essa situação — disse, tentando acalmar a fúria da esposa.

Não satisfeita com a resposta, Suzana disparou:

— Elas duas têm um caso!

Maria sentiu um frio na espinha. JJ levantou-se da cadeira e se aproximou de Suzana. Ela jogou verde para colher maduro e teve êxito.

— Isso é culpa das suas perversões — continuou. — Eu sei o que acontecia aqui dentro. Por isso ela virou lésbica e deu em cima de nossa filha. Agora, além de comunista, a Joana virou sapatão. João — dificilmente chamava o marido pelo primeiro nome —, faça alguma coisa. Seja o pai que você nunca foi!

Aquelas palavras atingiram os brios de JJ, que reagiu dando um tapa na esposa. O barulho foi tão forte que podia ser ouvido da casa dos fundos. Suzana caiu no assoalho de madeira encerado.

Nesse instante, Maria entrou no ambiente:

— Com licença, doutor Albuquerque, o cafezinho.

Suzana se levantou com a certeza de que suas palavras doeram mais no marido do que o tapa sofrido. Maria observava a patroa com frieza.

— Ah, sim, Maria, muito obrigado — falou JJ.

A empregada aguardou o patrão dar o primeiro gole para sair. Ele disse:

— Esse café está frio, Maria. Você sabe que gosto dele feito na hora, e não desses requentados de garrafa térmica que vocês, empregados, bebem.

— Desculpe, doutor. Farei outro para o senhor.

— Por favor. E que isso não se repita.

Maria recolheu a prataria com rapidez. Suzana aproveitou o ensejo e também se retirou.

No Mopre, a notícia da prisão de centenas de estudantes no congresso da UNE no ano anterior caiu como uma bomba. Muitos eram amigos de Carlos, Inês e Joana. Numa reunião da organização, na sala da casa, confabularam os próximos passos. Almeida iniciou o debate:

— Temos que definir a estratégia diante da ação dos milicos. O que sugerem?

— Precisamos chamar a atenção do mundo de que há uma ditadura em curso no Brasil — disse Inês.

— Concordo, companheira — assentiu Carlos.

— No entanto, não podemos machucar inocentes. Precisamos de apoio popular — completou Joana.

Almeida pensou por alguns segundos.

— Bem, acredito que um sequestro de alguma autoridade internacional possa cumprir esses requisitos.

— Tá doido, Almeida? Quer sequestrar a rainha da Inglaterra? — disse Barbosa, rindo da própria piada.

— Não precisa ser alguém tão importante. Mas um embaixador é o suficiente — respondeu Almeida, trazendo a discussão para um campo mais racional.

— Verdade. O da Alemanha tem um histórico horrível. Suspeita-se que ele teve participação no Holocausto. Não só não foi punido como ganhou esse cargo aqui no Brasil — contou Carlos.

— E como você obtém essas informações, companheiro? — perguntou Almeida.

— Meu pai é militar — falou, desavergonhado.

Os presentes se entreolharam, aparentando desconfiança. Percebendo a reação, Almeida colocou panos quentes:

— Você já provou ser fiel aos nossos ideais, companheiro Maurício. Não se preocupe. — E colocou a mão em seu ombro direito.

— E como vamos executar o plano? — disse Inês, retornando ao assunto principal.

— Vou tentar um contato com a embaixada para conseguir acesso à agenda dele — finalizou Almeida.

O Mopre tentava fazer da casa uma residência pacata do subúrbio carioca, de modo a não chamar a atenção da vizinhança. Para isso, compraram mais móveis e eletrodomésticos, como uma televisão, a coqueluche do momento.

Quando o equipamento chegou, Inês pôde relembrar a infância e assistir a novelas, porém agora sem estar escondida. Começou a acompanhar *Vidas em conflito*, na TV Excelsior. Ela admirava a atuação de Leila Diniz, que fazia a protagonista.

Inês soube mais da artista através do jornal *O Pasquim*, que começou a circular naquele ano. Era uma das poucas publicações críticas à ditadura. O restante parecia apoiar, seja por convicção, seja por censura.

Em uma das edições, Inês leu uma entrevista de Leila que a marcou profundamente. A atriz disse: "Você pode muito bem amar uma pessoa e ir para a cama com outra. Já aconteceu comigo." Pensamentos como esse chocavam a sociedade, e Inês percebia que não estava sozinha em suas convicções sobre relações afetivas. Não sabia expressar em palavras o que vivia com Carlos e Joana, mas se sentia feliz.

Naquela mesma noite, Joana e Barbosa ficariam de sentinela na madrugada, assim Carlos e Inês poderiam ficar juntos no quarto. Se ela queria questionar os valores sociais em relação à mulher, o sexo devia deixar de ser tabu. No entanto, o nervosismo se apresentava na forma de batimentos cardíacos acelerados, frente a uma investida sexual.

Quando os dois estavam prestes a dormir, Carlos se aproximou da cama improvisada, um simples colchão no canto do cômodo, próximo da parede, onde Inês estava deitada. Imediatamente, beijaram-se como nunca antes. Carlos tirou a blusa de Inês, admirou seu corpo e começou a brincar com os pequenos seios que tanto desejava. Ela soltava leves gemidos, enquanto ele usava a língua para mantê-la excitada. Desceu a boca pelo corpo arrepiado dela até chegar ao mais belo monte de vênus.

Tirou a calcinha vagarosamente observando cada parte do corpo de Inês. Ela sentia o calor da boca de Carlos em suas partes mais íntimas e dava espasmos de prazer. Em resposta, movimentava os quadris ritmadamente enquanto ele descobria as mais diversas formas de provocar e satisfazer. Carlos não perdia nenhuma oportunidade de contemplar as expressões de Inês. Ele sabia o que estava fazendo, mas também reconhecia que cada mulher é única e que aquele território estava sendo desvendado pela primeira vez por seu corpo.

Notou que ela fechava os olhos em alguns momentos, dando a entender que gostava. Não demorou muito, Inês tremeu o corpo inteiro de prazer. Quando finalmente gozou, percebeu o volume do barulho que estava fazendo e cobriu a boca, pensando em como foi incapaz de se controlar. Precisava descobrir como aproveitar esses momentos sem acordar a vizinhança.

Sentada no colchão, ficou ruborizada pela situação e confusa sobre o que fazer. Inês olhou para Carlos e percebeu seu short apertado. Não precisaram dizer nada. Inês também queria mais, voltou a beijar o rapaz com desejo, mostrando que não tinha chegado nem perto do fim. Ele tirou as próprias roupas enquanto ela se deitava, convidando-o a se acomodar em seu corpo.

Carlos teve paciência. Cogitava que Inês fosse virgem e, na verdade, isso não dizia nada sobre castidade, proibição ou culpa. Entre eles habitavam outras questões, compartilhavam ideias revolucionárias sobre o mundo, as pessoas e sobre si próprios. Regiam-se por novas convicções e, por isso, estavam mais preocupados com o prazer do que com convenções sociais.

Penetrou-a de uma única vez, com desejo e ansiedade. Inês soltou mais um gemido, não propriamente de incômodo, mas de surpresa pela sensação. A posição em que estavam proporcionava observarem a reação um do outro, uma troca profunda de olhares.

De repente, Carlos sentiu seu corpo reagindo de forma cada vez mais intensa, até gozar. Quase sem forças, roubou um selinho de Inês, que já sentia o corpo cansar. Ela sorria para ele, para si mesma e para a beleza que seus corpos eram capazes de proporcionar.

Dormiram nessa noite como não faziam havia muitos anos. Um sono tranquilo e pesado, que não marcava o que viriam a viver pelos próximos meses. O mundo deles parou por uma noite, mas para o resto do país não foi o mesmo.

* * *

A saída de Costa e Silva da presidência foi mais um elemento para demonstrar a truculência do regime. O ditador teve um acidente vascular cerebral e, segundo a regra que os próprios militares determinaram, quem devia assumir era o vice — porém, o vice de Costa e Silva era um civil. Os militares desrespeitaram a própria legislação e formaram uma junta militar.

Enquanto isso, o ser humano pisava na lua, revelando a grandiosidade da humanidade. Em 1969, mais uma liderança foi morta pelas forças de repressão: Marighella. Era uma vingança por sua participação na morte de um americano, acusado de fazer parte da CIA.

Isso tudo fez com que o major Valadares e Inácio acelerassem o processo de entrada de Maciel no Mopre. Reuniram-se no Angu do Gomes para decidir.

— Sua missão é muito simples — disse o major antes de abocanhar a iguaria que dava nome ao estabelecimento.

— Você deve obter o máximo de informações sobre esse grupo, especialmente este rapaz — afirmou Inácio, mostrando a foto três por quatro de Carlos na carteirinha da UNE.

Em seguida, olhou para Valadares, que fez uma leve mesura em concordância.

— Uma pessoa muito importante está interessada no destino dele e desta mulher.

Imediatamente mostrou a foto de Joana. Os cabelos claros e um olhar firme para a câmera a caracterizavam.

— E há mais alguém com quem devo ter um cuidado especial? — questionou Maciel.

— Sim — afirmou Valadares, depois de engolir o alimento. — Segundo essa minha fonte, ela tem informações valiosíssimas sobre esse e outros grupos terroristas — informou, apresentando a foto de Inês.

— Afirmativo, major — respondeu Maciel.

Inácio interveio novamente:

— Fizemos uma carteirinha falsa de estudante. Para eles, você está na faculdade de jornalismo. Você deve frequentar a universidade por três meses para dar mais veracidade ao plano. Quando for aceito na organização, só nos comunicaremos por telefone.

Valadares entregou um saco cheio de fichas telefônicas e uma pequena quantia de dinheiro. Em seguida, sugeriu:

— Só as utilize em caso de extrema necessidade ou quando obtiver uma informação relevante. Se perguntarem o motivo de você estar com elas, diga que é para ligar para os familiares. Eles não vão se opor a isso.

— Fechado — finalizou Maciel.

O plano seguia conforme o combinado. Em três meses, Maciel conseguiu o contato para fazer parte do Mopre. Barbosa repetiu o procedimento que tinha feito com Carlos, Inês e Joana. Almeida o recebeu e o apresentou ao grupo:

— Companheiros, esse é nosso mais novo companheiro: Jonas.

— Bem-vindo — disse Inês —, eu sou a Sônia.

— Me chamo Maurício — informou, apertando a mão de Maciel.

— Rosa — Joana se limitou a dizer.

Maciel logo identificou o trio das fotos. O treinamento de tiro foi superado com facilidade e, segundo Almeida, ele estava pronto para a próxima ação: o sequestro do embaixador alemão.

Antes disso, foi decidido que Joana e Maciel ficariam de guarda em determinada noite. Ele puxou conversa:

— Você não me é estranha.

— Acredito que você está me confundindo — respondeu com rapidez, para não gerar dúvidas no interlocutor.

— Já te vi em algum jornal. Você é filha daquele banqueiro famoso, JJ Albuquerque.

Joana sorriu e disse:

— Se eu fosse filha dele, você acha que eu estaria aqui? Estaria usufruindo da riqueza dele.

Foi um argumento convincente para Maciel, que não mais tocou no assunto. O Mopre acertava os últimos detalhes do sequestro.

— Temos que aproveitar o vácuo de poder que há na presidência — disse Almeida.

— Com certeza — afirmou Inês, cerrando as sobrancelhas.

— Não podemos perder mais tempo — falou Carlos.

— O embaixador estará na cidade na próxima terça. É um bom dia para colocarmos em prática, se todos estiverem de acordo — Almeida concluiu.

Ninguém se opôs.

— Vamos dividir as tarefas — ele continuou. — Amanhã, vocês dois — apontou para Carlos e Maciel — vão ao mercado para adquirir provimentos para os próximos catorze dias. É o tempo que prevejo essa operação.

— E as mulheres serão responsáveis pela limpeza da casa e pela preparação das refeições, imagino eu — interveio Maciel.

— Ei, não estamos aqui para sermos domésticas de vocês — respondeu prontamente Inês.

— Não é bem assim — tentou argumentar Maciel.

— Estou com a companheira Sônia. Você deu a entender que somente nós, mulheres, somos responsáveis por essas atividades — disse Joana, com o tom de voz elevado.

— Companheiro Jonas, aqui na nossa organização as atividades são divididas de forma igualitária. Não devemos fomentar as diferenças de gênero — argumentou Almeida.

No dia seguinte, os dois cumpriram o combinado. Saíram com desconfiança da residência, assobiando para disfarçar. Carlos saiu segurando uma pasta embaixo das axilas, emulando um trabalhador de escritório ou burocrata do serviço público. No caminho, Maciel interrogou:

— Você acha que esse negócio de sequestro vai dar certo?

— E por que não conseguiríamos? Estamos nos preparando há meses para esse momento.

— Às vezes, penso que o povo mesmo não tá nem aí para o que a gente está fazendo. Olha aí, estão mais preocupados com quando será o milésimo gol do Pelé... — E apontou para um exemplar do *Jornal dos Sports* cuja manchete só falava no tema.

— Me vê o *Pasquim*, por favor — disse Carlos para o jornaleiro rabugento, tentando desviar o assunto.

Em seguida, parou o caminhar e disse com firmeza:

— Bem, temos que agir. O povo vai entender o que a gente está fazendo.

Maciel se deu por satisfeito e continuaram andando até a venda de seu Manuel. Lá, ao ver um telefone público, aproveitou para se comunicar.

— Preciso fazer uma ligação.

— Para quem, companheiro?

— Minha mãe, ela deve estar preocupada.

— Sem problemas. Avise que a ditadura está prestes a acabar.

Maciel apenas deu um sorriso amarelo. Ao chegar ao aparelho, retirou o papel já um pouco desgastado com o número que lhe foi fornecido. Tirou o fone do gancho e, sem perder tempo, colocou a ficha e discou. Caiu direto na sala de Inácio no Dops. Ele atendeu no primeiro toque:

— Paulo, sou eu, Maciel — sussurrou.

— Por que está falando baixo assim?

— Tá difícil eu vir aqui sozinho. Só permitem que a gente saia em dupla. Dizem que é por segurança. Consegui despistar o mauricinho para fazer esta ligação.

— E o que estão planejando?

— Estão pretendendo... peraí que ele está vindo. Tchau, mãe, bença.

Carlos se aproximou de Maciel e estranhou sua atitude de desligar o telefone com certa força.

— Está tudo bem?

— Não, ela está muito doente, só isso. Fico preocupado e nervoso com a situação.

Carlos fingiu acreditar, mas a semente da dúvida sobre as intenções do novo companheiro foi plantada. Nada tirava de sua mente que Jonas era alguém para se ficar de olho.

O plano do sequestro teve sucesso. Aproveitaram que um dos carros da escolta estava na oficina naquela semana e a segurança ficou reduzida. Foi uma ação rápida. Em poucos segundos o embaixador estava no veículo do Mopre, com capuz, acompanhado de outro veículo, que ficou parado a manhã toda na frente do prédio sem gerar suspeitas.

Ainda dentro do automóvel, o embaixador tentou dialogar com os sequestradores em todos os idiomas que conhecia: inglês, francês, alemão e um português errático. Almeida foi o primeiro a responder:

— Senhor Ludwig van Sommer, não queremos machucá-lo nem queremos dinheiro. Porém, se o governo brasileiro não colaborar, teremos que tomar atitudes drásticas.

— Daremos tratamento digno ao senhor, diferentemente de como o governo brasileiro trata muitos de seus cidadãos — disse Inês ao seu lado no banco de trás, com uma pistola em punho.

Barbosa dirigia com uma habilidade que lhe era peculiar: a velocidade necessária para não gerar suspeitas pelas ruas. Em meia hora de viagem, chegaram ao destino. Acomodaram o embaixador Van Sommer em um dos quartos e Carlos se voluntariou para ser o primeiro a ficar na vigia do refém. Ninguém fez objeção.

Ao entrar no ambiente, observou-o com olhos felinos, com orgulho de seu feito e de seus companheiros. Sentia-se, de alguma forma, vingado. Na adolescência, ouvia os relatos de amigos judeus sobre os horrores da Segunda Guerra Mundial. Muitos vieram para o Brasil sem saber se os pais e outros familiares estavam vivos ou se morreram carbonizados em uma câmara de gás.

O embaixador apenas escutava, sentado, de capuz e com as mãos amarradas, a respiração ofegante e os passos para lá e para cá de seu sequestrador. Balbuciou no português mais perfeito que já conseguiu:

— Sente-se. Você é um rapaz ou uma moça?

— Seu porco nazista! — respondeu Carlos, dando uma coronhada na testa de Van Sommer.

Ele caiu da cadeira com a força do golpe. Almeida se aproximou do quarto e, suspeitando de que alguém chegaria perto, Carlos foi até a porta. Encontraram-se e Almeida perguntou:

— Está tudo bem, companheiro Maurício?

— Sim, tudo sob controle.

A notícia do sequestro se espalhou feito rastilho de pólvora. Na mesma noite, o *Jornal Nacional* dedicava longos minutos para tratar do assunto. Almeida observava aquela edição com orgulho, pois os apresentadores Hilton Gomes e Cid Moreira leram na íntegra o documento que ele havia elaborado dias antes. Saudações mútuas entre os membros do Mopre abafaram a famosa voz de Cid.

Em júbilo, Almeida acendeu um baseado e tragou. Maciel, ao ver a cena, o interpelou:

— Fazer uso de entorpecentes não atrapalha nossos projetos revolucionários?

— Companheiro Jonas, tivemos êxito em nosso objetivo. Acalme-se. Aqui dentro — apontou para o cigarro — há substâncias milenares que nos entorpecem e causam relaxamento. Não é isso que vai atrapalhar a queda da ditadura.

— Devemos focar nas próximas estratégias — insistiu com energia.

— Tudo a seu tempo, jovem. Me estranham certos questionamentos seus, parece que você não coaduna com nossos ideais — afirmou, jogando a fumaça densa pelo recinto.

— Você duvida da minha lealdade?

— Jamais. No entanto, são pensamentos retrógrados, que acreditamos que devem ser superados. Por exemplo, com relação ao papel das mulheres, sua opinião não foi bem-vista pelas companheiras, especialmente Sônia e Rosa.

Maciel se desconcertou com o que ouviu. Pensou por alguns segundos e tentou sair pela tangente:

— Bem, é minha vez de render o Maurício.

Almeida apenas observou-o caminhar pelo corredor com os olhos semicerrados.

Nos dias seguintes, as autoridades se movimentaram e foram obrigadas a negociar. Almeida foi inflexível. Só liberaria o embaixador com a soltura dos estudantes presos. No entanto, a junta militar não se entendia, era uma hidra de três cabeças. Para resolver a situação, logo escolheram um novo ditador: Emílio Médici.

Com o novo presidente, avançou-se para uma solução, no limite dos dias estabelecidos por Almeida. Exibiu-se novamente no *Jornal Nacional* o embarque dos presos políticos em direção ao exílio. Carlos, Joana e Inês chegaram a ficar com os olhos marejados diante do orgulho do feito, acreditando que o céu era o limite ou era o fim da ditadura e o começo de um novo Brasil.

Ato contínuo, organizaram o fim do sequestro. Escolheram o dia perfeito: o do jogo em que Pelé poderia fazer seu milésimo gol. O país estava parado diante do acontecimento quase heroico. Enquanto Pelé discursava após converter o pênalti, largaram Van Sommer na praia de Botafogo. O embaixador parou o primeiro táxi que encontrou e seguiu seu destino.

O ano de 1970 iniciou-se com a expectativa de mais uma vitória da seleção brasileira de futebol. Ocorreu uma grande renovação em relação ao plantel de 1966. Pelé foi mantido, apesar da reprovação do técnico João Saldanha, que afirmava que o craque era míope e isso poderia atrapalhar em jogos noturnos.

O presidente Médici interveio na discussão, mandando a Confederação Brasileira de Desportos demitir o desobediente Saldanha, que insistia em não escalar Pelé. Em seu lugar, Zagallo foi chamado. Era do interesse do novo governante que a seleção fizesse uma boa Copa, para mostrar ao país e ao mundo como o Brasil era uma grande nação.

A esperança de vitória animava a população, e o jingle criado especialmente para o torneio caiu no gosto popular. Certa tarde, em meio a seus afazeres inacabáveis, Maria ouviu a canção "Pra frente, Brasil" no rádio e imediatamente desligou o aparelho. Não via sentido em toda aquela euforia. Pessoalmente, seu sentimento era de incerteza. Não sabia o paradeiro da filha, e não ter notícias dela fazia com que tivesse lembranças do seu primeiro filho perdido. Pensou por onde andaria Inácio, se estava vivo e bem.

Por um breve momento, tentou imaginar o que teria acontecido se o filho nunca tivesse sido sequestrado. Será que os três teriam morrido de fome nas calçadas do Rio de Janeiro? Será que ela teria sido empregada em outra mansão onde sua filha nunca teria sido abusada? Será que hoje Inácio estaria lutando ao lado de Inês? Ou será que ele teria conseguido convencer a irmã a largar o comunismo e voltar para as aulas para se formar advogada? Será que seriam melhores amigos? Maria achava que sim.

Tais reflexões a deixavam em uma solidão triste, alimentada pelo peso da idade. No fundo, admirava a coragem da filha em desafiar as autoridades do país e pessoas como seu patrão, que não mereciam a menor compaixão. Concordava com Inês, era a hora de sair daquele lugar que tanto mal causou à sua diminuta família, só não sabia como nem quando.

Conforme esperado, a seleção venceu invicta a Copa do Mundo. Ao mesmo tempo, os porões da ditadura agiam com mais afinco. Comentava-se sobre a existência da Casa Amarela, local em que quem entrou jamais saiu. Enquanto o povo estava entorpecido pelos gols de Pelé, Jairzinho e companhia, mais pessoas eram presas e torturadas.

Diante disso, os integrantes do Mopre decidiam sobre as próximas ações, após mais uma carga que o regime dava. Os sequestros estavam fora de cogitação, as embaixadas agora estavam altamente protegidas. A mesma coisa com roubos a banco. Joana deu a fatídica sugestão:

— Eu sei onde tem uma grande quantidade de dinheiro que pode nos ajudar.

— Onde, companheira Rosa? — indagou Almeida.

— Na casa de JJ Albuquerque.

Inês deu um leve sorriso com a revelação, enquanto o restante do grupo se entreolhava, incrédulo com a proposta.

— Mas, Rosa, como entraremos lá? A rua em que ele mora é cheia de policiais — ponderou Maciel.

— Eu sei como, confiem em mim — respondeu com firmeza.

1971

Joana chegou até o portão da mansão dos Macedo e Albuquerque com óculos escuros e peruca. Celso, o motorista, passava cera no novo veículo da família, um Dogde Dart, o carro do ano em 1970. Não reconheceu aquela moça e foi interpelá-la:

— Boa tarde. Em que posso ajudar?

— Celso, sou eu, Joana — disse, em tom de voz baixo.

— Ah, sim. Seus pais estão preocupados. Acredito que a senhora ainda tem a chave da casa... — Em seguida, deu um sorriso simpático.

— Tenho. Mas não posso explicar muita coisa agora.

— Como queira.

E voltou aos seus afazeres enquanto Joana entrava. Ela viu outro funcionário cuidando das plantas no jardim, não o cumprimentou e foi direto para a imensa porta de mogno. Ao entrar, sentiu o cheiro da riqueza: Maria e Fátima faziam seus trabalhos rindo de algo. Ambas mudaram de expressão ao encontrar alguém que não reconheciam entrar pela porta da frente.

Imediatamente, Joana tirou o disfarce. As empregadas mudaram novamente suas feições, agora para alegria. Para Maria, o sentimento foi momentâneo, pois logo notou que somente Joana tinha voltado. Só podia se perguntar o que tinha acontecido com Inês.

— Que bom que você voltou, minha filha — disse dona Suzana, invadindo o recinto, como se já pressentisse o acontecimento. — Eu sabia que você não ia ficar muito tempo com aqueles terroristas. Seu lugar é aqui.

Em seguida, apalpou Joana por todo o corpo, verificando se ela estava ferida ou se faltava algum membro. A filha achou aquela atitude ridícula e imediatamente advertiu a mãe:

— Eu estou bem.

— Você me parece um pouco pálida. Maria, traga uma vitamina para Joana.

— Sim, senhora — respondeu.

— Mãe, eu só quero descansar um pouco. Por que você acha que sempre sabe o que quero?

Suzana ignorou a pergunta e continuou encarando a filha com orgulho e sorrindo. Joana não esboçou nenhuma reação por alguns segundos. Sem demora, afirmou:

— Vou para o meu quarto.

— E eu vou dar essa ótima notícia para seu pai, ele vai adorar. — Caminhou pela casa em direção à biblioteca.

Enquanto isso, Fátima continuava tirando o pó dos objetos da sala.

* * *

Alguns meses antes, Joana e os outros integrantes do Mopre confabularam:

— Companheira Rosa, você ainda não disse qual é o plano para entrarmos na casa de JJ Albuquerque — interrogou Almeida.

— Pela porta da frente.

Os presentes se entreolharam sem entender, inclusive Carlos e Inês. Ela continuou:

— É o plano de Ulisses. Conhecem a Guerra de Troia?

— Sim, me lembro de ter estudado isso — comentou Maciel.

— E o cavalo de madeira agora será um carro? — falou Barbosa, rindo sozinho.

— Serei eu — respondeu Joana, sem pestanejar.

Dessa vez, Carlos e Inês deram um leve sorriso, dando a entender que sabiam aonde Joana queria chegar.

— Companheira Rosa, é perigoso você fazer isso sozinha. Ou pretende agir de outra maneira? — indagou Almeida.

— Bem, vou ter que quebrar um pouco as regras da nossa organização. Eu sou a filha de JJ Albuquerque.

Agora foi a vez de Maciel sorrir. Confirmou a informação que Joana negara. Registrou em sua mente o que acabou de ouvir. Podia ser relevante no momento certo. Carlos e Inês não reagiram. Almeida foi o primeiro a demonstrar surpresa:

— Joana Macedo e Albuquerque. Como nunca suspeitei?

— Sou uma pessoa discreta.

— O que você fez, Joana, quer dizer, Rosa, foi algo grave. Passível de expulsão. Teremos que deliberar sobre o que fazer — lamentou Almeida.

— Se estou aqui é porque sou contra tudo aquilo em que meu pai acredita, não acham?

— De fato, é um argumento convincente — interveio Barbosa.

— As regras eram bem claras, me lembro disso quando me voluntariei — retrucou Maciel.

Almeida refletiu por um tempo e decidiu:

— Ao contrário da ditadura, somos democráticos. Vamos fazer uma votação simples: quem é a favor da manutenção da companheira Rosa, levante o braço.

Barbosa, Carlos, Inês e o próprio Almeida fizeram o movimento quase simultaneamente.

— Toda regra tem sua exceção, companheiro Jonas — disse Inês.

— A democracia é assim — concluiu Carlos.

Maciel acatou a decisão abaixando levemente a cabeça. Após seu triunfo, Joana continuou:

— Bem, o que sugiro é o seguinte: voltarei para casa fingindo arrependimento. Eles vão acreditar e me acolher. Uma semana depois, vocês chegam lá de madrugada, eu abro a casa, pegamos o dinheiro do cofre e eu fujo com vocês.

— E a quantia que tem é significativa? — questionou Almeida.

— Bem, imagine o que se roubou com a construção de Brasília. Pode ter certeza de que boa parte está lá.

— Parece um bom plano. Só precisamos de um código, um sinal para confirmar a ação. Como faremos? — indagou Barbosa.

— Como fizemos com o embaixador, com o carro estacionado na frente durante o dia. Aparecerei na janela. Sugiro que levem um binóculo. Acredito que a polícia não irá desconfiar. Vão achar que vocês chegaram para uma festa.

— Bem pensado, companheira — elogiou Carlos.

Inês observava toda a preparação com certa angústia. Aceitava cometer crimes para denunciar a ditadura e fazer a revolução, mas também se perguntava se aquilo não estava indo longe demais. E se descobrissem seu envolvimento em um assalto na casa do patrão de sua mãe? O que aconteceria com ela? Conhecendo JJ, sabia que ele ficaria furioso, demitiria Maria e não a recomendaria para ninguém. Ao mesmo tempo, era a chance — talvez única — de vingar todos os males que ele causou a si e à sua mãe.

— Já que todos estão de acordo, vamos colocar em prática o plano — afirmou Almeida, trazendo Inês de volta de seus devaneios.

No dia planejado, Carlos, Inês, Almeida e Barbosa se revezaram no carro aguardando o sinal de Joana. Maciel ficou na casa da Penha para qualquer eventualidade. Na madrugada, Joana saiu de fininho da mansão e calmamente abriu o portão para o restante do grupo.

Pé ante pé, chegaram à biblioteca de JJ. Inês travou por uns instantes ao lembrar de tudo que ocorreu naquele cômodo por muitos anos. Sentiu ânsia de vômito. Joana colocou a mão em suas costas e sussurrou:

— Tá tudo bem?

— Sim. — Foi o que conseguiu dizer.

Quando finalmente entraram, todos olharam para Joana. Almeida verbalizou o significado da ação anterior:

— Companheira, você deve abrir o cofre.

Joana respirou fundo. Em sua infância, o pai alimentava sua fantasia afirmando que ali havia um segredo especial e, por isso, a sequência de números era o dia de seu aniversário. Conforme ia crescendo, Joana ouviu ainda que poderia abrir somente em caso de extrema necessidade.

E era, concluiu. Caminhou em direção à estante de livros. Um leve empurrão e ela se deslocou, revelando não um cofre e sim uma espécie de caixa-forte de banco. Quando Joana inseriu o código, um mundo se abriu. Parecia que estavam em um gibi do Tio Patinhas. Carlos ficou embasbacado como uma única pessoa era capaz de guardar uma quantidade tão grande de dinheiro enquanto muita gente mendigava. Barbosa conjecturou que talvez os sacos que levaram não seriam suficientes. Almeida trouxe o grupo de volta à realidade:

— Vamos, rápido!

Obedeceram, colocando o máximo de cédulas que conseguiram. Quando estavam prestes a sair da mansão rumo ao jardim, Inês esbarrou seu saco em um vaso de porcelana, que vagarosamente se espatifou no chão. Foi o suficiente para o grupo acelerar o passo. Inês, apavorada com o acidente, correu, tropeçou e deixou cair o que segurava. Sem tempo para buscar, deixou-o lá e foi embora com o restante do grupo.

No carro, saíram em disparada, cantando os pneus. O barulho chamou atenção de Maria, que estava desperta de madrugada por causa da terrível insônia que havia tomado conta de suas noites desde que sua filha saiu de casa. Que mãe consegue dormir sabendo que a filha corre perigo?

A empregada foi conferir o que aconteceu e encontrou um saco da mesma textura dos utilizados nas gincanas de festa junina. Abriu e viu o conteúdo. Ficou perplexa com a quantidade de dinheiro que lá havia. Certamente tinha dono, pensou. E se estava dentro das dependências da casa de seu patrão, havia grandes chances de ser ele.

Era a oportunidade que Maria queria. Não sabia exatamente o valor, mas provavelmente dava para se manter por pelo menos três meses. Era o tempo de encontrar um lar e procurar um novo emprego. Finalmente o destino sorria para ela. Com receio de ser encontrada, voltou para a casa dos fundos com o saco.

Ainda dentro do carro, os membros do Mopre comemoraram mais um feito:

— Com essa grana, podemos nos manter e até expandir com mais uma casa — disse Carlos, sorridente.

— Calma, companheiro Maurício. Não seja tão impulsivo, vamos decidir a estratégia em conjunto — retrucou Almeida.

— Podemos começar a atuar na área rural. O povo também está lá — sugeriu Joana.

— Exatamente — concordou Inês.

Quando chegaram na residência-base, se surpreenderam: Maciel não estava ali. Joana indagou:

— O que será que aconteceu com o companheiro Jonas?

— Os milicos podem tê-lo capturado — respondeu prontamente Inês.

— Teremos que procurar outro local caso ele nos delate. Já devem estar torturando o rapaz — afirmou Barbosa.

— Bem, ele me disse que a mãe estava doente. Pode ser que ele tenha simplesmente ido embora — sugeriu Carlos.

Almeida tomou a palavra:

— É uma boa teoria. Bem, fato é que Jonas tinha uma certa dificuldade de entender a mudança de valores na sociedade brasileira. Vamos torcer para que o Maurício esteja certo e esperar um tempo. Caso contrário, procuramos outro local.

Naquela noite, Almeida e Carlos ficaram na guarda. O restante se dirigiu aos aposentos. Barbosa foi para um cômodo, e Joana e Inês para outro.

Inês suava frio com a possibilidade de as duas transarem. Sentou-se no colchão esperando a chegada de Joana. Quando ela entrou, nenhuma palavra precisou ser dita: as duas avançaram e deram um beijo longo, como se há anos não se tocassem.

Joana tirou a blusa de Inês, revelando seus pequenos seios. Inês, sentindo o desejo dominar seu corpo e sua mente, beijou, lambeu e mordeu o pescoço de Joana. Seu cheiro era inebriante e, perdida nele, acariciou-a até senti-la perder as forças e gemer. Sons, sentidos e visões que aumentavam cada vez mais o tesão das duas.

Elas tiraram o restante das roupas e continuaram a se tocar, conhecendo cada pedaço do corpo uma da outra. A todo momento, um novo sussurro de prazer. Inês passeava suas mãos pela parceira, que arfava com seus toques.

Em certo momento, Inês alcançou o espaço quente e úmido entre as pernas de Joana. Aos poucos, sentiu cada centímetro da carne e dos pelos de seu amor. Quando encontrou o ponto de prazer que ela também tinha, percebeu a beleza de tocar aquele corpo por tanto tempo desejado. Ela percebeu Joana movimentando-se e guiando o ritmo, o que a levaria ao orgasmo momentos depois.

Inês não se conteve e, imediatamente, levou seus lábios aos de Joana, chupando o líquido que acabou de provocar. Surpresa com a paixão de Inês, Joana relaxou novamente e se permitiu sentir o prazer de outro modo. Mais macio e úmido, o novo toque de Inês colocou Joana em alerta novamente. E, sem o menor pudor, as recentes ondas de tesão e gozo a tomaram com mais intensidade, levando-a a sensações nunca antes experimentadas.

Joana se conhecia muito bem; masturbava-se desde a adolescência, mas a sensação de alguém lhe proporcionando prazer era inenarrável. Quando recuperou o ar, voltou a beijar Inês. Com toques suaves, passava suas mãos pelas curvas daquela que a fez perder os sentidos pela primeira vez. Ela queria proporcionar o mesmo e, aos poucos, a beijou, passando as mãos, reconhecendo cada parte daquele corpo.

Ela ficou cada vez mais excitada e, ao perceber que Inês gemia de leve, acelerava a respiração e se contorcia de tesão. Quis logo sentir o gosto de sua amada e começou a lamber suas coxas, sua virilha e, finalmente, sua carne macia e molhada. Joana cogitou que Inês já havia gozado enquanto lhe dava prazer. Nunca imaginou uma boceta tão molhada e quente em suas fantasias. Isso a excitou ainda mais.

Inês gozou mais rápido do que Joana esperava. Mas ela queria mais e, assim que pareceu se recuperar, Inês começou a tocar em seu clitóris. Inês se surpreendeu e começou a movimentar seus quadris ritmadamente.

Joana não imaginava que seria uma das cenas mais lindas que veria em toda a sua vida. Conforme Inês se movia, Joana tocava levemente em seu ânus, deixando-a ainda mais excitada. Aos poucos, ela descobria novas sensações, até que Inês explodiu de prazer e não foi capaz de controlar o gemido alto.

Ainda ofegantes, se olharam com carinho. Deitadas e abraçadas, Inês passeou suas mãos novamente pelas curvas de Joana e decidiu quebrar o silêncio:

— Acredito que você já saiba o que vou falar, mas faço questão que essa informação saia direto da minha boca.

— Diga.

— Eu e Carlos estamos juntos também.

— Eu imaginava.

— E mesmo assim você quis ficar comigo?

— "Você pode muito bem amar uma pessoa e ir para cama com outra." Eu também leio os jornais... — Deu um sorriso malicioso.

— Mas eu não amo uma pessoa. Eu amo duas.

Dessa vez, foi Inês quem sorriu. Joana respondeu:

— Confesso que não gostava muito do Carlos, mas, com o tempo, vi que ele tem lá suas qualidades. E, se ele está contigo, deve ser uma boa pessoa. De qualquer forma, se há espaço no seu amor para nós dois, só tenho motivos para te amar mais ainda.

Ambas deram um forte abraço e pegaram no sono do mesmo jeito que estavam. Foi um dia cansativo, e o amanhã prometia muito trabalho. Adormeceram abraçadas imaginando um mundo de liberdade, sem diferenças de classe, gênero ou orientação sexual.

* * *

Naquela mesma noite, Inácio viu Silvia na frente do espelho passando um batom tão vermelho quanto sangue. Usava um vestido verde que realçava suas formas. Ele acreditou que ela finalmente tinha desistido de ter um casamento de fachada.

Aproximou-se da esposa, pôs a mão em sua cintura e, quando aproximava seus lábios do pescoço dela, Silvia se afastou e disse:

— Esse não é o nosso acordo, lembra?

— Achei que você tinha mudado de ideia. Tá se emperiquitando toda pra quê?

— Isso não é da sua conta — respondeu, borrifando um pouco de perfume.

Inácio engoliu a própria saliva para não reagir e tratar Silvia como os terroristas e criminosos que prendia. Tentou agredi-la com palavras:

— Você é uma puta. Está me desmoralizando por aí com esses caras com quem você sai.

— Isso não é problema meu — respondeu com frieza —, esse era nosso acordo, você aceitou porque quis. Aliás, na verdade, foi para ganhar um carguinho no Dops, não é?

O ego de Inácio foi ferido profundamente. Para muitos, ele era um herói que salvava o país do comunismo, mas, dentro de casa, a própria esposa o via como um ser desprezível.

— Eu sei o que você e meu pai fazem por aí. Eu tenho asco de você! — Silvia finalizou. Em seguida, pegou a bolsa e saiu batendo a porta.

Sozinho em casa, Inácio ruminou o que Silvia acabou de dizer. Bebeu uma enorme golada de aguardente e, depois, ligou a TV. Um jogo de futebol era exibido, mas ele não conseguiu prestar atenção na partida.

Finalmente chegou aonde queria: tinha apartamento, carro, eletrodomésticos. Desfrutava do Brasil Potência que as autoridades propagandeavam. Só que, para ele, algo faltava: uma família. Tentava construir uma nova, aceitando ser pau-mandado de um major. Estava valendo a pena?, refletia.

A raiva tomava seu corpo, o que, mesmo embriagado, dificultou que pegasse no sono. Olhando para o teto, pensou em Maria e Inês — nunca esqueceu o nome delas —, a imagem já meio distorcida em seus pensamentos. Muitos anos tinham se passado. Imaginava o pior, que talvez estivessem mortas. Concluiu que podia usar de sua posição para procurar a mãe e a irmã que o destino chamado Rabelo separou. Era o momento, mas o dia seguinte o chamava e, na madrugada, finalmente abraçou Morfeu.

Acordou em cima da hora. Silvia já estava em casa e dormia profundamente. Saiu com presteza para o trabalho dirigindo seu Corcel GTXP, sentindo o vento batendo em sua face. Por alguma razão, preocupou-se com Maciel. Há meses ele não dava notícias e se surpreendeu quando o encontrou em sua sala no Dops.

Maciel olhou para Inácio com ar de satisfação pelo dever cumprido. Em êxtase, disse:

— Bom dia, Paulo. Descobri muita coisa sobre aquela organização.

— Bom dia, Maciel — respondeu sem a mesma alegria, a noite anterior ainda martelando em sua mente. — Pode começar a falar.

— Bem, o principal: ontem assaltaram a casa de JJ Albuquerque.

— O dono do Bamal?

— O próprio.

— O Valadares precisa saber — retrucou, indo em direção ao telefone.

Rapidamente discou o número do major. Do outro lado da linha, ele atendeu no primeiro toque:

— Major, aqui é Paulo Onça.

— Estava aqui mesmo prestes a te ligar. Os terroristas estão audaciosos, invadiram a casa do doutor Albuquerque.

— Maciel está aqui, major, e trouxe essa informação.

— Ele falou do sequestro?

— Sequestro? Não.

Maciel ficou confuso com aquela palavra. Não era esse o plano. Será que JJ foi o alvo?, pensou.

Valadares continuou:

— Ele e a esposa estão inconsoláveis.

— Imagino.

— Roubaram suas economias de décadas e sequestraram a filha. Ela tinha voltado há pouco tempo para casa, cansou de viver com os comunistas.

— Realmente, esses terroristas perderam totalmente o limite.

— Se o Maciel voltou, ele sabe onde estão. Podem ir imediatamente atrás deles. Lembrando que eu quero meu filho vivo. Vou até a casa do doutor Albuquerque saber o tamanho do estrago.

— Sim, senhor — concordou, colocando o telefone no gancho.

Maciel criou uma feição de curiosidade, aguardando Inácio revelar o conteúdo completo da conversa com o chefe.

— O major confirmou o que você disse. Ontem, o Mopre invadiu a mansão dos Macedo e Albuquerque. Levaram a filha dele. Estão aguardando contato para pagar o resgate.

— Paulo, tem algo errado aí. Ela não foi raptada.

— Como assim?

— A filha deles voltou para facilitar a entrada do grupo na casa, levar a grana e saírem pela porta da frente sem gerar suspeita. Segundo ela, é uma grana preta. É a nossa oportunidade de ficar com a bufunfa.

Inácio concordou com um aceno firme com a cabeça. Em seguida, entregou de volta o distintivo que Maciel deixou anos antes. Ele olhou o objeto com admiração. Voltou à realidade com a voz do parceiro:

— Vamos resolver isso antes que façam algo em relação ao seu sumiço.

Saíram da sala ofegantes, pegaram as armas e foram em direção à viatura. Recordando o tempo em que Inácio chegou ao Rio de Janeiro, ele mesmo dirigiu o veículo. Quando Maciel lhe disse o bairro, Inácio sabia parte do caminho.

Quase sete anos vivendo na cidade foram suficientes para conhecer a geografia local.

Chamaram mais dois homens para compor a equipe. Maciel guiava Inácio, que, por sua vez, rasgava a avenida Brasil com a sirene ligada, ziguezagueando entre os carros e colocando em prática sua boa habilidade como motorista. O coração batendo acelerado até o fez esquecer momentaneamente os problemas com Silvia.

A patrulha chegou rapidamente ao local indicado por Maciel. Dentro da casa, Carlos se levantava, sonolento, depois de vários turnos de guarda na noite anterior, porém escutou o barulho de um carro estacionando na rua. Ao conferir, agiu impulsivamente gritando:

— Fudeu! Os milicos!

Simultaneamente, Inácio deu um chute na porta que a fez voar para o meio da sala. Inês e Joana acordaram com os barulhos. Depois do aviso, Carlos conseguiu correr em volta da casa e fugir rua afora.

Almeida, ao escutar, também tentou, mas foi atingido por Maciel no ombro. Barbosa demorou para entender o que houve e levou dois tiros, um de cada policial que acompanhava a dupla. Acertaram a região da barriga e mais próximo do peito.

Quando as moças se levantaram, foram surpreendidas pela presença de Inácio, que as viu abraçadas. Em uma fração de segundos, ele reconheceu as moças das fotos do mural do Dops, especialmente a loira, e concluiu que ela era a filha do banqueiro João José Macedo e Albuquerque, a galinha dos ovos de ouro. Encontrou-as nuas. Não se abalou com isso e bradou:

— Paradas, terroristas!

As duas levantaram calmamente os braços, sinalizando rendição.

— Podemos pelo menos nos vestir? — conseguiu dizer Joana.

Inácio olhou para as duas com desdém, segurava tão firme a arma que quase tremia. Foi monossilábico:

— Sim.

Enquanto colocavam as roupas, Maciel trouxe a notícia:

— Paulo — as duas paralisaram-se nesse momento. Primeiro, por entender o motivo do desaparecimento repentino de Maciel, e segundo, por ouvir o nome do homem que estava a segundos de prendê-las —, um escapou, o Maurício. Temos um morto e outro ferido.

Apesar da situação, Inês sentiu um alívio. Pelo menos, Carlos estava salvo.

— Chame a ambulância e o rabecão do telefone de um vizinho ou comércio, você deve conhecer — Inácio se limitou a dizer, ainda empunhando a pistola em direção às moças.

Nesse ínterim, Inês e Joana se recompuseram e os outros policiais chegaram para algemá-las. Enquanto as levavam para o camburão, a vizinhança via aquela cena sem entender o que ocorreu naquela pacata casa.

Carlos estava embasbacado com tudo o que aconteceu nos últimos minutos. O projeto de revolução se esvaía e ele não sabia o que fazer. Instintivamente, colocou as mãos nos bolsos e encontrou alguns trocados. Estava perdido e pensou na primeira solução que lhe veio à cabeça: voltar para a casa do pai.

Para isso, teria que engolir o orgulho. Por fim, lembrou-se da frase atribuída a Lênin: "Dar um passo atrás, para depois dar dois à frente." Ia aplicar esse princípio em sua vida e, assim, embarcou no primeiro ônibus que o levaria para seu destino.

JJ desesperou-se com o sumiço da filha. No fundo, a esposa tinha razão: abandonou a criação da filha em detrimento da ganância. Achava que estava fazendo o melhor para si e sua família, inclusive para Joana. Estava garantindo seu futuro, acreditava piamente o banqueiro. Para ele, era inadmissível que a filha de um dos homens mais ricos do país estivesse tendo um caso com a filha da empregada doméstica. Para pessoas como ele, o dinheiro era sempre a solução dos problemas e, nesse caso, não seria diferente.

Nesse momento, Maria anunciou a chegada do major Valadares:

— Bom dia, major — disse, colocando uísque em um copo, no estilo *cowboy*.

— Bom dia, doutor. Imagino que as coisas não estejam como gostaria.

— Sim — apontou para o local onde o dinheiro foi roubado. — Ainda ficaram algumas notas que não conseguiram levar — disse e, em seguida, tomou um gole da bebida.

— Já mandei uma equipe resolver essa situação.

— Espero que seja na maior brevidade possível.

— Quem eu mandei é capaz. Um dos melhores da nossa delegacia. Foi ele quem atirou naquele bandido Cara de Cavalo, lembra?

— Certamente. Só espero que ele não atire na Joana.

— Dei ordens expressas para que isso não ocorra.

JJ bebeu de uma só vez o restante do uísque. Era a deixa para Valadares continuar:

— Acredito até que já tenham finalizado a operação.

— Então, o que estamos fazendo aqui? Vamos para a delegacia acabar com isso de uma vez por todas.

Saíram do recinto com passos firmes. Suzana os viu a tempo de perguntar ao marido:

— Aonde vocês estão indo?

— Buscar nossa filha!

Maria viu a cena, impotente por não poder dizer e fazer o mesmo.

Entraram no carro dirigido por Celso. JJ o orientou a ir o mais rápido que conseguia em direção à delegacia. Ao chegarem, Valadares e JJ encontraram Inês e Joana algemadas e sentadas em uma sala com vidro transparente, onde elas não ouviam o que era dito. O banqueiro inquiriu o militar:

— Porra, por que ela está presa?

— Não sei, doutor. Vou averiguar.

Valadares chamou Inácio, que imediatamente o obedeceu. O major dirigiu a palavra ao subordinado:

— Paulo, este é o doutor Albuquerque. Ele veio buscar a filha.

Inácio o observou de cima a baixo. Notou que era um homem de idade avançada, haja vista os cabelos brancos nas têmporas e as rugas. Tinha um olhar altivo, daqueles que sempre querem seus desejos atendidos com presteza.

— Muito prazer — disse Inácio, esticando as mãos em direção a JJ. Ele fez o mesmo e deram um longo cumprimento.

— Por qual razão Joana está algemada?

— Temos informações de que ela participou do assalto à sua residência.

— Mas isso é um absurdo! Como uma filha seria capaz de roubar o próprio pai? Valadares, mande-o soltá-la imediatamente ou falarei diretamente com o governador!

— Paulo, faça isso — o major ordenou de forma seca.

Inácio obedeceu e levou Joana para onde o pai estava. Ela permaneceu em silêncio. JJ se dirigiu a Inácio:

— Policial Paulo, o senhor pode nos acompanhar até o carro? Gostaria de ter uma conversa particular com o senhor.

Valadares nada disse e, portanto, era a senha para Inácio decidir que não viu nada de mais no pedido. Talvez quisesse saber algum detalhe do suposto resgate. Depois que Joana entrou no carro, JJ perguntou:

— Onde está o dinheiro que eles levaram?

— Bem, doutor, tudo tem um preço.

A resposta foi um baque para JJ. Pensou em usar o mesmo argumento que antes, porém lhe veio à cabeça a origem daquele dinheiro. Se fosse a fundo nessa história, poderia comprometer sua imagem de benfeitor diante da opinião pública.

— Entendi. Só posso lhe agradecer por tudo — respondeu, com certa ironia.

Enquanto JJ abria a porta do carro, Inácio falou sem ser perguntado:

— Doutor — disse com desdém —, dá um jeito nessa tua filha. Encontrei-a agarrada com aquela comunistazinha — falou, apontando para dentro da delegacia.

JJ fechou a cara, entrou no carro e encontrou Joana cabisbaixa. Antes de partir, ela ouviu a pergunta do policial:

— Doutor, e quanto à outra moça?

— Vocês sabem o que fazer com ela... — E ordenou que Celso partisse imediatamente somente com um gesto.

Joana ficou com os olhos marejados. O motorista arrancou com o veículo.

Ao chegarem à mansão, Suzana abraçou forte a filha. Maria viu as duas com apreensão por não saber de Inês. Joana foi para o quarto e Maria lhe levou um copo de água para se acalmar. A empregada tomou coragem para perguntar:

— Está tudo bem, dona Joana?

— Já disse que não precisa me chamar de dona — pediu, sorrindo antes de dar uma golada.

— É o costume.

— Acredito que você queira notícias da Inês.

— Sim, estou desesperada.

— Ela está viva.

Maria suspirou aliviada e balbuciou:

— Graças a Deus.

— Pelo menos por enquanto. Ela foi presa, está no Dops. — Abaixou o tom de voz para dizer a frase seguinte. — Você sabe o que esses militares estão fazendo com as pessoas?

— Imagino que não seja bom — respondeu, no mesmo tom de voz.

— Estão torturando — sussurrou.

Maria levou as mãos à boca, estupefata com a informação. Mesmo assim, perguntou já prevendo a resposta:

— Então Inês corre perigo?

— Infelizmente, sim. Mas vamos fazer o possível para tirá-la de lá — falou, indo em direção ao armário. Ao abri-lo, pegou um envelope. — Tenho estas economias. É pouco, não compensa tudo que meu pai lhe deve. Mas acho que pode te ajudar. Provavelmente, você será demitida. Ele sabe que Inês está envolvida no assalto.

Apesar de acreditar não precisar daquela quantia, recebeu-a de bom grado, guardando-a dentro do uniforme. Joana continuou:

— Sugiro que procure por Carlos Valadares. Ele conseguiu escapar e é filho do major que está por trás da prisão de Inês. Pode te ajudar a encontrá-la. Certamente, Carlos fará de tudo para isso acontecer.

— Esse major Valadares é o patrão da minha amiga Neuza. Não vale um tostão furado. Pelo que ela me diz, esse Carlos é diferente dele.

— Sim, ele só quer o bem de sua filha.

— Muito obrigada, Joana — disse, em tom de despedida. — Deus te abençoe por tudo que você está fazendo por mim e pela Inês.

Em seguida, deram um longo e apertado abraço.

Naquele instante, Suzana adentrou o cômodo. Imediatamente, Maria se recompôs, especulando que a patroa estivesse atrás da porta o tempo todo ouvindo a conversa. Suzana olhou com desdém para a empregada e lhe disse:

— Maria, o doutor Albuquerque está aguardando o café que lhe pediu há meia hora. Vá! — ordenou.

Enquanto recolhia a bandeja, ouviu Suzana chamar a atenção da filha:

— Já lhe disse para não se juntar com os empregados.

— Por que você nunca pode bater na porta antes de entrar? — respondeu Joana agressivamente.

Pressentindo uma discussão e obedecendo à determinação da patroa, Maria saiu do quarto, guardou o envelope em um local estratégico da cozinha — sabia que os patrões não entrariam ali — e levou a bebida a JJ. Chegando, deu duas batidas na porta e entrou. Encontrou-o olhando para o horizonte através da janela:

— Com licença, doutor. Aqui está seu café.

— Pois não, Maria. Pode deixar aí em cima da mesa.

— Sim, senhor.

Quando se retirava do ambiente, JJ a interpelou:

— Maria, o que você sabe sobre o assalto que ocorreu na noite passada? Inês está envolvida nele. Espero que você não esteja.

— Como assim, doutor? O senhor desconfia de mim, depois de tantos anos de dedicação?

— Veja bem, você é quase da família. No entanto, há fortes indícios de que alguém colaborou para a entrada dos terroristas, pois não há sinais de arrombamento nas portas. E o único laço que existe entre eles e esta casa é você e sua filha.

— Fui eu também que revelei a senha do seu cofre para eles? — questionou com a altivez que nunca tivera.

A pergunta desconcertou JJ, que respondeu:

— Isso a investigação vai dizer. Por enquanto, não vejo alternativa a não ser te demitir.

Maria não demonstrou surpresa com a decisão do patrão. Até esperava, conforme Joana a alertou. JJ prosseguiu:

— Faça a gentileza de juntar seus pertences e se retirar de minha residência — disse com uma polidez que não demonstrou quando admitiu Maria, vinte e seis anos antes.

— Como queira — resumiu a empregada, saindo da biblioteca-escritório com passos firmes.

Enquanto arrumava suas poucas roupas e objetos pessoais e os de sua filha, bolou o plano para não ficar na rua: pedir ajuda para outra colega de profissão, Neuza.

* * *

Após ficar preso no trânsito entre a Penha e a casa de seu pai, quem recepcionou Carlos foi justamente Neuza. Era uma senhora negra e baixa, com cabelo castanho e grisalho próximo da testa. Tinha um olhar caído, depressivo, de quem já tinha perdido o sentido da vida.

Apesar disso, ele gostava de seu humor peculiar. Na adolescência, desconfiava que ela pegava suas roupas para dar aos filhos, pois, quando os via, estavam com os mesmos modelos de camisetas sumidas de seu armário. Às vezes, pensava em contar tudo para o pai, mas não se sentia capaz de julgar o que Neuza fazia. Nunca lhe faltou uma roupa nova e bonita para sair. A fartura marcou sua infância. Bastava querer que alguém lhe dava uma camisa de time de futebol, uma social fina para as festas de seu pai ou, até mesmo, uma qualquer que estivesse na moda. Talvez fizesse o mesmo se estivesse no lugar dela.

Neuza abriu a porta e lhe deu as boas-vindas:

— Quanto tempo, seu Carlos!

— Sim, alguns anos. — E esboçou um leve sorriso.

Ao ouvir aquele nome e aquela voz, Valadares — que retornara há pouco da delegacia — reconheceu-a imediatamente e foi confirmar o que suspeitava. Seu filho voltava para casa.

— O bom filho à casa torna — disse, remetendo à parábola bíblica.

Conhecendo bem o pai, Carlos foi direto em sua resposta:

— Você está por trás de tudo. Destruiu o sonho de um Brasil melhor.

— E você continua o mesmo menino ingênuo, acreditando nessas teorias estapafúrdias.

Neuza observava a cena, sem entender bulhufas. Que Brasil melhor era esse?

— Não vamos falar sobre isso na frente dos empregados — Valadares continuou. — Venha, estou lhe recebendo com os braços abertos como o Cristo Redentor.

Carlos não gostava nem um pouco do jeito debochado com que o pai o tratava, mas acreditava que devia ser diplomático para conseguir salvar Inês dos porões da ditadura.

A portas fechadas no escritório ficaram frente a frente, somente uma mesa os separava. Carlos olhava firme para o pai, que tomou a palavra:

— Você deveria me agradecer por ter te salvado das mãos daqueles comunistas.

— E você não deveria se intrometer em meus assuntos particulares.

— Sua mãe ficaria decepcionada com suas últimas atitudes. Roubar, principalmente de quem sempre nos acolheu, como o doutor Albuquerque.

— Quem é você para falar da minha mãe? Ela morreu de desgosto por ter casado com você — disse, mantendo o tom agressivo.

Valadares ficou espantado com a forma como o filho o tratava. Nenhuma tática militar o ensinou a viver situações como aquela. Pensou rapidamente numa maneira de acabar com a belicosidade da conversa:

— Bem, o que posso fazer para deixar uma outra impressão a meu respeito? Apesar de tudo, você e a Silvia são a única família que tenho.

Foi a deixa que Carlos precisava. A proposta era interessante:

— Se você puder tirar uma pessoa da cadeia, ajuda bastante.

— E de quem se trata?

— De minha companheira, Inês.

— Inês? Quem é essa moça?

— É a filha da empregada do JJ Albuquerque.

Valadares ficou atônito com a forma natural com que o filho falou sobre algo que considerava quase uma heresia.

— Você passou dos limites, se engraçando agora com as serviçais.

— Fique sabendo que ela é a mulher que amo, goste você ou não.

— E como você a conheceu?

— Na Nacional. Estudamos na mesma faculdade.

A informação fez Valadares levantar a sobrancelha. Era uma pobretona, mas pelo menos tinha futuro, em sua visão. Diante disso, respondeu:

— Tudo bem, farei o possível para atender seu pedido. Com uma condição: que você termine o curso. Não quero saber de filho vagabundo. É até bom que você e essa Inês podem se formar juntos.

Carlos fez uma leve mesura, apesar de não gostar do desdém do pai. Ficou esperando que ele agisse imediatamente. Valadares pegou o telefone. Discou o número da sala de Inácio no Dops. Deu três toques e ninguém atendeu. Ligou para a recepção e, dessa vez, obteve sucesso:

— Boa tarde. Major Valadares que fala. O Paulo Onça está por aí?

Aquele nome foi registrado na mente de Carlos e nunca mais saiu. Não ouviu o que foi dito do outro lado da linha.

— Bem, a equipe que realizou a operação não se encontra na delegacia. Vou continuar tentando localizá-los.

Não era o que Carlos queria ouvir, mas ficou satisfeito que pelo menos Valadares tomou uma atitude imediata. Mesmo assim, saiu do local desconfiando das verdadeiras intenções do pai.

Inácio e Maciel levaram Inês para a tão falada Casa Amarela. Ela pensou em perguntar para onde a estavam levando, mas ficou com receio da resposta. Resignou-se, aguardando o pior.

O famoso imóvel fazia jus ao nome. Parecia uma residência simples, não corroborando com o que diziam que acontecia no local. Inácio a atirou para dentro de um dos cômodos e trancou a porta. Em seguida, dirigiu-se à cozinha para passar um café. As últimas doze horas foram como uma montanha-russa para ele: a certeza de um casamento não consumado, a volta de Maciel, uma operação bem-sucedida e muita grana no bolso. Glória ou fracasso?

Maciel aproximou-se de Inácio e perguntou:

— E o que vamos fazer com a moça? — Apontou o dedo polegar para a porta do cômodo onde estava a guerrilheira.

— Ora, o que fazemos sempre com comunistas. Colocar esses vagabundos no devido lugar.

Pensou em ponderar, mas lhe faltavam argumentos. Inácio o incentivou:

— Bora lá resolver isso.

Foram em direção ao quarto-cela e retiraram Inês, pegando com força seus braços.

— Eu não sei de nada, me solta.

Ignoraram suas súplicas e a jogaram em outra dependência da casa. Inês viu um local escuro e cheio de objetos que lembravam as masmorras medievais que estudou na escola. Dessa vez, os homens se trancaram com ela. Maciel foi ao rádio próximo da janela e aumentou o volume. Tocava "Jesus Cristo", de Roberto Carlos.

— Abre o bico, terrorista, conta logo o que sabe — disse Inácio, com o rosto enfurecido e próximo de Inês.

Ela se encolheu e respondeu:

— Eu já disse, eu não sei de nada. — E começou a tremer.

Insatisfeito com a resposta, desferiu um tapa que seria ouvido pelos vizinhos se não fosse a música alta. Inês caiu. Quando tentava se levantar, Maciel a chutou, o que a fez desmaiar. Acordou com água na cara, nua e de algemas.

— Você não quer colaborar por bem. Vai ter que ser de outro jeito, sua comunista de merda — afirmou Inácio.

— Me soltem, por favor! — retrucava Inês, em vão.

Inácio aplicou todos os ensinamentos de John Paine. Virou um expert no assunto, sabia os limites físicos e psicológicos dos seres humanos. Inês, por outro lado, fraca e debilitada, mal falava, apenas babava e emitia sons incompreensíveis e desconexos. Finalmente, colocou-a no pau de arara.

Uma ironia familiar de melancolia, dor, amargura e ódio.

Diante da recusa da terrorista em colaborar — com uma informação que eles nem sequer sabiam que existia —, Inácio tomou uma atitude. Lembrou-se da frase do agente da CIA dita em Brasília: "A tortura é uma ciência, e contra o comunismo, qualquer meio de acabar com ele é justo." Soltou as algemas da presa, empurrou-a para o chão e ordenou que Maciel segurasse seus braços.

E, então, a voz que ninguém escutou.

Ao vê-la desmaiar novamente, deixaram-na no quarto e foram tomar mais um gole de café.

* * *

A sorte estava do lado de Maria. Neuza concordou em ajudar lhe dando abrigo. Levou a amiga para a favela da Rocinha, onde sobrevivia com seus cinco filhos.

— Onde cabem seis, cabem sete — afirmou para a amiga, que sorriu em resposta.

No entanto, o que mais afligia a empregada era o paradeiro de Inês. Não queria perder mais um filho, dizia para si. Descobriu o endereço do Dops e foi até o local na manhã seguinte. Chegando lá, um policial com cara de que não queria estar ali a atendeu. Olhou-a de cima a baixo e viu uma mulher com roupas surradas e chinelo de dedo:

— Bom dia, senhora. Pois não?

— Bom dia, senhor, estou procurando minha filha. — E mostrou uma das poucas fotos que tinha dela adulta.

O agente de segurança imediatamente respondeu:

— Não vimos ela por aqui.

— Me disseram que ela veio para cá — insistiu —, o senhor mal olhou para a foto.

— Minha senhora, temos mais o que fazer aqui. Se sua filha sumiu, algo de errado ela fez!

Maria não quis confrontar uma autoridade que porta uma arma. Ainda havia uma última esperança: seguir o conselho de Joana.

Para isso, teria que abandonar o orgulho. Não queria depender mais de favores daquela gente mesquinha. Mas, se Joana falou que ele podia colaborar, ia confiar. Procurou Neuza para intermediar o encontro na casa de Valadares.

Ao saber que a mãe de Inês o procurava, Carlos correu para lhe dar notícias. Ele tinha pouco a dizer, mas qualquer palavra de conforto ajudaria nessas horas. Observou seu semblante de desespero, que se confirmou em sua primeira fala:

— Moço, você tem que ajudar a encontrar minha filha. Não sei mais o que fazer.

Carlos respirou fundo e passou a mão no cabelo. Sentia o mesmo que a senhora que estava à sua frente.

— Dona Maria — falou pausadamente para transmitir a tranquilidade que também não conseguia ter —, falei com o meu pai sobre a situação. Espero que tudo se resolva logo.

Coincidentemente, Neuza chamou Carlos dizendo que seu pai estava ao telefone. Ao atender, ele foi simples e direto:

— Encontramos a moça. Está aqui na delegacia.

Carlos suspirou aliviado ao saber que a amada estava viva, mas em que condições? Foi novamente em direção a Maria e repassou a notícia. A empregada ajoelhou no gramado do jardim da casa com dificuldade e levantou os braços aos céus em agradecimento. Em seguida, puxou o terço pendurado no pescoço e sussurrou:

— Jesus Cristo, eu estou aqui.

Dessa vez, não perdeu a filha.

Ambos rumaram para o Dops para finalmente resgatar Inês. Lá a encontraram com hematomas roxos nas pernas e nos braços, cabeça baixa e somente um lençol cobrindo seu corpo. Maria foi a primeira a falar com a filha.

— O que fizeram com você?

Inês não conseguia falar. Apenas chorou e abraçou a mãe. Carlos pensou em se aproximar, mas desistiu. Aquele momento era das duas. Seus olhos chegaram a ficar marejados, pois lhe veio a lembrança da sua mãe, que há mais de dez anos deixou esse mundo.

Depois dos últimos acontecimentos, tentaram estabelecer uma rotina. No mesmo mês, voltaram para a faculdade; faltava pouco para se formarem. Carlos conseguiu um estágio no escritório do pai de um amigo de infância e Inês resolveu procurar um emprego, para compor a renda enquanto terminava o curso. Conseguiu um como caixa de uma loja de discos.

Maria descobriu rápido que Carlos e Inês eram um casal. Revelou a eles que ficou com parte do dinheiro do roubo, o que ajudaria a dar um adiantamento de três meses no aluguel de uma casa. Por acaso, encontraram uma boa na Penha e lá viveriam dali em diante. Era uma nova realidade para Maria, de dias melhores, convivendo com pessoas que queriam o seu bem. Cuidava do lar — agora podia chamar por este nome — com esmero e construiu amizades na vizinhança. Carlos providenciou documentos para a sogra e nunca mais procurou o pai.

Parecia tudo nos conformes, até que Inês notou que sua menstruação estava atrasada. Não queria imaginar o que provavelmente tinha acontecido, mas era quase impossível. Com um enorme receio, comprou um teste de gravidez. Ao chegar em casa, mal falou com a mãe e se trancou no banheiro. Relutou em abri-lo. Olhava para a embalagem do produto pensando em desistir. Era melhor fazer logo do que descobrir com a barriga crescendo, pensou.

Ela urinou no local indicado. Um minuto depois, viu o resultado. Chorou copiosamente sentada na privada.

SEGUNDA PARTE

Doze de fevereiro de 1971. Nunca me esqueci desse dia. Foi quando eu morri — não fisicamente, mas moralmente. Não sei se isso é possível, mas sou a prova viva ou morta de que o absurdo pode acontecer.

O que aquele homem fez comigo ultrapassou todos os limites do aceitável. Revirando meus pensamentos — que ficaram confusos com as sevícias —, não consigo lembrar se foi o tal do Paulo Onça ou do Maciel.

Fiquei curiosa para saber mais desse Paulo Onça. Quais suas origens? Será que tem família, mãe, irmãos? Às vezes, fico curiosa em saber quem de fato ele é, mas ao mesmo tempo não tenho coragem.

O paradoxo da vida humana.

Chorei como nunca antes quando vi o teste de gravidez. Senti-me perdida. O que Marilyn Monroe, Brigitte Bardot, Simone de Beauvoir e Leila Diniz fariam em uma situação como essa? O que Joana me diria?

Lembro até hoje o momento exato em que saí do cômodo, levemente recomposta. Minha mãe me viu com um olhar de compaixão como se já soubesse o que estava acontecendo. Parece um poder mágico que somente as mães têm. Serei assim também?

Eu tinha que tomar uma decisão rápida sobre o assunto. Admito que me sensibilizei com a expressão de felicidade de minha mãe quando finalmente formamos uma família: eu, ela e Carlos. Agora, mais um ou uma integrante estava por vir.

Por essa razão, mantive a gestação. Não podia tirar esse prazer da minha mãe. De ela ter uma família unida ao final de sua vida. Mesmo que isso custasse o fim da minha. Um fim ainda em seu começo.

E, assim, um segredo fechado a sete chaves se estabeleceu entre mim e Carlos: jamais revelar a verdadeira identidade do pai desse bebê. Bem, estou fazendo isso aqui nestas linhas.

Os nove meses seguintes foram frenéticos. Continuei trabalhando, apesar dos enjoos constantes. Algumas vezes, eu não acreditava que existia um projeto de ser humano em meu ventre. Os chutes que eu recebia eram um lembrete para afastar esse tipo de pensamento de mim.

Também consegui terminar a faculdade. Nunca esqueci a reação de minha mãe quando peguei o diploma, com uma beca preta que não disfarçava minha condição. Ela não estava nem aí para isso. Se debulhou em lágrimas de felicidade e não se cansava de repetir que sua filha era doutora.

Em meio a isso, fui enquadrada na Lei de Segurança Nacional. Mesmo grávida de oito meses, compareci ao tribunal. Cercada de militares, não esmoreci. Tenho orgulho do que fiz, apesar de carregar as consequências, literalmente.

Para minha surpresa e de Carlos, fui absolvida. Especulamos sobre o porquê desse resultado. Carlos desconfiava que tinha o dedo do seu pai. Segundo ele, major Valadares sabia da minha gravidez através de agentes sob seu comando. Queria proteger o que acreditava ser um sangue do seu sangue.

Essa teoria fazia sentido. Nossa condição de guerrilheiros nos deixou uma sensação de que somos seguidos o tempo inteiro, mesmo depois que o Mopre encerrou suas atividades.

Eu acreditava que JJ usou de sua influência para abafar o caso. Se investigassem a fundo, descobririam a origem do dinheiro e que Joana tinha participação ativa no roubo. Por falar nela, nunca mais tive notícias suas. Se conheço bem aquela família, forçaram-na a admitir que tinha uma relação amorosa comigo e exigiram que se afastasse de mim.

Finalmente, o grande momento chegou. Entrei em trabalho de parto no dia dezesseis de novembro. Minha mãe queria que eu desse ao bebê um nome de santo, como ela tinha feito com seus filhos. Dizia que era uma proteção divina desde o início da vida. Bem, sou a prova de que isso é uma grande falácia. Meu irmão perdido, idem. Dos outros, nem sequer tenho informações para afirmar qualquer coisa.

Segundo os médicos, o bebê nasceu às 18h34, era uma terça-feira. Tinha exatos três quilos e seiscentos, o que era considerado um peso normal, logo era saudável.

Após descobrir seu sexo — menina —, Carlos decidiu o seu nome. Minha tragédia chama-se Vânia. Depois descobri o significado: a abençoada por Deus, ou a que traz boas notícias.

2005

Vânia foi para outra dimensão ao ler a primeira folha do caderno que sua mãe fazia de diário. Estava com as páginas amareladas e, por isso, teve cuidado ao folhear. Não esperava tantos acontecimentos na mesma noite. O primeiro sentimento era de que sua vida era uma farsa.

Tentou manter a calma diante de tudo. Releu o trecho em que Inês afirmava que Carlos não era seu pai, como se, ao fazer isso, as palavras pudessem mudar. A verdade estava novamente diante dos seus olhos. Saiu do quarto da mãe e caminhou pela casa sem direção, como um animal enjaulado. Bebeu mais um copo d'água, suas mãos estavam trêmulas.

Pensamentos confusos lhe vieram à mente. Será que havia relação entre o suposto acidente da mãe e o que ocorreu há trinta e três anos? Era uma pergunta que Vânia também queria responder. Deveria ir atrás de seu pai biológico? Um torturador da nefasta ditadura militar brasileira. Podia simplesmente deixar para lá, mas a curiosidade jornalística falava alto.

Ao voltar para o quarto, por um breve momento sentiu medo de continuar a ler o diário. O que mais a mãe diria a seu respeito? Deitou-se na cama e abraçou o caderno como se fosse sua própria mãe ou uma relíquia valiosíssima.

Uma vida passando em *flashbacks* a impedia de pegar no sono. Recorreu aos fármacos que sua mãe usava antes dos últimos acontecimentos. Dirigiu-se até o quarto de seus pais — fosse Carlos o pai biológico ou não — e pegou a caixa de ansiolítico na cômoda. Enfiou o comprimido na boca e, meia hora depois, dormiu profundamente por duas horas.

Às seis, o despertador tocou. Sentiu uma raiva de si própria por colocar sons de sino para acordá-la. Levantou-se, sonolenta, para arrumar o filho para a escola, contrariando o que tinha pensado na noite anterior. Um problema a menos para resolver, concluiu resignada.

Chamou-o com a firmeza de que não ia ceder caso ele pedisse para não ir. O menino se levantou com feição de contrariado, porém obedeceu. Foi tomar banho, enquanto sua mãe preparava o café da manhã.

Vânia fazia os movimentos da rotina diária tentando não pensar no mundo que desabou há poucas horas. Fazia o possível para manter a ordem e não transparecer nenhum sentimento negativo ao filho.

Desceu do elevador abraçando-o, para passar segurança. A criança entendia o sentimento da mãe e evitava fazer perguntas típicas da curiosidade infantil. Quando chegaram perto do jardim, Vânia não conseguiu olhar para o local da queda, apenas deu um beijo na cabeça de Daniel, que foi em direção ao transporte escolar. Por um instante, permitiu-se sorrir.

Vânia esperou o filho entrar no veículo na expectativa de que uma pessoa importante em sua vida estava em segurança. Menos ela. Uma solidão terrível abateu a mulher. Inevitável não pensar em tudo que acontecia à sua volta ao retornar para o apartamento dos pais após a separação. Refletia com tristeza se aquela tinha sido uma boa ideia.

Afundou-se no sofá e pensou que aquele não era um bom dia para trabalhar. Ao mesmo tempo, não queria encarar um dos responsáveis por ela estar naquele estado de letargia profunda.

No meio de todo esse turbilhão, pensou em ligar para Lúcia, sua companheira. Ela foi a advogada que atuou no processo de divórcio há três anos. Depois, decidiram sair da relação puramente profissional. Após a separação, Vânia se permitiu colocar em prática um desejo antigo: se relacionar com mulheres. Sempre se entendeu como bissexual.

Vânia foi em direção à mesa e pegou o celular. Hesitou por um instante antes de ligar e, no segundo toque, Lúcia atendeu:

— Bom dia, flor — disse, sonolenta.

— Bom dia — respondeu, de forma seca.

Do outro lado da linha, Lúcia interpretou o tom de voz da parceira:

— Aconteceu algo.

— Sim — replicou, mesmo sabendo que Lúcia não fez uma pergunta. — Preciso que você venha aqui o quanto antes.

Lúcia deu uma resposta monossilábica para se despedir, embarcou no táxi e, vinte minutos depois, estava no prédio em Copacabana. Vânia aguardou com apreensão quando a companheira tocou a campainha.

Vânia permitiu-se chorar na frente da namorada e contou tudo que ocorreu nas últimas doze horas. Lúcia observou o diário de Inês e ficou tão estupefata que demorou para reagir. Folheou o caderno como se os fatos fossem mudar com essa ação. Ela saiu do silêncio enquanto Vânia se recompunha:

— E o que quer fazer?

— Não sei nem por onde começar — falou, ainda soluçando.

Lúcia reorganizou os pensamentos:

— Bem, falando como advogada, aqui há um crime. Em tese, foi anistiado pela lei de 1979.

Vânia admirava a eloquência e o conhecimento de Lúcia. Já recomposta, respondeu:

— Para uma jornalista, dá uma boa reportagem... — E deu um sorriso de canto de boca.

Lúcia manteve a seriedade e afirmou:

— Tá aí. Por que você não propõe isso ao seu chefe, uma reportagem sobre você? Junta a fome com a vontade de comer.

Dessa vez, foi Vânia que ficou pensativa por alguns segundos.

— Verdade. Mas, se o conheço bem, vai ser difícil convencê-lo.

— Eu sei que você vai dar seu jeito — disse, segurando nos ombros da interlocutora.

Vânia deu mais um sorriso e ambas se abraçaram. Por trás dos ombros de Lúcia, viu o relógio e percebeu que estava atrasada para o trabalho. Ao se afastar da namorada, falou:

— Farei isso agora. Preciso ir trabalhar. Quer carona para o escritório?

A jornalista vestiu a primeira roupa que encontrou, passou um corretivo para disfarçar as olheiras e um batom de cor sóbria. Em seguida, colocou o diário da mãe na bolsa e desceram para a garagem. No elevador, se entreolharam com cumplicidade.

Vânia deixou Lúcia no trabalho e foi para o seu. Ambos ficavam em Botafogo, bairro próximo de onde residiam.

Ela trabalhava n'*O Redentor* havia mais de dez anos, desde que se formou em 1993. Começou como estagiária e teve um crescimento na carreira. Acreditava que estava naquela fase em que tudo estava monótono, por isso buscava voos maiores. Quem sabe uma grande reportagem poderia auxiliar nesse objetivo?

Jornais de papel estavam cada vez mais ultrapassados por conta da internet, e Vânia acompanhava de perto esse processo. Apesar disso, seu chefe, Ernesto Barroso Filho, ou Barrosinho, defendia com unhas e dentes o jornal impresso. Seu pensamento era a manutenção dos tempos em que seu pai, Ernesto Barroso, comandava a redação.

Barrosinho começou n'*O Redentor* na década de 1970. Dizia que veio de baixo, mas só chegou na atual posição devido às ações de seu pai. Ernesto Barroso foi um jornalista respeitado e levou a marca do jornal a um patamar superior. Foi um dos poucos que passaram incólumes às sucessivas crises econômicas dos anos 1980 e início dos 1990. Não teve a reputação abalada pelos acontecimentos políticos das últimas décadas, portanto, dialogava com diversas fontes de diferentes perfis ideológicos.

Seu filho não conseguiu manter seu legado. Nas aparências, demonstrava ser tão grande quanto o pai, mas no burburinho dos bastidores da imprensa carioca ventilava-se as dívidas do jornal. O casamento com Débora, socialite de uma família tradicional, não foi suficiente para mudar a percepção sobre ele. Muito pelo contrário, o ti-ti-ti dava conta de que ele era corno. Nas conversas de canto de sala, os funcionários da redação faziam piadas sobre a situação.

Quando chegou na redação, a primeira pessoa que Vânia encontrou foi Beto, com quem ela tinha mais intimidade. Ele era o fotógrafo que a acompanhava nas reportagens. Certo dia, lhe contou sua história. Disse que era homossexual e começou na carreira tirando fotos de casamentos, festas de quinze anos, batizados e até velórios. Buscando mais dinheiro, decidiu ser *paparazzo*. Segundo o próprio, dava para se manter com as fotos que vendia.

Beto recordava desse tempo com um misto de nostalgia e vergonha. Relatou os perigos da profissão, como quando perseguiu um jogador de futebol com sua amante. O jogador tentou tomar sua câmera. Beto riu ao contar como conseguiu escapar: se escondendo em um prostíbulo.

Agora ele se encontrava n'*O Redentor* em busca do reconhecimento profissional que nunca teve. Nesse ponto, estava como Vânia e isso dava cumplicidade à dupla para fazer um bom trabalho na rua.

— Menina, você está péssima. O que aconteceu?

Vânia não teve coragem de dizer "nada" e tentou resumir sua última noite em poucos minutos. Ele teve o mesmo raciocínio que Lúcia ao reafirmar sobre o potencial do material que ela tinha em mãos. Ele disse ao final:

— Leve isso ao doutor Ernesto.

— Já estava pensando nisso.

Ela foi em direção à sala de Barrosinho. Era relativamente escura, com móveis de madeira de tom fosco. Contudo, era possível ver uma foto emoldurada de Ernesto Barroso pai atrás da cadeira onde o filho trabalhava. Na imagem em preto e branco ele sorria para a câmera. Vânia estranhava aquele comportamento de culto à personalidade.

A mesa estava repleta de papéis dispersos por toda a superfície. Vânia também achava aquilo antiquado diante da existência de computadores. O local ainda fedia a cigarro, dando um ar ainda mais sinistro ao ambiente.

Vânia tomou coragem, bateu duas vezes na porta e a abriu calmamente.

— Bom dia, seu Ernesto.

Ele demorou para responder. Depois de expelir a fumaça ao léu, respondeu:

— Olá, Vânia. O que deseja?

— Bem, vou direto ao ponto. Tive acesso a este documento... — Ao mesmo tempo, tirava o diário da bolsa e esticava o braço ao chefe.

— Do que se trata? — respondeu, pegando o objeto sem muita firmeza.

— Um relato pessoal. Sobre uma mulher que foi torturada na ditadura e não sabe quem foi seu algoz.

— É um tema espinhoso — falou, folheando o caderno.

— Sim. E que precisamos trazer à tona, não?

— Tenho ressalvas quanto a isso, Vânia.

— Quais?

— Bem, são pessoas perigosas, que ainda têm relevância política. Não quero comprometer a imagem do jornal com esse tipo de reportagem — explicou, devolvendo o diário com desdém.

— Nosso trabalho como jornalista é justamente revelar fatos que a sociedade prefere esconder. Até onde sei, era um dos valores que seu pai defendia — retrucou, apelando para o emocional e olhando de soslaio para a foto na parede.

— Nosso trabalho é vender jornal. Ele afirmava isso também.

Vânia não quis continuar o assunto e acatou a ordem do chefe, mas, internamente, já maquinava formas de desobedecê-lo. Saiu da sala assim que Barrosinho sinalizou que ela devia se retirar e trabalhar em outra pauta.

Beto notou a frustração no rosto da amiga. Consolou-a com um abraço e se ofereceu para cuidar de Daniel naquele dia, para que ela ficasse com a mãe. Vânia agradeceu, mas disse que não seria necessário. Ela ligaria para o pai do menino para buscá-lo no colégio e ficar com ele por alguns dias.

A jornalista pouco conseguiu produzir. Finalizou uma reportagem que elaborava há dias sobre mais uma clínica de aborto que foi encontrada. Vânia utilizou uma técnica comum no jornalismo investigativo. Ela e Beto foram até lá dizendo ser um casal em busca do procedimento. O fotógrafo conseguiu boas imagens, mesmo com um celular de baixa definição.

Ela fingiu interesse e prometeu voltar outro dia. Fez isso, desta vez acompanhada do delegado Rocha e sua equipe. Ele era uma importante fonte sobre casos policiais que Vânia noticiava n'*O Redentor*. Sempre que um bandido famoso estava prestes a ser preso, era para Vânia que ligava para dar a informação exclusiva.

Ao anoitecer, voltando para casa no carro, sentiu o peso do mundo em suas costas novamente. No fundo, queria ir embora e deixar tudo para trás. "Tudo o quê?", refletia com tristeza. Tudo que era sua vida até então não existia mais. Sua mãe não era quem ela pensava ser, seu pai agora era um ilustre desconhecido. Nem a música que costumava ouvir a acalmava.

Decidiu primeiro passar no hospital para saber notícias de Inês. Doutor Marcelo não estava. A médica de plantão, uma jovem recém-formada, chamou Vânia para uma conversa particular em uma pequena sala.

— Você deve saber que o caso da sua mãe é gravíssimo.

— Sim, o doutor Marcelo nos disse ontem.

— É um pouco chato o que vou dizer, mas enfim, é meu trabalho. Os aparelhos podem deixá-la viva, mas não por muito tempo. E caso ela piore, nem com a ajuda dos aparelhos ela sobrevive.

Um novo baque deixou Vânia atônita, apesar de já esperar uma notícia como essa. Papéis que se inverteram.

— E o que devo fazer? — respondeu, tentando manter a calma.

— Orientamos que nesse caso se pense sobre a possibilidade de desligar os aparelhos e evitar maiores sofrimentos.

Aquelas últimas palavras ditas pela médica bateram fundo em Vânia. Ela deveria decidir sobre o destino da própria mãe, aquela que a enganou por trinta e três anos.

— Sim, preciso de fato pensar. E conversar com o — fez uma pausa — marido dela.

A médica fez uma leve mesura.

— Posso vê-la? — Vânia quebrou o silêncio.

— Claro — a médica confirmou, e se dirigiram à sala de terapia intensiva.

Nada foi dito no caminho. Conforme se aproximava da UTI, os batimentos cardíacos de Vânia aceleravam. A imagem da noite anterior ainda estava nítida em sua cabeça. Quando chegou, viu pelo vidro da porta o estado da mãe. Nada tinha mudado de um dia para o outro. Ela parecia uma estátua, inerte desde que Vânia saiu daquele local na madrugada anterior.

Foi embora do hospital pensando sobre a inevitável conversa que devia ter com Carlos sobre os últimos acontecimentos e descobertas. No prédio, não conseguiu olhar para o local da queda. Cumprimentou o porteiro Edmilson com um seco boa-noite e subiu. Novamente sentiu palpitações.

Ao abrir a porta do apartamento, encontrou Carlos jantando uma sobra de lasanha que fizeram no final de semana anterior. Deu um boa-noite semelhante ao de antes e foi direto para seu quarto. Tirou a roupa vagarosamente e tomou um banho demorado, pensando em como iniciar a conversa.

Quando saiu do banheiro, viu Carlos sentado no sofá, zapeando a TV. Ele perguntou se ela queria comer e Vânia respondeu que estava sem fome. Em seguida, ela foi em direção ao pequeno frigobar no canto da sala e se serviu de uma dose de uísque sem gelo. Virou a primeira dose de uma vez só. A segunda, não. Aproximou-se de Carlos com o copo na mão e foi direto ao ponto:

— Descobri que você não é meu pai.

Carlos paralisou. Olhou para a mulher que considerava filha.

— Li no diário da minha mãe — Vânia continuou. — Você sabia disso?

Ele engoliu em seco e conseguiu elaborar uma resposta:

— Que eu não era seu pai biológico, sim. Do diário, não.

Vânia foi até sua bolsa e retirou o diário que já tinha passado por mais mãos em um único dia do que em trinta e três anos. Em seguida, bebeu o restante do uísque.

Carlos folheou-o. Apenas o barulho das folhas virando ecoavam pela casa. Vânia retomou o assunto:

— Vocês fizeram da minha vida uma mentira.

Ela foi certeira em sua afirmação, que mais se assemelhava a uma pergunta. Carlos ficou em silêncio por alguns segundos e respondeu:

— Na época, achamos que o melhor era não contar. O que falaríamos para uma criança sobre sua origem? Um trauma que certamente sua mãe não queria reviver.

Vânia refletiu por alguns instantes e entendeu que Carlos poderia ter alguma razão.

— Você era uma menina alegre — ele continuou. — Não queríamos estragar tudo com algo tão triste.

— O que vocês tanto evitaram aconteceu — respondeu prontamente. — A verdade sempre aparece, às vezes da pior forma possível — finalizou, já concluindo que a mãe se jogou pela janela.

Carlos resignou-se. Faltavam argumentos. No fundo, a filha tinha razão, pensava. Decidiu sair do campo do racional e invadiu o emocional:

— Para mim, você sempre será minha filha. Isso que importa.

A estratégia funcionou. Vânia ficou com os olhos marejados e uma lágrima caiu vagarosa sobre o tapete. Carlos continuou impassível. Num impulso, Vânia se aproximou dele e deu um forte, caloroso e longo abraço. Em seguida, balbuciou:

— Para mim, você sempre será meu pai.

Carlos não queria soltar a filha. Queria que aquele momento fosse eterno. Por trás dos ombros de Vânia, também chorou.

Naquele momento, Vânia se compadeceu do pai e caiu a ficha de que ele era um homem que estava prestes a perder a esposa. Quando ficaram frente a frente de novo, abordou o assunto:

— E o que faremos?

— Sobre?

— Minha mãe. Fui ao hospital, e a médica afirmou que ela tem pouco tempo de vida. Podemos estender esse tempo com a ajuda de aparelhos, mas não por muito tempo.

— Imaginava que esse momento chegaria.

— E o que você pensa a respeito?

— Que devemos evitar o sofrimento dela. Ela já passou por poucas e boas nessa vida.

Por um breve instante, Vânia quis saber que fatos foram esses que sua mãe viveu, mas deixou a curiosidade de lado. Por fim, respondeu:

— Acho que ela gostaria de ter seus órgãos doados.

— Sim, é do feitio dela. Pensar sempre no bem de todos.

15 DE SETEMBRO DE 1979

O silêncio também é uma resposta. Tem sido assim até agora e espero que seja sempre. A verdade pode ser dura para uma criança, e não tenho vontade nenhuma de reviver como cheguei nesta situação.

Carlos já se conformou, pouco falamos sobre o assunto. Certa vez, depois de alguns vinhos, ele me confidenciou que sentia culpa por não ter conseguido evitar o que aconteceu. Sabia que era doloroso para mim. Eu não podia evitar que aquelas cenas de horror martelassem em minha cabeça diariamente. Aquilo me matava por dentro.

Às vezes, ele aventava a possibilidade de termos mais um filho. Eu desconversava, afirmando que eu tinha outras prioridades, como crescer na carreira. Sei que uma coisa não exclui a outra, mas foi o suficiente para convencê-lo.

Tentávamos dar uma aparência de normalidade a tudo. Minha mãe se alegrava com a existência de uma família feliz. Eu não queria ser a estraga-prazeres de dizer a ela a verdade sobre Vânia, um silêncio que levarei para o túmulo. Ela sugeriu eternizar esse momento com uma foto. Recordou-se de que não havia nenhum registro visual seu.

Não fui contra seu desejo. Já tínhamos uma máquina para tirar fotos coloridas. Carlos comprou o filme e pedimos para a vizinha fazer o clique. Me recordo desse dia até hoje. Mamãe sentada em uma cadeira de encosto de palha, com Vânia no colo. Minha filha tinha dois anos e tivemos a sorte de ela pouco se mexer. Atrás, eu e Carlos, ambos segurando o encosto do assento. O meu sorriso e o de Carlos revelavam certa angústia; o da minha mãe, vergonha. Ela evitava sorrir, como a maioria das pessoas como ela, pois havia poucos dentes na boca.

Um ano depois, minha mãe faleceu. Era 1974. Não sabia ao certo a data de seu nascimento. Segundo meus cálculos, quando nasci ela tinha menos de trinta anos. Desde então, passaram-se vinte e nove. Portanto ela devia ter pouco menos de sessenta, mas aparentava ter bem mais do que isso. Hoje penso que ela morreu de tanto trabalhar, ou simplesmente descansou em paz.

Fizemos questão de dar um enterro à altura do que ela foi, uma grande mulher. Confesso que não contive as lágrimas enquanto o coveiro jogava as primeiras pás de terra por cima do caixão. Carlos me consolava. Vânia também estava presente; espero que ela não se recorde desse dia. Convidamos Neuza, a única pessoa que minha mãe considerava amiga, mas ela não pôde comparecer.

Apesar de viver bem com Carlos, sentia a angústia de não saber o paradeiro de meu irmão Inácio. Antes de morrer, minha mãe me fez prometer que eu iria atrás dele, nem que fosse para dizer que Maria Ferreira não estava mais entre nós.

Concordei. Como não respeitar o pedido de alguém à beira da morte? Não cumpri. Não tinha forças e nem sabia por onde começar. Mais um silêncio em minha vida. De qualquer forma, vou guardar sua certidão de nascimento. Vai que o improvável acontece. Pode ser que ele esteja nos procurando também.

Essa história me fez refletir sobre a crueldade humana. Como alguém era capaz de roubar uma criança, retirá-la dos braços da mãe, sem mais nem menos? Mamãe evitava falar sobre o assunto, mas certo dia confidenciou a mim e ao Carlos que, no pau de arara em que ela vinha, somente ela estava com crianças. Agora ela entendia o porquê, fazendeiros da região faziam esse ato monstruoso.

Conforme Vânia crescia, aumentava meu asco. Não por ela — que não tinha culpa pelo meu sentimento —, e sim por tudo. Comecei a cogitar que sumir deste mundo era uma solução possível. Era eu ou ela, uma ferida viva do meu coração, como cantado pela Elis Regina.

Por falar em perdas e silêncios, vez ou outra me vem na parede da memória a imagem de Joana, como no dia em que assistimos às finais dos festivais de música. Por que será que ela nunca mais me procurou? Não tenho coragem de ir até a mansão dos Macedo e Albuquerque sanar minha curiosidade. No fundo, aquela família tem uma parcela importante em toda a desgraça que hoje é minha vida, em especial JJ, pelo abuso que sofri durante dez anos.

Acompanhar o desenvolvimento da Vânia foi realmente uma dádiva. Fiquei emocionada quando ela me entregou um bombom colado em um papel em forma de coração escrito "Mãe, eu te amo" na festa da creche. Ou ainda quando ela aprendeu as primeiras letras e fez um desenho de mim, Carlos e ela, escrito em letras disformes "Pai, mãe, eu" acima das cabeças. Ela demonstrava que éramos uma família feliz, apesar de tudo.

Mantive minha atuação política em defesa dos direitos das mulheres na vida profissional, participando do processo envolvendo Ângela Diniz e Doca Street. Se eu achava minha vida um inferno, descobri que era um paraíso perto do que ela viveu.

Ela assumiu um assassinato para livrar o marido e admitiu que era usuária de drogas. Perdeu a guarda dos filhos quando se desquitou e isso aumentava ainda mais o rol de desqualificações que davam a ela. O mais absurdo foi a defesa de Doca utilizar o argumento do crime passional. Ele foi condenado, é verdade, mas a pena foi tão branda que ele saiu sorrindo do tribunal por já tê-la cumprido. Dezoito meses, era isso que valia a vida de Ângela.

Não me dei por satisfeita e defendi com veemência que quem ama não mata. Dessa vez, a imprensa deu destaque e o caso ganhou repercussão a ponto de ocorrer um segundo julgamento. Eu, no júri, e outras mulheres do lado de fora vibramos quando ele foi condenado novamente, e com uma pena maior. Uma vitória do movimento feminista no meio da ditadura. Joana ficaria orgulhosa.

Em meio a tudo isso, não abandonei o hábito de assistir a novelas. A que mais me marcou foi *Dancin' Days*, que mostrava uma protagonista forte e decidida, apesar das agruras da vida. Me identificava muito com Júlia e seus dilemas.

Enquanto aqui ainda éramos governados por quem não foi eleito, em Portugal fizeram a revolução que sempre sonhei que podia ocorrer. Vi os acontecimentos do outro lado do oceano com admiração e certa inveja, imaginando o dia em que tudo iria acabar por aqui.

Havia motivos para desconfiança e pessimismo. O jornalista Vladimir Herzog e a estilista Zuzu Angel não me deixavam mentir e contrariavam o discurso do ditador da vez, Ernesto Geisel, de uma abertura política "lenta, gradual e segura". Ele só se esqueceu de combinar com o major Valadares, Paulo Onça, Maciel e companhia.

Um sopro de esperança foi a Lei da Anistia em 1979. Reconheci muitos amigos que retornaram do exílio e fiquei feliz em saber que estavam vivos e graças às nossas ações no Mopre. Isso me causava uma grande emoção, especialmente ao ouvir a música que embalava o momento, "O bêbado e a equilibrista", cantada pela Elis. Sua voz nos versos "Mas sei que uma dor assim pungente não há de ser inutilmente" soava forte e fundo em minha mente.

* * *

Ao ler mais uma página do diário de Inês, ver a foto de sua avó segurando-a e a certidão de nascimento do tio perdido, Vânia foi assaltada novamente por sentimentos misturados e confusos. Incredulidade ao conhecer um lado obscuro de sua mãe, de guerrilheira. No Colégio Pedro II, onde estudou, sempre escutou os professores do Ensino Médio nos anos 1980 falando com certo desdém de pessoas que lutaram contra a recente ditadura. Traumas sociais eram difíceis de reparar e, na época do colégio, não entendia se o desconforto se dava pelo fato de terem participado ao lado dos militares ou de evitarem falar sobre o assunto, como sua mãe, que chegou a ponto de ter de se jogar da janela para finalmente ser ouvida.

Vânia começava a sentir compaixão por aquela que lhe criou, mesmo após saber a opinião de Inês a seu respeito.

No fundo, tinha empatia. Sua mãe podia simplesmente tê-la abandonado ou entregado à adoção, porém não o fez. Para Vânia, tratava-se de um ato de coragem, força e humanidade. Seu pai tinha razão, era uma mulher que pensava no bem alheio.

Enquanto isso, a repulsa e a decepção não saíam de sua cabeça, não podia controlar os pensamentos. Foi inevitável pensar como alguém podia ser tão egoísta a ponto de tentar tirar a própria vida para não encarar a verdade. Por fim, era impossível não admirar quem enfrentou os valores conservadores da ditadura afirmando que as mulheres não eram propriedade masculina. Se hoje Vânia se considerava uma mulher moderna e mais livre do que as de outros tempos, era graças a pessoas como sua mãe. E isso era motivo para reverenciá-la.

Com esses pensamentos, Vânia teve outra noite de insônia. Tomou novamente um calmante e finalmente dormiu.

No dia seguinte, ao levantar, encontrou Carlos preparando o café da manhã para os dois. Era costume dele acordar mais cedo do que todos. Ele terminava de fazer um suco de laranja. Sobre a mesa da cozinha, dois pratos com pão francês e frios. Ao ver os alimentos, Vânia sentiu uma pontada no estômago e decidiu comer com tranquilidade, o que não fazia desde o incidente com sua mãe.

Carlos sentou-se na ponta da mesa, e a filha, próximo dele. Vânia passava manteiga no pão quando introduziu um assunto que veio à cabeça ao relembrar o que leu na noite anterior:

— Pai, quem é Joana?

Ele apenas olhou-a de soslaio.

— Está no diário — Vânia continuou. — Fiquei curiosa em saber.

Depois de alguns segundos pensando no que dizer, Carlos respondeu:

— Joana Macedo e Albuquerque. Era a namorada da sua mãe.

— Na mesma época em que você e minha mãe namoravam?

— Sim. Para a gente, naquela época, tudo era permitido. Era proibido proibir. Queríamos viver nossa sexualidade de forma livre e aberta, e sua mãe não era diferente.

Vânia se surpreendeu com mais uma informação a respeito de Inês. Enquanto mastigava, pensou em escrever em um bloquinho, como fazia nas pautas de rua. Apenas anotou mentalmente. Em seguida, continuou a pseudoentrevista:

— E o que aconteceu com ela?

— Não sei. Depois do assalto à mansão, nos afastamos de todos que minimamente estavam envolvidos na tortura da sua mãe. Só sei que presa ou desaparecida ela não estava.

— Como o senhor sabe disso?

— Após o fim da ditadura, me dediquei com alguns colegas a investigar pessoas que sumiram na época. Não encontrei nenhum registro dela. E ela, sendo filha de quem é, dificilmente não apareceria na mídia. Para mim, até hoje é um grande mistério o que aconteceu.

Carlos deu uma última golada no suco, saiu e iniciou os preparativos para ir ao trabalho. Vânia ficou mais um tempo na mesa, olhando para o nada, tentando absorver tudo aquilo que o pai acabara de dizer. Antes de se retirar, Carlos comunicou à filha que passaria no hospital e que ela não precisava se preocupar em ficar com a mãe por enquanto.

Naquele dia, Vânia teve dificuldade de se concentrar no trabalho. Era difícil concatenar e conectar o passado e o presente, principalmente devido às lacunas da história que a jornalista estava cada vez mais decidida em preencher.

No final do expediente, concluiu uma reportagem que guardava para o momento oportuno, sobre trabalho análogo à escravidão em fazendas no interior do estado. Oficialmente, ela e Beto foram para o local para mostrar a produção de tomate na região. Paralelamente, denúncias chegaram aos ouvidos deles e era a chance de conferir.

Lá, foi recebida por um senhor de cabelos grisalhos, que estava sempre sorrindo. Para Vânia, era uma estratégia para escamotear o que acontecia no local. Beto tirou algumas fotos e ficava nítido que os trabalhadores estavam insatisfeitos. O homem sorridente convidou a dupla para entrar em sua sala e conferir os números, comprovando os resultados da plantação.

Beto pediu para ir ao banheiro, mas, na verdade, queria outros cliques. Ele se aproximou de um trabalhador, que confirmou as denúncias, afirmando que eles vieram do Piauí com a promessa de bons empregos. No alojamento em que ficavam, não havia nem sabonete para banho.

O fotógrafo rapidamente chegou à conclusão de que aquilo era tudo, menos um alojamento para seres humanos. O odor era insuportável, pois o local que chamavam de banheiro tinha uma privada sem tampa, com parte da louça quebrada. O chuveiro era apenas um cano. Os colchões eram finos e havia somente uma lâmpada incandescente para um ambiente de setenta metros quadrados.

Beto clicou freneticamente antes que alguém chegasse ou desconfiasse de sua ausência e saiu logo do local. Quando foram embora, a dupla comemorou o trabalho feito. Vânia admirou as fotos que Beto mostrou na tela da câmera profissional.

Quinze minutos antes de fechar a edição, Débora entrou de forma triunfal na redação. Usava um vestido cor-de-rosa, unhas vermelhas e óculos escuros perto das têmporas, que seguravam seus cabelos platinados. Ela disse, com a voz metálica:

— Boa tarde, pessoal.

Os presentes a cumprimentaram e um burburinho começou. Em seguida, ela foi direto para a sala de seu marido. Era a deixa que Vânia precisava. Finalizou a reportagem sobre as denúncias e conseguiu inserir na edição antes de enviar para a gráfica.

No dia seguinte, tão logo chegou ao trabalho, Barrosinho a chamou em sua sala:

— Vânia Ferreira — ela não entendeu por que falou seu sobrenome, talvez para dar um ar de superioridade a ele e de seriedade ao assunto —, você pode me explicar o que é isso? — E atirou um exemplar do jornal na mesa.

— Denúncias surgiram quando fui fazer a reportagem com o dono da fazenda — respondeu, de forma cínica.

— Sabe quanto o doutor Linhares pagou por esse espaço no jornal?

Vânia ficou em silêncio, pois de fato não sabia a resposta. Até então, acreditava que Barrosinho seguia os padrões éticos de seu antecessor.

— Um ano de seu salário! — esbravejou Ernesto, em resposta à sua própria pergunta. — Não sei nem o que vai me custar limpar essa merda que você fez.

Aquelas palavras ofenderam Vânia, de forma que foi inevitável confrontar o chefe:

— O jornalismo é para mostrar a realidade.

— O jornalismo é a invenção da realidade.

Vânia ficou pensando naquela frase bombástica que não dizia nada com nada.

— Bem, de hoje em diante você vai para outra seção — Barrosinho continuou. — Vamos reabrir a de decoração e jardinagem, a Morar Bem, e você será a responsável junto com o Beto. Tá na moda falar sobre essas coisas de mulher, vai ser uma boa para você — finalizou, tentando soar paternalista.

Ela sabia que tinha pouco a fazer, não adiantava argumentar. Fingiu ser uma boa funcionária acatando a ordem. Enquanto isso, Barrosinho retirou um cigarro do maço e procurava nos bolsos o isqueiro.

Beto viu a cara de irritação da amiga ao sair da sala de Ernesto. Ele logo conectou as coisas e, próximo do café, ela deu a notícia sobre a mudança. Ato contínuo, a porta da sala de Barrosinho abriu e chamou Beto para lá. Ele foi imaginando o que era. Vânia observou com apreensão.

Aquilo tudo abalou Vânia profundamente. Ela resolveu mandar um SMS para Lúcia: "Vamos almoçar juntas?" Pensou em dizer que estava arrasada por sua reportagem ter sido rechaçada pelo chefe, mas não quis preocupar a namorada. Lúcia respondeu prontamente com "12h30, no de sempre?", Vânia enviou um singelo "s".

Lúcia já estava no restaurante quando Vânia chegou. Ambas usavam roupas sóbrias. O garçom se aproximou e anotou o pedido, um filé à Osvaldo Aranha. Vânia desabafou:

— Não tenho liberdade para trabalhar. Sempre tenho que fazer reportagens para agradar algum amigo do seu Ernesto ou quem pagou a ele.

— Você vai ter que jogar sujo.

— Como assim?

— Assim... Vai ser difícil fazer a reportagem que você quer e, por conta própria, vai demorar pela falta de tempo livre.

— Sim — respondeu Vânia, resignada.

— Bem, uma forma que não seria a ideal é você ameaçar esse cara. Ele deve ter algum calcanhar de aquiles — afirmou.

Nesse momento, o prato chegou. Enquanto se serviam, Vânia refletiu. Talvez se descobrir corno fosse, de fato, um ponto fraco para alguém como Barrosinho. Pior ainda se o fato viesse a público. Reputação era tudo para aquele homem de ego tão frágil.

— E se eu perder meu emprego?

— Não é um risco que você está disposta a correr? "Os fins justificam os meios" — falou Lúcia, maquiavélica.

— Acho que sim. E se minha carreira for prejudicada?

— O que é maior para você: sua carreira como jornalista ou desvendar o grande segredo que permeia a sua vida inteira?

Vânia assentiu e deu um sorriso antes da primeira garfada na carne com alho frito.

— Sim, só não conseguirei fazer tudo sozinha.

O almoço com Lúcia deu uma injeção de ânimo em Vânia. Quando voltou para a redação, elaborou mais uma das diversas reportagens vendidas ou compradas que davam sobrevida ao jornal. Ao final do expediente, o contínuo lhe entregou um papel que era um recado de Barrosinho. Estava escrito apenas: "Morar Bem — entrevista — Joana Macedo e Albuquerque" e, embaixo, o endereço para onde deveriam ir no dia seguinte. Ao ler aquele nome, relembrou a conversa que teve com seu pai e sorriu. Imediatamente, mandou um SMS enigmático para Lúcia: "A sorte sorriu para mim."

Em casa, sentiu o vazio e uma angústia, imaginando o quanto sua mãe estava sofrendo naquela situação. Talvez a jovem médica de aparelho nos dentes tivesse razão: era melhor desligar os aparelhos e acabar com tudo, matutou tristemente.

Após um banho quente e revigorante, preparou um lanche e sentou-se na frente do computador. A tecnologia era algo que a fascinava, permitia conversar com pessoas a milhares de quilômetros de distância pelo MSN. O barulho peculiar de uma nova mensagem piscando na parte de baixo da tela atraiu sua atenção:

"Boa noite. Adorei a reportagem, parabéns."

A mensagem era do delegado Rocha. Vânia sentiu o ego inflar e se orgulhou da profissão que escolheu. Imediatamente respondeu:

"Boa noite. Obrigada. Irritei um pouco meu chefe por isso, acontece."

"Quem é o dono da fazenda? Posso ir com uma equipe para lá."

"Uma jornalista não revela as suas fontes", e enviou um emoji amarelo que sorria.

"Verdade, um princípio básico do ofício. Só que nesse caso seria por uma boa causa. Apenas a reportagem não é suficiente, são muitas fazendas na região. Até encontrar, o tal fazendeiro já mandou todos os trabalhadores de volta para o Nordeste."

Vânia concluiu que o delegado Rocha tinha razão. Pensou naqueles homens e se lembrou do tio perdido, que no passado provavelmente foi uma dessas pessoas.

"Bem, acredito que não haverá problemas. Só peço que não diga que fui eu quem passei essa informação."

"Pode deixar", e inseriu o mesmo tipo de emoji, dessa vez piscando um dos olhos.

Em seguida, o delegado Rocha acrescentou:

"Formamos uma boa parceria."

"Sim", e sorriu solitária para a tela.

O elogio do delegado Rocha e a entrevista que faria com a ex-namorada de sua mãe deixaram Vânia animada para esquecer dos problemas. Conseguiu dormir naquela noite sem a ajuda de medicamentos.

No dia seguinte, levantou-se com a bateria renovada. Permitiu-se respirar o ar puro vindo do mar e sentiu um calor na pele com os raios solares da manhã. Arrumou-se como se fosse encontrar um pretendente: passou uma base leve, batom vermelho-claro e um rímel que dava bom destaque a seus olhos castanhos.

Na redação d'*O Redentor* se preparou para sua primeira reportagem na nova seção. Beto viu como a amiga estava bem arrumada e sentiu certa vergonha por estar só de camisa polo e calça jeans. Vânia argumentou:

— Situações especiais necessitam de roupas especiais.

Beto não entendeu a frase de efeito e foram para a garagem. Finalmente encontrariam a entrevistada para a reinauguração da seção Morar Bem. Ao chegarem ao local, não muito distante da sede do jornal, foram recebidos por uma moça branca de olhos azuis, cabelos castanhos escorridos e com uma tiara verde-clara. Ela abriu um sorriso e falou em um português arrastado:

— Bom dia! Vocês devem sar as jornalistas.

— Sim — respondeu Vânia.

— Dona Joana já vem racebê-los.

A mulher saiu da sala. Beto ficou intrigado e conjecturou sobre o fato de Joana ter uma empregada doméstica gringa. Pouco tempo depois, Joana apareceu:

— Bem-vindos, entrem — disse, com suavidade.

— Obrigado, dona Joana — respondeu Beto, enquanto ia em direção ao jardim tirar as primeiras fotos.

— Não precisa me chamar de dona — falou no mesmo tom de voz. — Sente-se — disse, dirigindo-se a Vânia.

Vânia observou-a por breves segundos e viu uma mulher de cabelos curtos e grisalhos. Imaginou como ela era na juventude, bela, livre e feliz se relacionando com sua mãe. Joana trouxe-a para a realidade:

— Quer um café?

— Não, obrigada — afirmou Vânia, enquanto tirava o gravador da bolsa.

Joana sentou-se em um sofá de apenas um lugar e iniciou a conversa como se ela fosse a entrevistadora:

— Em que posso ajudá-los?

Vânia ligou o gravador, fez algumas perguntas de praxe. Desde quando ela tinha interesse em plantas e decoração? Como cuidar bem da terra? Quais são os melhores tipos de adubo?

Quando a entrevista mais parecia uma conversa informal, Vânia surpreendeu Joana desligando o gravador. Imediatamente, suspeitou sobre o significado desse gesto: o que seria falado dali em diante era o chamado "em *off*", quando não era possível rastrear a origem da informação.

Em seguida, a jornalista falou com firmeza:

— Você precisa saber uma informação a meu respeito.

Joana paralisou. Beto ouviu, mas fingiu que não, continuando a fazer cliques. Em seguida, retornou para perto das duas.

— Diga, menina.

— Sou filha de Inês Ferreira.

Ela nem precisou detalhar. Aquele nome era muito familiar para Joana, que ficou sem reação diante da notícia, uma verdadeira manchete de jornal em sua vida. Achava que

Inês era apenas uma lembrança de um passado distante. Voltou para ele em uma fração de segundo. Depois de um tempo, conseguiu dizer, em voz baixa:

— Este nome me traz tantas lembranças. Algumas delas são as melhores que tenho. Outras... não tão boas assim. Bastante dolorosas, na verdade.

Vânia revelou que encontrou seu nome nos escritos da mãe e que ela se jogara dias antes da janela do seu prédio, por um motivo ainda nebuloso para ela.

— Pode ter relação com os acontecimentos de 1971 — disse Joana, olhando para as orquídeas e os girassóis no jardim.

— Eu li sobre. Terrível — respondeu Vânia.

Beto sentia-se perdido diante daquele momento. Discretamente, tirou uma foto em que ambas se entreolhavam com cumplicidade.

— Na verdade, não sei exatamente o que aconteceu depois que meu pai foi me buscar na delegacia. Imagino que ela tenha sido barbaramente torturada por aqueles homens inescrupulosos.

Vânia sentiu um aperto no peito. Em seguida, despejou as palavras quase sem pensar:

— Um dos torturadores de minha mãe é meu pai.

Os olhos de Joana ficaram marejados. Colocou-se no lugar da mulher à sua frente e lembrou-se de Carlos, pois imaginava que ele fosse o pai da jornalista. A crueldade da vida abateu-se sobre ela de forma impressionante. Calou-se por um breve momento — o que iria dizer?

Vânia quebrou o silêncio:

— Minha mãe e meu pai ficaram curiosos para saber seu destino depois daquele dia.

— Bem, meus pais ficaram furiosos quando descobriram que de fato eu tinha uma relação com a sua mãe. Não sei se exatamente por ela ser filha da empregada, ou por ser uma relação entre duas mulheres. Ou as duas coisas.

Beto e Vânia somente assentiram. A senhora continuou:

— Determinaram que, dali em diante, eu iria terminar a faculdade nos Estados Unidos e que eu não deveria voltar ao Brasil. Acatei, não queria mais saber de confusão. Aquilo tudo tinha ido longe demais. Acreditavam que lá não existiam gays e lésbicas e se enganaram profundamente. Me enviaram logo para a Universidade da Califórnia, no campus de San Francisco, local com uma grande comunidade GLS. Me senti como pinto no lixo.

Nesse momento, ela se permitiu sorrir. A dupla retribuiu, uma cumplicidade em trio.

— Me formei, fiz pós-graduação e me tornei professora da mesma universidade — continuou. — Lá conheci a Ashley, a moça que abriu a porta para vocês. Ela era minha aluna quando nos apaixonamos e logo começamos a namorar.

— E em que momento você retornou para o Brasil? — questionou Vânia.

— Quando meu pai faleceu, em 1985. No ano seguinte, minha mãe morreu também. Pensei em procurar Inês, mas não sabia por onde começar e eu era uma mulher comprometida. Não queria enganar a Ashley.

— Acredito que você ficou com toda a fortuna de seu pai — interrompeu Beto.

— Não fazia nenhuma questão de ficar com nada. Resolvi doar para causas importantes, como ajudar pessoas que foram expulsas de casa pela orientação sexual.

Beto imaginou como seria legal ser mandado embora de casa e viver no paraíso gay na Terra. Vânia não anotava nada, apenas prestava atenção no que Joana falava:

— Fundei uma ONG, a Acolhida, para receber quem não tinha assistência da família para quando se assumisse. Até hoje ela existe. Minha única exigência foi que meu nome não ficasse associado, sempre fui uma pessoa muito discreta, ao contrário de meus pais.

— Já ouvi falar dessa instituição. Faz um trabalho muito importante, não sabia que você estava por trás dela — afirmou Beto.

— Era uma forma de lidar com a herança. O banco eu deixei a cargo de administradores, que eu tinha plena noção que fariam um péssimo trabalho. Não deu outra; cinco anos depois de minha volta, faliu. Confesso que não me importei.

Naquele instante, Vânia teve um sentimento que poucas vezes experimentou na vida: acolhimento, como o nome da ONG. Dessa vez, foi ela quem ficou com os olhos marejados. A missão profissional inicial já tinha se evaporado. A jornalista conseguiu apenas dizer:

— Joana, posso te dar um abraço?

— Claro — respondeu prontamente.

E assim foi feito.

No retorno para a redação, Vânia e Beto pouco comentaram sobre o que vivenciaram. Ela transcrevia a gravação e ele fazia ajustes nas fotos. Por SMS, combinaram de tomar um chope para espairecer. Para Vânia, era difícil falar em algo feliz enquanto a mãe estava internada havia dias. Beto argumentou que ficar reclusa em casa não ia tirá-la daquela situação. Foi o suficiente para convencer a amiga a ir. Sentados na mesa de madeira do bar nas redondezas da redação, Beto iniciou o papo:

— Hoje foi um dos dias mais felizes da minha carreira.

— Igualmente, amigo, apesar de minha vida pessoal estar um caos — respondeu, dando uma grande golada no chope de pouco colarinho, conforme solicitou ao garçom.

— Talvez uma forma de organizar tudo seja você escrever sobre isso. — Beto repetiu o gesto da interlocutora.

— É o que mais quero. Esse babaca do Barrosinho não quer que eu faça uma reportagem desse assunto. Mas eu tenho um plano. Preciso de sua ajuda, topa?

Beto nem pensou duas vezes. Assentiu, com imensa animação.

18 DE JUNHO DE 1988

Mãe. Uma palavra tão pequena e com grande significado. Para mim, é sinônimo de dor, agonia e lamento.

Vânia foi uma adolescente comum, contestava os adultos com frequência. Eu e Carlos conseguíamos nos desvencilhar de certas situações. Evitávamos empurrar um para o outro determinadas decisões, por exemplo se ela poderia sair com as amigas ou não.

Minha única preocupação era que não acontecesse com ela o mesmo que JJ fez comigo. Tentava protegê-la, perscrutando e vigiando-a constantemente. Acredito que um dia Vânia me viu pela fresta da porta enquanto beijava a amiga da escola. Não se preocuparam em trancar a porta do quarto. Melhor assim.

Estranhamente, passei a adorar os ídolos de minha filha. Uma das que mais me intrigavam era Madonna. Vânia tinha um VHS com videoclipes e apresentações dela. Eu gostava de uma em que ela cantava sobre virgindade usando um espartilho sobre um vestido de noiva. A artista começava a música em cima de um bolo de casamento e terminava simulando sexo no palco. Me lembrou dos tempos em que eu e Joana imitávamos a Marilyn Monroe.

Carlos torcia o nariz para os artistas estrangeiros de que Vânia gostava. Eu tentava argumentar que os anos 1960 tinham passado e devíamos abrir nossa mente para o que vinha de fora, como Joana afirmava. Um dia, comprei um LP do Michael Jackson depois que assistimos a "Thriller" no *Fantástico*. Vânia não cansava de fazer a mesma coreografia do videoclipe.

Vânia também gostava de artistas nacionais jovens. Cazuza era quem mais me chamava a atenção. Sua poesia era ácida e certeira. Parecia ser feita sob medida para os momentos que eu vivia. Quando eu ouvia "Meus heróis morreram de overdose, meus inimigos estão no poder", era inevitável pensar na morte da Elis Regina. Mais um grande luto abateu-se sobre mim e lembrei de minha mãe, que não viu meu crescimento profissional.

Voltei a estudar. Fiz pós-graduação e virei doutora de verdade. Depois, passei a lecionar na Universidade do Estado do Rio de Janeiro, que mudara de nome após a fusão do Estado da Guanabara com o Rio de Janeiro.

Foi uma mudança tão significativa que não me reconhecia. Estava em um lugar que nunca imaginei chegar. Era um luto de mim mesma, eu fui alguém que não seria mais. Após uma aula em que vi alunos com os olhos brilhando, como se dissessem que queriam mudar o mundo, uma grande tristeza me tomou. Recordei o fato de como esse mundo era cruel e que não havia espaço para mim. Como ele não iria acabar, decidi que seria eu quem sairia dele.

Me dirigi ao décimo segundo andar onde sabia que dificilmente alguém do meu curso me encontraria. Observei a rampa vazia, devia ser a troca de turno dos seguranças. Me aproximei do parapeito que permitia ver as pessoas andando como formigas no térreo. Assim que me curvei para observar onde iriam encontrar meu corpo, senti o embrulho no estômago, a palpitação ensurdecedora e a vertigem de calcular a distância entre a vida e a morte. Quando estava perdida em meus pensamentos sombrios, uma aluna me segurou pelo braço. Me perguntou imediatamente "Tá tudo bem, professora?" Eu afirmei que sim, sem muita convicção, apenas pelo impulso automático que todos têm diante dessa questão. Ela tentou sair da situação constrangedora dizendo que estava indo encontrar a namorada numa palestra da Nutrição. Me senti agradecida por não ter de me explicar e aliviada pela interrupção. Nesse momento, me vieram as melhores lembranças com Carlos e Vânia. Foi como um respiro fundo, desesperado e dolorido depois de vários minutos com a cabeça debaixo da água.

Cazuza me tocava com outro verso: "Mentiras sinceras me interessam." Batia profundamente, entre mim e Vânia era exatamente isso que existia, um sentimento que me consumia cada dia mais, a ponto de não querer olhar para minha filha. Menor abandonado.

Ver novela me acalmava e me fazia esquecer dos problemas. Toda vez que eu via *Vale tudo*, Gal Costa com sua voz potente trazia uma súplica em forma de canção: "Brasil, mostra tua cara."

(In)felizmente, *Vale tudo* era a cara do país, assim como *Roque Santeiro*. Cada uma, a seu modo, mostrava aspectos desse país tão peculiar que fica inerte na frente da TV para descobrir quem matou Odete Roitman ou quem seria o grande amor da viúva Porcina.

Meu trabalho como professora universitária proporcionóu que mudássemos nosso padrão de vida. Admito que ficava feliz em poder reconhecer o que estava no prato, apesar de saber que a maioria das pessoas vivia como eu e minha mãe quando chegamos ao Rio em 1945.

Decidimos mudar de bairro. Carlos ficou responsável por procurar um apartamento. Escolheu um em Copacabana. Me pergunto por que ele escolheu logo o quinto andar.

Procurei outras maneiras de lutar pelo fim da ditadura, sem pegar em armas. Quando foi permitida a criação de novos partidos, vi Almeida circulando pela Uerj recolhendo assinaturas para fundar um. Nesse momento, descobri seu verdadeiro nome, Pedro Farias. Revelei o meu também. Assinei, porém, fiz a exigência de que o estatuto explicitasse a defesa da causa gay e lésbica. Ele assentiu e, algum tempo depois, o Partido Democrático Revolucionário foi fundado.

Aprofundei-me na questão homossexual lendo jornais sobre o tema, como *O Lampião da Esquina* e livros da Cassandra Rios. Descobri que esse processo de pesquisa e estudo era uma forma de visitar minhas lembranças com Joana.

No meio de tudo isso, a ditadura acabava com algum sofrimento. Pedro Farias e outros lideravam o movimento das Diretas Já. Convocaram o povo para ir às ruas exigir o direito de escolher o presidente. Com algum receio, fui. Eram belos dias que praticamente me teletransportaram para minha juventude. Efusivo, Pedro discursava no palco com eloquência e dedo em riste para uma multidão esperançosa. Ao seu lado, políticos de diversas vertentes, artistas e até jogadores de futebol.

A euforia virou frustração quando a proposta foi rejeitada no Congresso Nacional. Um balde de água fria, porém suficiente para mostrar que o povo não estava morto.

* * *

A cada página do diário, Vânia descobria uma nova camada da história de sua mãe, como cascas de cebola. Saber que ela flertou com o suicídio deixou-a profundamente perturbada. Por um breve instante, sentiu-se culpada por existir. Com esses pensamentos, foi para a cama. Teve dificuldade para pegar no sono, mas conseguiu sem a ajuda de medicamentos.

No dia seguinte, acordou revigorada, na expectativa para a execução do plano e de finalmente poder contar a história de sua mãe no jornal em que trabalhava. Encontrou Carlos e deu um beijo de bom-dia em sua bochecha. Ele retribuiu e atualizou o quadro de saúde de Inês. Contou que se encontrou com a mesma médica recém-formada com quem Vânia havia conversado dias antes. Ele confirmou o que ela disse, sobre o péssimo estado de saúde de Inês e a possibilidade de terem que decidir sobre abreviar aquele sofrimento.

Vânia ainda tinha sentimentos confusos em relação à mãe. No fundo, acreditava no milagre de ela sobreviver e poder dizer palavras engasgadas, como "te amo", "te odeio", "te admiro". Por essa razão, o café da manhã não caiu muito bem, engoliu tudo com pressa e ansiedade. Partiu para o trabalho.

Na redação, encontrou em sua mesa a pauta do dia: melhores cores de tinta de parede para quartos de bebê e, embaixo, o endereço para entrevistar uma mãe de primeira viagem. Ridículo, pensou.

Aproximou-se de Beto e disse:

— E aí, tudo certo?

Vânia deu um sorriso tímido, como se ainda não tivesse certeza do que estava prestes a fazer.

Saíram do prédio para fazer a reportagem solicitada. Chegando ao apartamento, uma moça com o cabelo entre o ruivo, o laranja e o loiro os atendeu. Apresentou-se como Patrícia. Ofereceu o sofá da sala para a dupla, e ambos se sentaram nele. Estava sorridente com a possibilidade de dar uma entrevista. Ela sussurrou:

— Querem um café? Estou falando baixo para não acordar a Catarina.

— Não, muito obrigada — respondeu Vânia, no tom de voz normal, já retirando o gravador da bolsa em um ato automático.

A entrevistada se dirigiu a Beto:

— Você prefere tirar as fotos agora?

— Se não for incômodo.

Patrícia andou pé ante pé, como se estivesse desfilando. Beto apenas observava o que considerava um comportamento quase infantil. Tirou duas fotos e voltaram para a sala. Enquanto isso, Vânia sacou o celular da bolsa e enviou um SMS para Lúcia: "Ventos da mudança, baby", fazendo referência a uma música famosa de que sua namorada gostava. Não demorou veio uma singela resposta, dois-pontos seguido do símbolo que fecha parênteses.

Tão logo retornaram, Vânia ligou o gravador e fez perguntas sobre decoração de quarto infantil para Patrícia. Ela manteve a voz baixa e Vânia teve que aproximar o gravador. A jornalista não conseguiu prestar atenção no que a mulher à sua frente falava. Sua cabeça estava em outro lugar.

Quando achou que tinha material suficiente para uma reportagem, desligou o aparelho de forma tão burocrática quanto ligou. Despediu-se com frieza da entrevistada. Beto notou as últimas atitudes da amiga e sentenciou:

— É agora, Vânia.

— Sim — respondeu com firmeza.

Deixaram o carro do jornal na garagem da redação e embarcaram no de Vânia, um Ford Sport Ka prata. Beto a guiou, soube através de ex-companheiros de trabalho o paradeiro de Débora. Encontraram-na saindo de um shopping, após mais um banho de loja, com sacolas de três marcas diferentes.

Apesar do trânsito caótico, não perderam a mulher de vista. De repente, ela parou numa rua pouco movimentada de Ipanema, perto de um homem careca e musculoso. Parecia que a regata justa que marcava suas formas ia rasgar a qualquer momento. Beto o identificou:

— Henrique Costa. Personal trainer de várias famosas.

Henrique entrou no carro de Débora e deram um selinho. Beto pegou a máquina de fotografar em um impulso, porém não deu tempo de registrar a cena.

Continuaram no encalço do agora casal. Estacionaram em um restaurante no mesmo bairro. Dessa vez, foi Vânia que agiu intempestivamente para entrar no mesmo local. Beto a conteve:

— Calma, amiga, temos que ser discretos.

Vânia seguiu o conselho do mais experiente no assunto, um verdadeiro super-herói cujo poder é a invisibilidade. Dez minutos depois, ele deu o *ok* para que entrassem no estabelecimento. Beto passou uma última orientação:

— Não olhe para eles. Em geral, quem trai sempre fica achando que tem alguém vendo.

A jornalista assentiu e, na porta, foram recebidos por um garçom. O uniforme dele era um colete roxo com o logotipo do restaurante: uma faca e um garfo amarelos cruzados, como se fosse o símbolo do comunismo em cima de uma *toque blanche* da mesma cor. Acima o nome do restaurante: La Bonne Viande.

Acomodaram-se não muito distantes de Débora e Henrique. Não era possível escutar o que conversavam. Vânia ficou de costas para o casal e Beto de frente, onde podia aplicar os anos de experiência traduzindo os olhares, gestos, sorrisos e risos. Pediram o prato mais simples que encontraram no cardápio: um filé *au poivre*.

Entre um pedaço de carne e outro, Vânia ficou curiosa sobre o assunto que Débora e Henrique falavam, haja vista Beto dizer que pareciam estar bem à vontade, nem suspeitando que estavam sendo vigiados.

De repente, Beto sacou seu celular e, mais rápido que um lince, tirou uma foto do casal, bem no instante em que Débora dava uma risada, inclinando a cabeça para trás, como se o motivo de sua alegria fosse enganar seu marido.

Mesmo ao longe, Beto notou que somente Débora pagou a conta e comentou com Vânia:

— Ela banca o cara, esperto ele. — E deu um sorriso malicioso.

Vânia nada respondeu. Voltaram para o veículo quando ambos saíram do La Bonne Viande. Esperaram o casal da frente partir e continuaram na empreitada.

O carro da frente entrou em um motel na subida da avenida Niemeyer. Vânia manteve a distância de segurança. Beto se espantou com a destreza que a amiga tinha no volante, uma nova habilidade que ela nunca havia demonstrado.

Vânia aprendeu rápido as dicas do mestre e aguardou junto com ele.

Cinco minutos depois, entraram no mesmo local que Débora e Henrique, fingindo ser um casal interessado em uma tarde de prazeres com o barulho das ondas batendo nas pedras.

Se acomodaram na suíte 406. Dentro dela, Beto ordenou:

— Fica aí! — E saiu.

Vânia não entendeu a atitude, porém acatou. Provavelmente ele sabia o que estava fazendo. Ligou o ar-condicionado e a TV. Em seguida, deitou-se na cama redonda. Olhou para cima e se viu em um espelho. Zapeou por diversos canais e chegou à conclusão de que a programação vespertina era entediante. Resolveu parar em um programa que comentava a vida de artistas e outras celebridades.

A apresentadora branca usava um batom vermelho-claro, uma maquiagem carregada e vestia um blazer bege. Ela falava sobre o caso do pastor evangélico Cleiton Amaral que começou um namoro com a cantora de axé Silmara Martins. Vânia achou tudo aquilo patético, até o que estava fazendo. Desligou a televisão e ligou o rádio.

Enquanto isso, Beto andou depressa, com a máquina fotográfica em mãos para o local onde os funcionários do hotel estavam. Encontrou uma camareira e um garçom conversando e dando risadas. Utilizou um expediente que deu certo na maioria das vezes em que precisou de uma informação ou de acesso exclusivo: suborno.

Primeiro, deu cinquenta reais para saber o quarto de Débora e Henrique e, depois, mais cem para cada um, para facilitar sua entrada na suíte 410. Beto pensou como era fácil convencer um brasileiro a contar uma fofoca e que o programa televisivo de um apresentador bonachão fazia todo sentido: topa tudo por dinheiro.

Auxiliado pelos funcionários, Beto entrou no quarto onde a socialite e o personal trainer estavam. Encontrou-os em uma posição sexual esdrúxula, que não existia nem no Kama Sutra. O gemido de Débora era estridente. Henrique urrava tal qual um bicho feroz da selva. Por uma fração de segundo, Beto teve vontade de rir daquela cena grotesca. Lembrou-se de quando flagrou um ator pornô e uma ex--participante de *reality show*, ambos casados. Na época, não foi o grande escândalo que esperava, pois ganhou míseros duzentos reais pela foto.

Essa valia mais: o futuro de Vânia e, por que não, o seu. Clicou-os com destreza, demonstrando que não estava tão enferrujado assim na arte da discrição.

Ao retornar para o quarto, encontrou Vânia bebericando uma Coca-Cola e comendo amendoins. Imediatamente, ele exclamou:

— Conseguimos, amiga — confirmou, caminhando em direção à Vânia para lhe mostrar o visor da câmera fotográfica.

Em princípio, ela abriu a boca e colocou uma das mãos na frente dela em espanto. Em seguida, bateu um imenso peso na consciência e manifestou seu sentimento para Beto:

— Cara, sinceramente, não sei se isso é certo.

— Ei, a ideia foi sua.

— Eu sei, só estou me sentindo péssima por isso.

— Vânia, moralismos a essa altura do campeonato?

No fundo, sentia-se como uma carola em porta de igreja ou uma senhora que fica na janela observando o movimento da rua, atenta a qualquer deslize moral ou social.

— Não é isso, fico pensando nas consequências. O quanto vão julgá-la, os filhos na escola...

— Se você queria me fazer sentir culpa, falhou miseravelmente. Enquanto alguns choram, outros vendem lenço. É o preço da fama.

Vânia não quis mais pensar na questão ética que tinha lançado. Quem era ela para dizer? Estava fazendo tudo aquilo quebrando os limites do certo e do errado ao invadir a intimidade de sua mãe.

Por alguns segundos, Beto olhou para Vânia, esperando que ela tomasse uma atitude.

— Vamos embora — afirmou a jornalista. — Quem tá no inferno abraça o capeta! — E deu um leve sorriso de canto de boca.

Ao chegar à redação, encontraram-na somente com os barulhos dos dedos digitando. Atenção máxima das pessoas às telas e nenhuma interação social. Vânia finalizou a reportagem sobre quartos de bebê e enviou para a edição enquanto Beto cuidou da impressão das fotos proibidas.

No final do expediente, em uma ação que parecia ensaiada, Beto e Vânia pararam diante da porta da chefia. Ele segurando a prova cabal do adultério. Hesitaram por um instante, como se um empurrasse para o outro a tarefa de bater na porta. Vânia tomou coragem e o fez. Ela mesma abriu após três toques.

Barrosinho olhava a edição que estava prestes a ir para a gráfica e em uma das mãos segurava um cigarro. Na mesa, um cemitério de bitucas em um cinzeiro de vidro. Na parede, o sorriso de Barroso pai parecia torturante.

— Oi, Vânia Ferreira. Estava mesmo pensando em você.

Vânia não entendia o porquê de o chefe agora lhe chamar pelo nome e sobrenome.

— Pois não, seu Barroso? — respondeu, solícita.

— Muito boa essa reportagem. Vejo que escolhi a pessoa certa para fazer.

Ela apenas sorriu. Beto olhou para a amiga. Ele estava ali somente para apoiá-la. Vânia sentia palpitações, como dizer aquilo para o chefe? Escrevia reportagens dos mais variados assuntos, porém o que predominava era a impessoalidade. Agora, o "público" estava à sua frente para a grande manchete. Todavia, confirmava o mandamento número um do corno: ser o último a saber. Respirou fundo e disparou:

— Seu Ernesto, sua esposa está te traindo.

Barrosinho ficou estático por exatos cinco segundos. Um silêncio sepulcral na sala. Em seguida, Ernesto respondeu:

— Como assim?

A primeira reação de um corno é a incredulidade. Beto interveio e esticou as mãos com as fotos. Barrosinho pegou-as com rispidez. Viu a primeira e, numa atitude estranha para Vânia e Beto, gargalhou. Depois disse:

— Essa não é minha esposa. Ela seria incapaz disso. Vocês estão blefando.

Barrosinho teve a segunda reação de um corno: negar a realidade. Quando fez menção de devolver o conjunto de imagens, Beto afirmou:

— Veja as outras, seu Ernesto.

O chefe viu e teve a terceira reação de um corno: a revolta. Rasgou as fotos, como se ao fazer isso fosse esquecer do que acabara de ver: a foto de Débora bebendo vinho e rindo. Para Barrosinho, soava como deboche. Em fúria, atirou os objetos da mesa no chão, inclusive o cinzeiro que, em câmera lenta, se espatifou no assoalho escuro.

Levantou-se e ficou próximo da janela. Bufava como um animal selvagem. A gravata cinza que usava ficou torta. Parecia que ele iria se jogar do alto do prédio, e Beto lembrou-se da famosa frase de para-choque de caminhão: o corno ganha chifres, e não asas.

Em um momento de lucidez e tendo a quarta reação do corno, a conformidade, dirigiu-se aos funcionários:

— O que vocês querem? Dinheiro eu não tenho. Estou afundado em dívidas. Débora gasta grande parte do que recebo e agora eu sei como.

E ali estava um homem sendo ridicularizado por dois subordinados, que, por sua vez, seguraram o riso. Por um breve instante, Vânia sentiu compaixão por Barrosinho e pensou em desistir do plano. Tirou rapidamente a ideia da cabeça e disse com firmeza:

— Quero fazer a reportagem do diário.

Barrosinho coçou a testa. Estava entre a cruz e a espada. Ponderou sobre o que seria menos vergonhoso e, por fim, deu seu veredito:

— Tudo bem, faça — falou num tom baixo, como se fosse uma criança confessando que matou aula.

— Vai ser bom pra você — disse Vânia, repetindo a própria fala do chefe dias antes.

Na parede, Barroso pai sorria, por razão desconhecida.

Ao sair da sala e da redação, Vânia refletiu sobre os últimos acontecimentos. Nunca foi de maquinar planos para obter vantagens pessoais. Pensou em como a história de sua mãe era especial e que merecia ser contada, sua voz tinha que ser ouvida em forma de texto.

Em casa, ligou o computador para se atualizar sobre o que acontecia no mundo. E viu que no dia seguinte iria acontecer a Parada do Orgulho Gay. Convidou Lúcia para acompanhá-la.

Vânia ficou navegando pela rede mundial de computadores sem saber ao certo o que procurava. Entrou em blogs sobre variados assuntos, notícias aleatórias, fóruns e no Orkut. Depois de aproximadamente três horas, não sabia mais o que estava fazendo e foi dormir com a certeza de que dali em diante teria um papel mais ativo na causa pela qual sua mãe tanto lutou.

No dia seguinte, Lúcia chegou pontualmente no apartamento. Quando desceram, viram o burburinho que tomou conta do bairro, que aumentava conforme iam em direção à avenida Atlântica. Não imaginavam que havia tantos gays, lésbicas e bissexuais na cidade. Era um mar colorido.

Encontram um trio elétrico, onde autoridades e líderes da defesa da diversidade sexual discursavam. Entre uma fala e outra, uma drag queen fez uma performance que arrancou aplausos. No carro de som, um DJ tocava músicas que se relacionavam com o tema. Lúcia e Vânia se sentiram, como nunca, fazendo parte de um todo.

Elas ficaram paradas contemplando o momento. Uma bandeira do arco-íris foi estendida sobre as pessoas como em uma torcida no estádio de futebol. Embaixo dela, Vânia e Lúcia deram um beijo de língua digno de final de novela. O tempo ficou em suspenso, os dois corpos flácidos se amando.

Vânia sentiu-se um pouco melhor e conseguiu ter um domingo tranquilo. Voltou ao trabalho na segunda, animada para a nova reportagem que faria. Levou a tiracolo o diário e pensou em montar um organograma para organizar os pensamentos. Primeiro, elaborou o perfil de quem é quem na história. Começou com quem já conhecia, sua mãe. Travou em certos momentos, mas saiu alguma coisa.

A jornalista sentiu que faltavam informações e, depois de alguns instantes, algo iluminou suas ideias: buscar documentos oficiais da época da captura de Inês. Saiu em disparada da redação. Deu tempo de Beto perguntar:

— Precisa de mim, amiga?

Vânia interrompeu os passos rápidos, pensou e disse:

— Por enquanto, não. Dessa vez, tem que ser somente eu — respondeu, dando uma piscadela.

Beto não se sentiu ofendido. Na verdade, admirava a determinação de Vânia.

Ela dirigiu o mais rápido que conseguiu em direção ao antigo Dops. Lá encontrou um funcionário branco, de cabelos na altura do ombro, de óculos de lente e armação grossas. Por trás do vidro, Vânia viu suas olheiras.

— Boa tarde. Sou Vânia Ferreira, do jornal *O Redentor*. Vim atrás de alguns documentos.

— Boa tarde. Você fez agendamento? O espaço aqui é reduzido, por isso deve-se marcar um horário.

— Não fiz. Tem alguém fazendo pesquisa neste momento?

O rapaz olhou para trás para conferir o que já sabia. Vânia ficou na ponta do pé para observar o espaço atrás do balcão. Ele respondeu o óbvio ao se virar para a jornalista.

— Não.

— Então, por qual razão não posso pesquisar agora?

O funcionário pensou por alguns instantes e deu uma resposta padrão para casos como esse:

— São ordens superiores.

Vânia pensou em insistir, porém não precisou. O próprio homem percebeu a irracionalidade da situação:

— Acho que não terá problemas, já que não tem ninguém — afirmou, e abriu uma porta lateral para que Vânia adentrasse o arquivo.

No local, ela sentiu um odor peculiar. Se o tempo tivesse cheiro, seria esse, pensou. Passou por uma estante repleta de caixas com números que tinham pouco significado para ela. Atentou para as datas presentes nas etiquetas e finalmente chegou no período em que sua mãe afirmou ter sido detida.

Pegou o objeto e tirou os papéis de lá, revirou um por um e nada encontrou. Vânia se dirigiu ao funcionário, que agora bebia um café e lia um jornal:

— Com licença, não estou conseguindo encontrar um documento. Você pode me ajudar?

Apesar de demonstrar contrariedade por ter sido incomodado, ele a acompanhou. Verificou que de fato faltavam alguns. Ele trouxe uma explicação:

— Alguns são considerados secretos. Somente uma autoridade pode solicitá-los. Talvez o que você esteja procurando se encaixe nessa situação.

Vânia já tinha passado por isso algumas vezes, não conseguir documentos oficiais de determinada época para uma reportagem. O que havia de tão importante a ser escondido, perguntava-se.

— Bem, muito obrigado pelo auxílio — respondeu, retirando-se do local.

Vânia retornou para a redação, abalada com a dificuldade de conseguir uma simples informação. Era a base de seu trabalho. Pensou na autoridade com quem tinha mais intimidade: delegado Rocha.

À noite, quando chegou em casa, ligou o computador, conectou-se à internet e ao MSN. Por sorte, ele estava on-line. Ela clicou duas vezes no corpo verde e uma tela se abriu. Digitou:

"Boa noite, tudo bem? Já que temos uma parceria, que tal praticá-la?", e enviou junto uma carinha amarela sorridente.

Delegado Rocha não demorou para responder:

"Boa noite, tudo. Estou à disposição. Do que precisa?"

"De documentos secretos."

"Essa é uma missão difícil."

"O rapaz do arquivo disse que uma autoridade pode solicitar."

"Uma autoridade maior que eu."

"E você conhece alguma?"

"Bem, acho que tem uma pessoa que pode te ajudar. Você tem problemas de dever favor para políticos?"

"Depende, tenho meus limites."

"Esse parece ser correto, mas, enfim, continua sendo político."

"Quem é, talvez eu conheça."

"Deputado Pedro Farias."

Vânia lembrou-se do que lera sobre ele. Em seguida, respondeu:

"Você pode me passar o contato dele?"

"Claro."

Delegado Rocha enviou o e-mail do parlamentar. Em seguida, digitou:

"A gente pode marcar um encontro pessoal qualquer dia desses, que tal?"

"É uma boa, só estou passando por uns problemas aí."

"Sabe que pode contar comigo para o que der e vier."

"Sei sim, você está ajudando bastante. Sou muito grata por isso."

Vânia ficou mais meia hora on-line e o delegado Rocha também, mas mudaram o status para ocupado.

13 DE SETEMBRO DE 2001

O destino é um punhal cravado nas costas. Constantemente, fico pensando na cadeia de eventos daquele fatídico dia, a hecatombe que minha vida se tornou. E se Carlos não ficasse preso no trânsito? E se eu não tivesse entrado no Mopre? E se minha mãe não viesse para cá? E se eu não existisse? E se? Uma masturbação mental inútil!

A ditadura acabou, porém ficaram os escombros.

Pela primeira vez, pude escolher um presidente. Foi uma alegria imensa, pois Vânia já tinha idade para votar. Fomos juntas fazer algo pelo que minha geração lutou tanto. O resultado, eu e minha filha vivenciamos. Valeu a pena tudo que passei.

Dois anos depois das eleições, diversas denúncias fizeram o presidente eleito renunciar. Antes o povo foi para as ruas protestar, lembrando as manifestações do início da ditadura e as do final dela.

249

Vânia fez questão de participar, pintando o rosto de verde e amarelo. Apesar de minha preocupação, não tentei convencê-la a não ir, muito pelo contrário. Fiquei orgulhosa em saber que ela era uma cidadã consciente.

Foram tempos difíceis. Uma prosaica ida ao supermercado era quase uma operação de guerra. Havia a lenda que, se passasse duas vezes no mesmo corredor, os preços dos produtos nas gôndolas já teriam mudado. Quando recebíamos os salários, corríamos logo para comprar o máximo de mercadorias para o mês. Isso tudo causou confusão, apreensão e incerteza a todos.

A mudança veio com o Plano Real, um sopro de esperança, assim como a expectativa de ganhar mais uma Copa do Mundo. A imagem dos jogadores perfilados cantando o hino nacional a plenos pulmões e as vitórias de Ayrton Senna nas pistas embalada pelo "Tema da vitória" alimentavam um patriotismo perdido em meu interior.

Era difícil acreditar na transformação para melhor enquanto a barbárie cotidiana acontecia. Chico Mendes, Daniella Perez, o indígena Galdino, Eldorado dos Carajás, chacinas da Candelária e do Carandiru. Me perguntava a mesma coisa que Renato Russo cantava como um apelo do fundo de seu âmago em "Pais e filhos": "Me explica a grande fúria do mundo?"

Nessa época, Vânia terminava a faculdade. Foi quando conheceu seu marido. No começo, ele demonstrava simpatia, porém com o tempo sua verdadeira face foi revelada: destratava e agredia verbalmente minha filha na frente de todos. Eu e Carlos ficamos magoados, por isso alertamos Vânia sobre o perigo de viver uma relação assim e aonde poderia chegar. Somente ela podia se livrar daquela situação, exigindo o divórcio que tanto briguei para existir. As rusgas ficaram cada vez mais evidentes, a ponto de Vânia parar de nos visitar.

Apesar de tudo, tiveram um filho. Daniel nasceu em 1997. Ser avô foi um oásis de alegria em meio a um deserto de tristezas. Outro alívio foi saber que, ao se casar, Vânia não moraria mais comigo. Isso afastou meus pensamentos suicidas por um tempo. Difícil foi imaginar que tudo isso representou a infelicidade de Vânia.

O paradoxo da vida humana.

Mesmo assim, fomos a uma churrascaria comemorar o aniversário de casamento da Vânia. Estávamos todos ali cometendo o pecado da gula. Virou moda na década de 1990 esse tipo de estabelecimento. Parecia que muita gente queria demonstrar a melhoria das condições sociais, e nada melhor do que fazer isso comendo. Era comum também ter música ao vivo.

Enquanto o cantor de voz grossa e aconchegante cantava "Linha do Equador", vi entrando uma pessoa que reconheci rapidamente. Estava mais gordo e calvo, com pequenos tufos grisalhos na cabeça. Agora, ostentava um bigode. Mais de trinta anos separavam esses dois momentos, mas não tive dúvidas: era o Maciel. Estava acompanhado por uma bela moça loira, mais jovem que ele. Não sabia se era esposa, amante ou filha.

Senti uma grande palpitação, o coração quase saindo pela boca, a garganta seca. Tomei um gole de Coca-Cola para amenizar a situação, em vão. Pensei em abordá-lo, mas para falar o quê? Poderia dizer para Vânia que a poucos metros estava a pessoa que poderia ser seu verdadeiro pai. Olhei para Carlos, imaginando sua reação, mas ele nada fez. Até hoje não sei se fingiu que não viu ou viu e não quis comentar nada comigo.

Meus pensamentos negativos começaram a me incomodar. Fui procurar ajuda. Relatei ao médico que alguns anos antes eu tentei tirar minha vida. Ele fez uma cara blasé e somente me receitou um calmante.

Ironicamente, esses acontecimentos me deram uma injeção de ânimo e me dediquei como nunca ao trabalho. Me dava um imenso prazer formar futuros advogados, juízas, promotores, delegadas. Refletia, solitária, sobre essa gente jovem renovando as esperanças de um novo país.

Nem tudo eram flores. Na universidade, nem todos pensavam como eu, em especial o professor Luiz Mascarenhas. Muitas alunas denunciavam que ele as assediava. Em uma reunião do departamento, uma estudante, Helena, falava com propriedade, afirmando que aquilo era um absurdo e que Luiz não podia continuar a dar aula no curso.

Eu admirava a coragem dela de enfrentar o patriarcado daquela maneira. Me lembrou de quando eu e Joana tínhamos a mesma idade, não abaixávamos a cabeça e exigíamos igualdade de gênero. Fiz coro das reivindicações de Helena e passei a ser malvista entre colegas por não ser corporativista.

Uma nesga de otimismo era com a arte, aqueles que tocam violino enquanto o *Titanic* afunda. Parei de acompanhar as novidades musicais quando Cazuza e Renato Russo faleceram, até encontrar um grupo divertido, os Mamonas Assassinas. Em meio ao tchan e à boquinha da garrafa, via a juventude cantando suas músicas, que tocavam várias vezes no rádio e nos programas de auditório.

Prestando mais atenção nas letras, entendi o porquê de essa geração gostar tanto deles. Dizer "Abra sua mente, gay também é gente" para todo o Brasil era um tapa na cara do conservadorismo.

Enquanto aqui vivíamos com apagões elétricos em todo verão, duas torres caíam nos Estados Unidos. Eu não entendia muito bem a magnitude desse fato, mas realmente foi estarrecedor ver aquela estrutura enorme caindo. Me causou angústia assistir diversas vezes na TV ao avião se chocando com o prédio.

* * *

Antes de ir ao encontro de Pedro Farias, o Almeida da época de guerrilheiro, Vânia elaborou um breve perfil, como aprendeu na faculdade. Anotou no bloquinho as principais informações: o deputado tinha sessenta e dois anos e era formado em História. Era oriundo de uma família tradicional de artistas, empresários e intelectuais. Começou no movimento estudantil em meados da década de 1960 e foi um dos fundadores do Movimento Popular Revolucionário, organização clandestina na época da ditadura. Viveu um tempo no exílio e, quando retornou ao Brasil, organizou um partido político. Elegeu-se deputado constituinte e, desde então, se mantém no cargo por três mandatos consecutivos. Suas principais pautas eram o combate à desigualdade social, a defesa da descriminalização da maconha, do casamento homoafetivo, da igualdade de gênero e o fim da discriminação racial. Por fim, fez nota de cunho pessoal: ele era casado e pai de um casal de filhos.

Vânia não sabia se utilizaria essas informações, mas achou importante tê-las em mãos. Partiu com seu carro para o local onde o delegado Rocha indicou: o gabinete do deputado no Rio de Janeiro, um pequeno escritório em um prédio comercial do Flamengo.

Lá chegando, uma secretária alta, com cabelos loiros até a metade das costas, a atendeu. Vânia concluiu que era um encontro mais informal, por ela não estar com os cabelos presos em um coque.

— Bom dia. Você deve ser Vânia Ferreira.

— Sim.

— Aguarde um instante, por favor, vou avisar o doutor Farias que você chegou. — E desfilou por um imenso corredor.

Aqueles cinco minutos de espera pareceram uma eternidade para Vânia. Uma infinidade de pensamentos rondava a jornalista. Estava muito próxima de seu objetivo e isso lhe causava sentimentos confusos: ao mesmo tempo que queria ir em frente, pensava em desistir. Ela viu uma garrafa térmica sobre a mesa, que imaginou ser de café. Pensou em se servir, mas demoveu a ideia por achar que não cairia bem em seu estômago nervoso.

Quando a secretária retornou, Vânia sentiu um frio na espinha. Sua voz parecia em câmera lenta quando disse:

— Ele a aguarda. É a segunda porta à esquerda.

Vânia obedeceu e caminhou devagar até a sala. Parou por mais um instante, respirou fundo e deu um leve toque com o nó do dedo indicador antes de empurrar a porta entreaberta.

— Com licença, deputado Farias.

Pedro fazia anotações e vestia um terno cinza-escuro e gravata vermelha.

— Olá, Vânia. Sente-se — disse, esticando o braço e apontando para uma cadeira de acolchoado azul.

Ela acatou o pedido.

— O Rocha me contou que você precisa de algo. Do que se trata?

Vânia paralisou com a pergunta. Pensou em contar que era apenas para uma reportagem, mas, por alguma razão, acreditou que Pedro Farias era uma pessoa de confiança.

— Estou à procura do meu verdadeiro pai.

— E em que posso ser útil nessa missão?

— Preciso de documentos oficiais.

Pedro Farias franziu o cenho e coçou o queixo.

— Certamente posso obtê-los.

— Sobre uma prisão em 1971 após o assalto à casa do banqueiro JJ Albuquerque.

— Lembro-me muito bem desse episódio. E por que o interesse nesse caso, Vânia? — perguntou, sendo levemente invasivo.

Vânia ia hesitar, mas logo concluiu que não valia a pena. Quanto mais aliados, melhor.

— Minha mãe participou. Inês Ferreira, codinome Sônia.

O deputado arregalou os olhos e falou:

— Como não desconfiei? Você é a cara dela! Encontrei-a há muitos anos na Uerj. Como ela está?

Uma súbita tristeza abateu-se sobre a jornalista, que respondeu com voz baixa:

— Está internada — fez um silêncio —, tentativa de suicídio.

— Lamento — resumiu Pedro.

— Preciso descobrir a verdade sobre o que aconteceu nesse dia e nos seguintes. Meu pai é um dos agentes do Dops que a capturaram. Joana se safou da tortura, minha mãe, não.

— Que tragédia. Se eu soubesse, teria feito o possível para evitar.

— Não se culpe, deputado. Imagino que tenha sido uma situação difícil para vocês à época.

— Sim, fui atingido no ombro. Até hoje dói se eu levantar o braço direito.

Vânia se compadeceu do drama de seu interlocutor. Ainda assim, ele estava vivo, e sua mãe, à beira da morte.

— Eu vou te ajudar — Pedro continuou. — Vou conseguir o máximo de documentos sobre esse assunto e hoje mesmo você pode vir aqui buscar.

— Seu Farias — ela abandonou a formalidade —, muito obrigada. Não sei como lhe agradecer.

— Faça o seu trabalho — disse e sorriu.

No final da tarde, Vânia voltou ao local e recebeu uma pequena pilha de papéis das mãos da secretária.

A jornalista olhou para o material e seus olhos brilharam, como se possuísse um grande tesouro. No carro, sentada no banco do motorista, antes de arrancar, sacou o celular e enviou duas mensagens: uma para o delegado Rocha, escrito "missão cumprida, nos falamos dps, obg" e outro para Lúcia, "baby, podemos nos ver mais tarde?" No caminho para casa, tentou relaxar e esquecer o turbilhão de acontecimentos dos últimos dias ligando o rádio.

Assim que estacionou o veículo na garagem do prédio, viu a resposta de Lúcia: "claro, 20h na sua ksa?". Vânia respondeu com um breve "s".

Na hora marcada, Lúcia chegou. A própria Vânia foi abrir a porta. Ela exalava um cheiro de quem acabara de sair do banho, de cabelos molhados. Lúcia estava com roupas escuras, relembrando a época da adolescência, em que andava com camisas de bandas de rock.

A casa estava em silêncio. Na vizinhança, buzinas de carros, latidos e gritos produziam a cacofonia cotidiana. Carlos estava no hospital, aproveitando seus últimos momentos com a esposa.

Vânia ofereceu uma dose de uísque, que foi aceita por Lúcia. Brindaram. Em seguida, a jornalista se dirigiu para a advogada indo direto ao assunto, sem preâmbulos:

— Consegui documentos importantes. Te chamei para a gente ler junto.

Lúcia deu uma golada da bebida e respondeu:

— Mãos à obra.

Espalharam tudo que tinham em uma grande mesa, como se montassem um quebra-cabeça. Vânia também pegou o caderno que fez as vezes de diário para obter mais alguma informação relevante ou que tenha passado batido nas leituras que fez nos últimos dias.

Um papel chamou a atenção da advogada. Estava com letras de documentos escritos em máquina de datilografia. Lúcia fez questão de ler em voz alta.

RELATÓRIO DE OPERAÇÃO

No dia cinco de fevereiro do corrente ano, Maciel Oliveira e Paulo Ferreira, vulgo Paulo Onça, lideraram uma ação contra a organização terrorista conhecida como Mopre. Os criminosos atuavam a partir de uma casa servida como base localizada na rua Patagônia, número vinte e sete, no bairro da Penha.

Lá chegando, encontraram três pessoas que o agente Maciel — que se infiltrara anos antes na organização a fim de obter informações — identificou pelas alcunhas de Sônia, Almeida e Barbosa. Não foi encontrada a senhorita Joana Macedo e Albuquerque, alvo de um sequestro pela quadrilha.

Paulo e Maciel informaram ainda que não encontraram a quantia reclamada pelo senhor João José Macedo e Albuquerque.

Barbosa, ou Jorge Luiz Mendes, foi alvejado com disparos e faleceu no local do fato narrado.

Almeida, ou Pedro Farias, foi atingido no ombro e levado para o Hospital Getúlio Vargas.

Sônia, ou Inês Ferreira, foi conduzida para as dependências do Departamento de Ordem Política e Social para maiores averiguações e interrogatório.

Faço saber para os superiores.

Major César Valadares
Infantaria
Comando Militar do Leste
1ª Divisão do Exército

* * *

Vânia ficou pensativa por cinco segundos, absorvendo o que acabou de escutar e tentando ligar ao que já sabia. Lembrou-se do ensinamento de um professor da faculdade que dizia "O segredo do bom jornalismo está nos detalhes". Na sequência, falou:

— Tem algo errado aí. No diário de minha mãe diz que Joana teve um "papel ativo" no assalto. Nesse documento, não diz nem que ela fazia parte da organização.

— Verdade — respondeu Lúcia, admirando a perspicácia da companheira.

— E meu pai também não aparece. Vamos ver outros documentos para saber mais a fundo o que de fato ocorreu. A noite vai ser longa.

— Estou aqui para o que der e vier, baby — disse Lúcia, servindo mais uma dose de uísque para si e para Vânia.

E assim as duas leram e releram toda a papelada disponível. Vânia encontrou algo que considerava muito valioso:

a ficha profissional de Maciel. Lembrou-se do que leu no diário sobre esse sujeito e afirmou para Lúcia:

— Preciso encontrar esse cara.

— Vânia, vai com calma. Não sabemos o que ele é hoje, ainda pode ser muito perigoso lidar com essa gente.

— Já fui longe demais para desistir agora.

Lúcia sorriu em reconhecimento pela coragem e determinação de Vânia.

Levemente alcoolizadas, foram para o quarto. Deitadas na cama, Vânia introduziu uma recordação:

— Lembra aquele réveillon em que demos um beijo triplo com outra menina? Não lembro o nome dela...

— Carol.

— Confesso que gostei.

— Hum.

— Aquilo ficou na minha cabeça por um tempo. Fiquei me perguntando sobre a possibilidade de ter mais de uma relação, mas depois que te conheci deixei isso um pouco para lá. Agora, lendo o diário de minha mãe, vi que sim, é plausível.

— Os tempos são outros, baby.

Após dizer a última frase, Lúcia ficou em silêncio, refletindo sobre o assunto. Lembrou-se de sua própria história: seus pais foram casados por mais de vinte anos, mas Lúcia sabia que a mãe era infeliz, pois seu pai a traía. Não tinha coragem de pedir o divórcio, mesmo depois que isso foi possível. Adolescente, Lúcia começou a ver a mãe definhar, como se houvesse algo invisível a consumindo. Lúcia não sabia nomear, mas tinha consciência de que algo estava errado. Quando tinha dezenove anos, sua mãe faleceu. Foi a oportunidade de sair de casa. Morou com Fernanda, uma amiga, que posteriormente se tornou sua primeira namorada.

As constantes brigas as separaram e, desde então, Lúcia vivia solteira, eventualmente frequentando baladas LGBT.

Foi a deixa para Vânia continuar:

— Estou interessada em sair com outra pessoa — fez uma pausa —, um cara... Delegado Rocha.

A companheira se assustou com tantas informações despejadas de uma vez.

— Então, o que sugere?

— Quero ficar com os dois.

— Tipo naquele livro do Jorge Amado, só que agora seria *Dona Flor, marido e esposa*?

— Sim.

Lúcia pensou que o ciúme é um sentimento mesquinho, vazio, que não levava a lugar algum. No fundo estava sendo egoísta por não entender, respeitar e valorizar os sentimentos e desejos de Vânia. Ela lembrou da música "A maçã", de Raul Seixas, em especial o verso "Amor só dura em liberdade, o ciúme é só vaidade". Não nutria nenhuma crença no casamento padrão heterossexual burguês, especialmente por ter acompanhado o término de vários. Via de perto como eram as audiências de divórcio, que aumentaram exponencialmente desde que começou sua carreira. Algumas acabavam até em ameaça de morte. Por isso, estava aberta a novas formas de se relacionar e amar.

Ela tentava digerir a proposta de Vânia e, no fim, concluiu que acreditaria nas boas intenções de sua companheira em continuar a relação que tinham. Manifestou seu pensamento a ela:

— Bem, quem sou eu para dizer o que você deve fazer... — E sorriu.

Vânia retribuiu com outro sorriso e beijaram-se longamente. A jornalista esticou seus braços e passeou pelo corpo de Lúcia, que respondeu com um leve gemido e começou a tirar a roupa da companheira. Em poucos segundos, ambas estavam nuas.

Continuaram engalfinhadas até Lúcia enfiar a boca nos seios de Vânia. Deu uma mordida no mamilo, e Vânia arfou de prazer, ficando fraca. Lúcia aproveitou o ensejo e continuou a estimular Vânia com a língua, dando mordiscadas pelo corpo. Finalmente chegou onde queria: o clitóris. Lambeu-o vagarosamente, como se fosse um doce delicioso.

Vânia tremia com os movimentos de Lúcia, que segurou com força as pernas da companheira. A intensidade dos gemidos aumentava, até que finalmente Vânia explodiu em um orgasmo. Ficou sem ar, por isso não conseguiu falar e não tinha forças para se movimentar.

Alguns segundos depois, puxou Lúcia para si e voltaram a se beijar. Vânia causava pequenos choques no corpo da companheira apenas com o toque de suas mãos. Isso dava um misto de calafrio, tesão e cócegas em Lúcia, que às vezes se retesava.

Vânia colocou o dedo indicador sobre a boceta molhada de Lúcia e começou a tocar uma siririca. No começo, devagar, com cadência. Vânia dava um sorriso de canto de boca ao ver a companheira de olhos fechados e o diafragma de Lúcia fazendo a barriga subir e descer. Os gemidos de Lúcia eram graves, o que dava prazer a Vânia. Ela decidiu aumentar o ritmo do movimento e, finalmente, Lúcia também chegou ao ápice do prazer. Depois disso, nada disseram, apenas trocavam carinhos. Dormiram abraçadas de conchinha.

No dia seguinte, Vânia acordou com a sensação de que a sorte estava virando para o seu lado, apesar da mãe acamada. A transa da noite anterior renovou suas energias para o que viria a ser um dia agitado. Pretendia encontrar aquele que poderia ser seu pai biológico. Perguntava-se se estava preparada para tal momento, mas ia encarar a verdade, fosse ela qual fosse.

A jornalista foi a primeira da casa a acordar. Tomou um banho demorado e se arrumou com calma. Em seguida, Lúcia se levantou. O material que estavam analisando ainda estava na mesa fora das pastas.

Saíram juntas do prédio. Vânia deixou Lúcia no escritório. No trajeto, pouco falou, tentando se concentrar na direção e, ao mesmo tempo, elaborando o roteiro de perguntas que faria a Maciel.

Chegando ao trabalho, ela encontrou a redação movimentada e se perguntou se algo de importante havia acontecido na madrugada anterior, além de ela ter assumido que não queria mais ser monogâmica. Beto foi o primeiro a cumprimentá-la:

— Bom dia. Tudo bem? — disse, sorridente.

— Sim. Espero que hoje tudo isso acabe — respondeu, sem saber muito bem o que queria dizer com "tudo isso".

Beto fitou a jornalista, fascinado e orgulhoso com o trabalho que faziam. Vânia colocou seu crachá, fez as últimas anotações no bloquinho, colocou-o na bolsa e partiram para a rua. Era o local em que mais gostavam de estar, onde os fatos aconteciam e viravam notícia. Combinaram a dinâmica da reportagem: Vânia interpelaria Maciel e, para não o espantar, Beto ficaria camuflado — como sempre fazia nos tempos de *paparazzo* — para tirar fotos ou ajudar Vânia a sair de alguma enrascada.

Coincidentemente, o endereço da ficha profissional de Maciel levava ao mesmo bairro em que Vânia morava. Caso estivesse em casa, iriam embora. Queriam encontrá-lo na rua, por acharem mais seguro. Beto tocou o interfone:

— Bom dia. Estou procurando o senhor Maciel Oliveira.

— Doutor Maciel acabou de sair para levar o neto na praça.

— Ah, sim, muito obrigado.

Tudo estava saindo como planejado. Partiram em direção ao local onde supunham estar Maciel. A intuição de Vânia não falhou; nem precisou olhar a foto que tinham com a imagem dele. Encontraram-no olhando uma criança brincando, com certo desdém. Parecia até desanimado com o que deveria ser prazeroso. Vânia lembrou-se rapidamente de seu filho e questionava-se se estava sendo a mãe ideal. Concluiu que isso não era possível.

Beto tirou-a desses devaneios quando disse:

— Vou ficar ali atrás daquela árvore. Se for o caso, grite.

— Pode deixar.

Com o coração palpitando e as mãos suando, caminhou em direção ao homem, sentado em um banco olhando para o nada.

— Bom dia, senhor Maciel. Sou Vânia Ferreira, do jornal *O Redentor* — apresentou-se e exibiu sua identificação profissional.

Maciel apenas a olhou de soslaio, perguntando-se como aquela mulher sabia seu nome. Vânia continuou:

— Gostaria de fazer algumas perguntas, com a garantia do sigilo.

Ele se afastou para o lado esquerdo do banco, indicando que gostaria de falar. Vânia sentou-se ao seu lado e sacou o pequeno caderno com anotações.

— Sobre eventos ocorridos no ano de 1971 — continuou.

— Faz algum tempo...

— Sim, porém é algo importante e pouco noticiado na época. Havia a censura, né?! — disse, parecendo um pouco boba ao falar algo que provavelmente ele sabia.

— Do que se trata?

— O assalto à casa de JJ Albuquerque, o banqueiro.

— Eu não participei dessa ação. Me desculpe, moça, você está perdendo seu tempo — discordou e fez menção de ir embora, indo em direção à criança que brincava no escorregador.

— Espere. Eu li documentos da época, há menção de seu nome nesse episódio. Você se infiltrou no Mopre para descobrir informações sobre essa organização.

Aquelas palavras paralisaram Maciel. Não adiantava se esquivar. Era melhor dizer o que sabia do que a jornalista escrever a partir do que ela leu e manchar sua reputação.

— Participei. Não tenho nenhum orgulho. Eu era muito pobre, queria uma vida melhor para mim e minha família.

Vânia tentou manter a postura profissional e não se envolver no drama do entrevistado. Em seguida, perguntou:

— O que você tem a dizer sobre a prisão de Inês Ferreira, ou Sônia?

— Capturamos ela e a Joana, que usava a alcunha de Rosa. O Carlos fugiu, Almeida foi baleado no ombro e o Barbosa faleceu.

Vânia fez uma pequena anotação e notou a contradição entre o relatório e a fala de Maciel.

— E o que você e o — olhou o bloquinho — Paulo Onça fizeram com elas? — perguntou, mesmo sabendo a verdade, mas querendo ouvir da boca de Maciel sua versão dos fatos.

— Joana foi liberada a mando do major Valadares. Depois, ele virou general. Ele que estava no comando de tudo. Nós levamos essa Inês para ser interrogada e delatar mais comunistas.

Vânia sentiu um frio na espinha com o desdém com que Maciel falou de sua mãe.

— Com tortura, como sabemos.

Maciel olhou o neto para disfarçar o desconforto por ser desmascarado em praça pública.

— Nunca fui muito a favor disso. Mas já estava enrolado até o pescoço, foi um caminho sem volta. Eu sabia de muita coisa. Se eu saísse, me matariam, como fizeram com outros agentes.

— Torturadores — Vânia disse, assertiva.

— Era uma guerra e nela usamos esses métodos — respondeu, irritado.

Vânia percebeu que se insistisse no tom acusatório poderia perder a fonte. Tentou amenizar a conversa.

— E o dinheiro do assalto? Qual foi o destino?

— Espólio de guerra.

A jornalista fez uma anotação, apenas um símbolo de cifrão.

— Eu e o Paulo dividimos a grana sem o major saber.

Ela escreveu do lado em sequência "Maciel + Paulo Onça".

— Foi o suficiente para comprar duas casas. Uma aqui e outra em Cabo Frio.

Vânia fez uma mesura. Beto continuava à espreita, apreensivo. Conseguiu tirar umas fotos. Ela agora finalizava seu objetivo, tinha apenas mais duas perguntas a fazer. A primeira foi:

— E que relação você manteve com o Paulo Onça e com o general Valadares?

— Depois que acabou a ditadura, o Dops foi se desfazendo aos poucos e perdemos contato. O Valadares foi para a reserva e fiquei sabendo que ele morreu há alguns anos. O Paulo deve estar vivo ainda, vaso ruim não quebra — afirmou, dando um pequeno sorriso, cujo significado Vânia não soube interpretar.

A segunda não era bem uma questão, e sim uma afirmação:

— Inês Ferreira foi violentada sexualmente quando foi torturada. Tive acesso ao diário que ela escreveu depois. Ela engravidou.

Vânia, quase com os olhos marejados, abandonou o profissionalismo:

— E foi assim que nasci.

O baque foi tão grande em Maciel que ele emudeceu por alguns instantes. O som dos gritos de felicidade das crianças na praça contrastava com aquele momento melancólico. Quando finalmente teve coragem de dizer algo, o homem foi lacônico:

— Não sou eu quem você está procurando.

Em seguida, levantou-se, chamou o neto e foram embora. Nesse momento, Vânia chorou. Beto correu em sua direção e a abraçou.

Vânia ficou em frangalhos e tão desestabilizada que precisou de cinco minutos para voltar a si. Quando retornaram para a sede do jornal, ela tentou reordenar os pensamentos. Recebeu no e-mail as fotos que Beto conseguiu tirar de Maciel. Olhando para a tela do computador, pensou que a vida era uma grande dança do ir e vir, dos encontros e desencontros. Uma dança maligna e fascinante. Parou de chafurdar sua mente e voltou-se para o trabalho, que, agora, se misturava com sua vida pessoal de forma angustiante e intrigante. Estava montando o quebra-cabeça de sua existência e nele faltavam duas peças importantes: Paulo Onça e Inácio, o tio perdido.

Notando que estava muito perto do primeiro, continuou a fazer os perfis jornalísticos de todos os envolvidos na trama que culminou no roubo à mansão do banqueiro e que terminou com um destino trágico. Durante a tarde, enquanto finalizava o trabalho, lembrou-se de falar com o delegado Rocha sobre a situação. Achando que era um momento oportuno para um encontro informal depois de tudo que acontecera naquele dia, mandou um SMS para ele: "boa tarde. Está de bobeira hj?" Ele respondeu somente com um "s". Vânia enviou outro: "bora para a Lapa. 20h?" A mensagem veio algum tempo depois: "s, te encontro nos arcos". Aproveitou o ensejo e comunicou-se com Lúcia: "estou bem, viva" e colocou um "rs" no final da frase.

Delegado Rocha foi pontual, Vânia atrasou-se apenas dez minutos. Ela usava um vestido preto que lhe caiu bem nas curvas generosas, e ele vestia calça jeans e camisa polo verde-musgo. Quando o viu, a jornalista confirmou o que já suspeitava: o delegado era mais alto do que achava, o que não era um problema.

Vânia o abordou perto do Circo Voador. Ele estava de costas para a direção em que caminhava.

— Oi.

Ele se virou e viu a moça branca, de cabelos pretos longos e maquiagem discreta. Os olhos eram um pouco caídos, lembrando os descritos por Machado de Assis. Os lábios eram finos e elegantes. Vânia usava um batom rosa-claro, brincos em formato de estrela e um colar com uma pequena pérola.

— Olá — respondeu, com um sorriso largo.

Olhando em volta, o delegado Rocha concluiu que ali não era o local adequado para uma conversa, fosse ela formal ou não. Um samba tocava alto na caixa de som de uma das barracas e um vento forte com cheiro de maresia soprou sobre os dois, balançando as madeixas de Vânia. O homem indagou:

— Para onde vamos?

— O que sugere?

— Bem, eu que fui o convidado — disse, levantando a sobrancelha.

Vânia falou a primeira coisa que lhe veio à cabeça:

— Sabe jogar sinuca?

Ele achou a pergunta inusitada. Falou a verdade:

— Não.

— Eu te ensino — disse, dando um sorriso sapeca.

Delegado Rocha pensou que Vânia foi capciosa, pois, se dissesse sim, ela podia chamá-lo para uma partida. Era um beco sem saída em que ele adorou estar.

Dirigiram-se para um bar que tinha uma mesa do jogo. Quem começou foi Vânia, uma tacada na bola branca com força, parecendo que estava com raiva da vida. Em seguida, mostrou para Rocha como se segurava o taco e as regras básicas: um somente deveria atingir as bolas pares, e o outro, as ímpares.

Pediram também uma cerveja, que veio em garrafa de seiscentos mililitros dentro de um vidro escuro. O garçom também trouxe dois copos americanos. Serviram-se, brindaram e continuaram a jogar. Quando sentiram fome, delegado Rocha pediu um gurjão de frango, que veio acompanhado de molho tártaro levemente azedo.

Enquanto comiam, Vânia manifestou sua curiosidade:

— Só te conheço como Rocha. Qual é seu primeiro nome?

— Caio.

— Prazer — respondeu com outro sorriso, dessa vez malicioso.

— O prazer é todo meu — disse, caindo na brincadeira.

— Por que vocês, da polícia e das forças armadas, ficam somente chamando um ao outro pelo sobrenome? Nunca entendi isso.

— Acho que é para dar um ar mais formal ao trabalho.

Vânia se convenceu com a resposta.

Delegado Rocha contou um pouco de sua história: foi criado somente pela mãe, pois ela se apaixonou por um caminhoneiro. Ele tinha prometido que voltaria para acertar os trâmites do casamento, mas esse dia nunca chegou. Caio entristecia-se vendo a mãe cabisbaixa pelos cantos à espera do amado. A família da sua mãe a abandonou ao saber que ela teria um filho sem se casar. Uma vizinha ficava com Caio enquanto ela trabalhava. Isto tudo foi a mola para se dedicar aos estudos. Logo cedo, começou também a trabalhar para ajudar nas contas da casa. Formou-se — foi o primeiro da família, inclusive entre os primos — e se preparou para concursos. Passou entre os primeiros, para orgulho de sua mãe.

Terminaram de se alimentar, jogaram mais umas partidas e, levemente bêbados, caminharam a esmo pelo bairro. Pararam na Escadaria Selarón. Lá, Vânia parou e, cansada da letargia de Caio Rocha, segurou seu braço, trouxe o corpo dele para perto e lhe deu um beijo, invadindo a boca de Caio com a língua. Ele não se fez de rogado e correspondeu na mesma proporção.

Para Vânia, parecia que o tempo tinha parado e os problemas sumido naquele breve instante. Não satisfeita com a ousadia, foi além, dizendo ao pé do ouvido de Caio:

— Que tal a gente ir para um local mais íntimo?

Ele entendeu o recado. Voltaram para perto dos arcos, pararam um táxi e foram rumo ao motel.

Acomodaram-se e, tão logo Caio tirou os sapatos, Vânia partiu em sua direção, beijando-o com intensidade. Rocha excitou-se e seu pau reagiu ficando duro. Vânia tratou de arrancar as vestimentas dele com rapidez. Sem pestanejar, segurou firme o genital e o abocanhou.

Ele a interrompeu para tirar a roupa dela. Por um breve segundo, Rocha admirou a mulher à sua frente e voltaram a se beijar. Vânia deitou-se por baixo de Caio e ele começou a estimulá-la de várias formas e em diversas partes do corpo.

Caio foi direto ao ponto G da companheira, que deu um ronronar de felino faminto. Aquele som induzia Rocha a continuar até que Vânia atingisse o orgasmo. Ela soltou um grito, sua voz de prazer fazendo um eco inesquecível nos tímpanos do delegado. Ele nunca esqueceria aquele som.

Vânia recuperou-se do estado de quase morte e deitou-se, como se oferecendo para que Caio a penetrasse. Ele colocou o preservativo com habilidade e sentiu seu pau deslizar com facilidade para dentro de Vânia.

Ele fazia o vaivém com lentidão, depois acelerou o movimento. Algum tempo depois, gozou. Ofegante, deitou-se ao lado de Vânia. Ficaram em silêncio por alguns instantes. Vânia lembrou-se de um dos motivos pelo qual chamou Rocha para sair e disse:

— Preciso falar algo importante.

Recuperado, Caio respondeu:

— Pois não.

— Tenho uma companheira também. Lúcia. Estamos juntas há algum tempo. Agora queria viver mais uma relação. Independentemente do que você achar daqui pra frente, saiba que gosto muito de você.

Ele ficou pensativo por um tempo. Em seguida, disse:

— Isso que importa, Vânia, a gente se gostar — concluiu e deu um beijo na testa dela.

Ambos se abraçaram. Ela deitada no colo do rapaz e ele fazendo cafuné na jornalista. Vânia mudou de assunto:

— Queria te agradecer novamente pela força. Não falei do que se trata, mas estou em busca de uma pessoa. Meu pai biológico.

— Conte comigo, sempre que precisar.

— Estou prestes a encontrá-lo. Hoje tive um alarme falso. Confesso que estou com medo.

Caio abraçou-a com mais força. Vânia continuou:

— Estou em busca de um tal de Paulo Onça.

— Eu sei quem é.

Ambos ficaram frente a frente. O delegado continuou:

— Ele e outros ficaram famosos por fazerem parte de um grupo chamado Órfãos do Carvalho, que se formou quando pegaram um bandido famoso na década de 1960. Na época da ditadura, prestaram serviços para o regime prendendo e torturando pessoas. Quando acabou o governo dos militares, eles perderam a função anterior e eram contratados por todo tipo de gente para eliminar seus desafetos. Eles matavam desde travestis fazendo programa na rua até vereador na Baixada Fluminense.

Vânia ficou estarrecida com as informações que ouviu. Registrou-as em um bloquinho mental.

— E hoje, ainda atuam?

— Não. Perderam um pouco de força quando começaram a matar entre eles mesmos, tipo aqueles filmes de máfia. Isso abriu espaço para outros caras agirem. Esses não só cometem assassinatos encomendados, mas dominam regiões inteiras, cobrando taxas dos moradores com o pretexto de oferecer segurança. É uma espécie de milícia.

— É bom saber com quem estou lidando.

— De qualquer forma, cuidado, Vânia.

Delegado Rocha pegou rapidamente no sono. Vânia ficou algum tempo desperta pensando nos últimos e nos próximos acontecimentos.

7 DE JUNHO DE 2005

A liberdade da solidão. O grande vazio em volta. Não quero saber o preço do pão, da gasolina, se o Brasil é penta, quem é o próximo técnico do Flamengo ou o final da novela.

Parece poesia, mas é só tristeza.

Três anos depois do casamento, Vânia se separou e perguntou se podia voltar para casa. Fiquei com sentimentos dúbios em relação ao pedido. Não podia negar abrigo para quem estava desamparada pelo processo do divórcio, mas também tinha que pensar em mim. Tinha certeza de que conviver com ela me faria chafurdar novamente o meu passado.

O paradoxo da vida humana.

Aceitei que ela e Daniel vivessem aqui. Eu ficava cada vez mais tempo no quarto, me isolando de minha própria família, construída no limiar do amor, do ódio e mais uma miríade de sentimentos que eu não consigo expressar.

Os almoços eram cada vez mais silenciosos. Eu me sentava à mesa, muda, e saía como cheguei.

Obviamente, todos perceberam que mudei. Carlos perguntava se estava tudo bem. Eu me esquivava para não ter que lidar com a situação de ver o fruto da minha maior dor todos os dias na sala de casa novamente. Eu dava respostas vazias e evasivas, desviando o assunto.

A música era o meu refúgio. Abandonei os vinis e adotei os CDs como objeto de estimação. Eu tinha vários e ficava horas admirando-os, como preciosidades. Era meu escape limpá-los, ver os encartes, tentar decifrar o significado das imagens das capas.

Em vão, nada me tirava a vontade de permanecer no mundo estranho e sombrio em que eu queria estar.

Queria gritar socorro, será que iriam me ouvir?

Há tempos não lembro o que sonhei. Na verdade, nem sei se durmo mais.

Me causa espanto que, depois de vinte anos do fim da ditadura militar, há ainda quem a defenda. Falo de políticos que fazem apologia à tortura e atuam contra os direitos das minorias, como o casamento entre pessoas do mesmo gênero.

E assim vou sobrevivendo ao caos, guardando o silêncio da morte, renunciando a mim mesma, como se eu tivesse uma cicatriz na alma.

Comecei a misturar o calmante com uísque. Dá um barato legal. Parece que eu saio do meu estado de consciência e esqueço tudo que vi e vivi. Em minha mente, passavam imagens do passado numa grande sequência: JJ, Pelé comemorando o gol de 1970, lembrança da adolescência beijando Joana, Chico Buarque cantando em um festival de música, tortura, eu amamentando a Vânia, com Carlos e outros guerrilheiros na casa da Penha sorrindo e bebendo cerveja, uma apresentadora de programa infantil.

Voltando à realidade, só me sinto uma prisioneira desesperada, desanimada e impotente. "Sou uma gota d'água", cantou melancolicamente Renato Russo.

Para tentar ficar mais tempo na onda, tomo dois comprimidos, mas nada me tira da cabeça uma pergunta: será que, quando a gente morre, consegue voltar e mudar o passado?

Vou descobrir agora.

Adeus.

* * *

Vânia acordou com o toque do celular. Um mau pressentimento a acometeu. Viu no visor quem era. Carlos. Atendeu. Quem dava as notícias agora recebia uma: o falecimento de Inês. Apesar de já esperar e ter a consciência de que sua mãe havia morrido metaforicamente há trinta e três anos, como ela própria afirmou em seu diário, Vânia ficou triste.

Após desligar, contou a novidade ao delegado Rocha. Vestiu-se, pediu um táxi e saiu do motel. No veículo, Vânia encontrou um motorista com uma expressão rabugenta. Melhor, pensou, não estava disposta a papear sobre assuntos aleatórios.

Durante a viagem, a jornalista observou com atenção as árvores e o céu com poucas nuvens. Quando o taxista entrou no Aterro do Flamengo, Vânia sentiu o vento bater em seu rosto com violência. Fechou o vidro do banco de trás, onde se sentava. Ligou para a redação do jornal informando que não ia trabalhar por causa do falecimento da mãe.

Quando desligou o celular, se deu conta de que o rádio do carro estava ligado. Tocava "Paciência", de Lenine. Sua voz calma e melódica sussurrou no seu ouvido "A vida é tão rara". Esse verso causou um misto de sensações em Vânia. Ela chorou e as lágrimas escorreram por sua bochecha rosada.

O motorista ofereceu um lenço de papel. Em seguida, um locutor de voz grave e empostada anunciou o nome da emissora e a hora de Brasília.

Ao chegar ao hospital, Vânia encontrou Carlos sentado na recepção, olhando fixamente para o piso, como se estivesse processando tudo que aconteceu. O pai se levantou e eles deram um longo abraço.

Vânia queria acabar com tudo o quanto antes, mas foi impedida pelo ritual burocrático que envolve uma morte: reconhecimento do corpo, recolhimento do atestado de óbito, ligação para a funerária. Após passar quase a manhã inteira resolvendo as pendências, pôde finalmente voltar para casa, onde se prostrou no sofá olhando para a parede, ainda incrédula com tudo que passou nos últimos dez dias.

No final da tarde, ela foi surpreendida com o toque da campainha. Ao atender, foi informada de que era seu ex-marido trazendo Daniel de volta, conforme combinado. Vânia fez questão de ficar na porta aguardando o menino chegar. Quando isso aconteceu, imediatamente se abaixou para ficar da altura do filho e deu-lhe um caloroso abraço, que foi retribuído pela criança. Vânia somente conseguiu balbuciar as seguintes palavras:

— Te amo, meu filho.

A vida é tão rara.

Durante a noite, Vânia avisou Lúcia, Joana, Beto e Pedro Farias sobre o falecimento e informou-os que o sepultamento aconteceria no dia seguinte. Na universidade, as aulas foram suspensas e os corpos docente e discente foram convidados a comparecer ao enterro.

A jornalista se arrumou para a cerimônia com a roupa mais escura que tinha, como sugere a etiqueta. Usava também óculos escuros de armação grossa, que disfarçavam as olheiras adquiridas devido à insônia. Por fim, lançou mão de um lenço, caso fosse necessário.

No caminho — Carlos dirigiu —, poucas palavras foram ditas. O único que tentava inserir algum assunto era Daniel. Porém, o menino entendeu que não era um momento apropriado para amenidades e decidiu também se calar.

O cemitério estava lotado de ex-alunas, como Helena, algumas personalidades do mundo jurídico e professores da Uerj. Os antigos integrantes do Mopre se reencontraram depois de muitos anos. Carlos, Joana e Pedro deram um abraço fraterno em nome dos velhos tempos.

O caminho até a cova foi percorrido somente com o barulho dos calçados se arrastando no chão de cascalho. Delegado Rocha, Lúcia, Carlos e Pedro Farias carregavam o caixão. Ao final do percurso, o local do enterro já estava preparado para o momento final. Enquanto o caixão era levado para sete palmos do chão, Carlos puxou uma salva de palmas, seguido pelos presentes. Pétalas de flores vermelhas e brancas foram atiradas em direção ao túmulo. Beto registrava todo o acontecimento tentando não ser invasivo.

Quando terminaram de jogar a terra, a lápide foi colocada. No epitáfio, havia uma foto de Inês sorridente, de quando ela tinha em torno de trinta anos. Ao lado estava grafado vinte e três de junho de 1945, na frente de uma estrela de cinco pontas. Abaixo, uma cruz seguida de dezessete de junho de 2005. A pedido de Carlos, foram colocados os primeiros versos de uma música especial para ele e Inês, que ambos torceram para vencer o Festival de Música Popular Brasileira de 1967: "Tem dias que a gente se sente como quem partiu ou morreu."

O Carlos revolucionário da década de 1960 incorporou-se ao atual quando decidiu quebrar o protocolo do silêncio da morte puxando o canto do início de "Roda Viva". Sem pestanejar, os presentes o seguiram, entoando a música de forma lenta, fúnebre e solene, como pedia a ocasião.

Após o período de luto, Vânia voltou ao trabalho. Agora, mais do que nunca, estava determinada a desvendar o grande mistério que cercou a prisão e a tortura de sua mãe no longínquo ano de 1971. Para isso, recorreu novamente aos documentos que o Pedro Farias e o delegado Rocha forneceram, e a Lúcia, que ficaria com Daniel se fosse necessário. A advogada topou.

Em um dos papéis, encontrou o endereço onde poderia estar Paulo Ferreira, vulgo Paulo Onça. Vânia achou uma grande coincidência que o ex-policial tivesse o mesmo sobrenome que o seu. Não pensou nada além disso, afinal muita gente tem Ferreira no nome.

A jornalista recolheu o máximo de documentos que considerava úteis e colocou-os em uma pasta de couro, inclusive cópias xerocadas do diário de sua mãe. Foi com Beto para onde Paulo morava e, novamente, o fotógrafo ficou distante, para não assustar o entrevistado.

A residência de Inácio era no fundo de uma pequena vila em Jacarepaguá. Havia um estreito corredor com pisos vermelhos, que levavam para o conjunto de casas. Vânia sentiu palpitações e o dedo indicador tremeu antes de ela apertar o número cinco. Ela pensou em desistir, porém um impulso mais forte a impediu. Dessa vez, uma voz do outro lado da linha atendeu:

— Bom dia.

— Bom dia — respondeu, tentando manter a calma. — Estou procurando Paulo Ferreira. Ele se encontra?

— É ele — disse, a voz levemente rouca.

— Sou Vânia, repórter do jornal *O Redentor*. Gostaria de falar com o senhor, nem que seja informalmente.

Na casa, Inácio ficou curioso sobre o que uma jornalista queria saber dele.

— Entre — convidou e apertou o botão para abrir o portão.

O caminho até a casa cinco pareceu uma eternidade para Vânia. Agora não havia mais volta. Em caso de necessidade, a única opção seria gritar e torcer para Beto ou qualquer outra pessoa ouvir. Ao se aproximar da porta, ela já se encontrava entreaberta. Empurrou-a vagarosamente e encontrou uma sala com um sofá de três lugares, uma televisão de tubo de trinta e cinco polegadas em cima de um rack de madeira escura, um aparelho de som preto no canto esquerdo, alguns copos, pratos, garrafa térmica e talheres espalhados sobre uma pequena mesa de mármore.

No meio do cômodo, estava o homem que procurava: sentado em uma cadeira de rodas, o cabelo branco ralo, tinha um olhar fundo e uma feição de quem não sorria há muito tempo.

— Olá, senhor Paulo.

— Sente-se, por favor — disse, esticando os braços em direção ao sofá. — Quer um café?

— Não, muito obrigada. Não quero incomodar — agradeceu e se acomodou onde Inácio indicou.

Inácio observou-a de soslaio. Em seguida, falou:

— Qual é o motivo de sua vinda para cá?

Vânia respirou fundo e disse assertivamente:

— Sobre a prisão e tortura desta mulher — explicou, tirando da pasta uma foto de sua mãe.

O homem esticou com dificuldade o braço, porém conseguiu pegar. Observou-a por poucos segundos. Enquanto devolvia, falou laconicamente:

— Me lembro dela. Era uma dessas comunistas que eu pegava na época da ditadura.

Vânia sentiu-se ofendida com a forma desdenhosa com que Inácio tratou Inês.

— Esta comunista — fez uma pausa — é minha mãe.

Inácio tentou disfarçar o constrangimento. Vânia continuou:

— Quer saber o destino dela? — disse em tom inquisitório.

Seu interlocutor deu de ombros.

— Morreu há cinco dias. Cometeu suicídio.

— Meus pêsames — Inácio se limitou a dizer.

— Por essa razão, estou aqui. Os dois fatos estão conectados, como ela própria deixou registrado neste diário — contou e apresentou as cópias do que Inês escreveu nos últimos anos.

Inácio leu rapidamente os primeiros parágrafos e viu que seu nome foi citado. Ficou em silêncio por alguns instantes.

— O senhor está envolvido em tudo que aconteceu com minha mãe.

— Por favor, vá embora. Não quero mais falar sobre isso.

— O senhor tem relação direta com tudo que aconteceu comigo nos últimos dias — disse, elevando o tom de voz e ficando com os olhos marejados.

— Como assim?

— O senhor é meu pai.

Vânia desabou em um choro. Inácio paralisou. Em um flashback, vieram imagens esparsas daquele dia: a noite anterior com Silvia, major Valadares, Maciel, Joana, JJ e Inês. O que parecia ser mais um dia comum para um agente da finada ditadura veio à tona numa acusação inescapável.

— Filha... — disse, somente para pensar em outras palavras.

— Já investiguei tudo, Paulo. Conversei com a maioria das pessoas envolvidas e confirmaram o que aconteceu — disse, enquanto se recompunha.

— Não estou duvidando. Apesar de tudo, estou feliz por descobrir que sou pai a esta altura da vida.

— Você não teve família? — perguntou Vânia, observando a mão de Inácio e, ao redor, procurando algum porta-retrato com foto de casamento, esposa ou filhos.

— Digamos que sim.

A jornalista se ajeitou no sofá, pois imaginava que uma boa história estava por vir.

— Me casei com a filha do major Valadares. Só que ela não concordava muito com isso. Aceitei porque achei que ela podia mudar de ideia. Me enganei profundamente. Durante anos, ela saía sem dar explicações. Certamente estava se relacionando com outros homens ou mulheres, sei lá.

Vânia permanecia atenta ao que Inácio contava, tentando registrar mentalmente tudo. Ele deu um respiro com certa dificuldade e continuou:

— Ela foi embora dizendo que não seria babá de inválidos depois que houve o acidente.

— Que acidente? — interrompeu Vânia, curiosa.

— Esse que me deixou assim — olhou para suas pernas.

— Não sei se você se lembra por ser muito nova, mas, ao fim da ditadura, nosso grupo, Órfãos do Carvalho, perdeu a função por não haver mais comunistas para prender. Aí começamos a matar nós mesmos, tinha muita gente que sabia de muita coisa. Resolvi investir em pontos de jogo do bicho também. Não queria incomodar ninguém, mas não aceitava que atrapalhassem meus negócios. Certo dia, descobri que um rival meu estava pagando alto pela minha cabeça, só que já era tarde. Ao sair de um prostíbulo, vários homens me perseguiram de carro. Sempre fui bom motorista, moça, mas sempre do outro lado, nunca como caça. Os caras que faziam minha segurança em outro veículo fugiram quando viram que tinha gente me seguindo. Me desestabilizei e capotei com o carro em plena avenida das Américas. Os capangas acharam que eu tinha morrido e, por isso, nem se preocuparam em dar o tiro fatal. O serviço estava feito sem sujar as mãos.

Vânia ficou impressionada com a história e até sentiu compaixão pelo homem à sua frente. Ela continuou:

— E o dinheiro do roubo na casa do banqueiro?

— Uma parte ficou com o Maciel, ele era meu parceiro na época — afirmou, sem saber que Vânia já tinha esta informação. — A outra ficou comigo. Como disse, parte investi em outros negócios; outra, comprei uma casa que depois vendi para adquirir uma mais barata, e uma terceira, gastei com bebidas, mulheres. Depois, decidi sair dessa vida de contraventor. Estava ficando arriscado. E aqui estou.

— Seu Paulo — não conseguia chamá-lo de pai —, vamos ficar por aqui.

— Você vai voltar? Você é a filha que eu nunca tive.

A última frase tocou fundo o coração de Vânia, a ponto de ela quase chorar novamente. Ela respirou fundo e limitou-se a dizer:

— Sim.

Ao sair da casa, Vânia foi recebida por um Beto esbaforido:

— Você demorou tanto que achei que tinha acontecido algo grave. E aí?

— E aí que é isso. Ele é meu pai. Temos uma reportagem — confirmou e deu um leve sorriso de canto de boca.

Ela cumpriu o combinado e passou a frequentar com mais assiduidade a casa de seu pai. Fizeram um exame de DNA para comprovar que as histórias batiam. No entanto, ainda havia algo de misterioso em Paulo Onça. Sua experiência no jornalismo investigativo lhe dava subsídios para suspeitar e fazer o possível para descobrir. Não mais pensou nos conflitos éticos: se estava envolvendo a falecida mãe na reportagem, por que não seu pai?

Numa noite, Vânia e Inácio ficaram a sós. Ela preparou uma refeição e arrumou a mesa. Ele se aproximou com um leve sorriso e iniciaram o jantar. Vânia notou que o pai comia com dificuldade, mastigando muitas vezes o alimento. Entre uma garfada e outra, afirmou:

— O senhor precisa ir ao dentista.

— Estou bem assim — respondeu prontamente.

De repente, o talher que Inácio utilizava caiu de sua mão. Vânia levantou-se e pegou-o. Passou uma água e, enquanto devolvia, viu que Inácio tremia os braços. Ela interpelou o pai:

— Posso te ajudar a comer.

— Estou nessa cadeira de rodas, mas ainda consigo me alimentar. Não quero ser um peso morto pra você.

Ambos se sentiram ofendidos. Vânia, por não entender o orgulho do pai, e Inácio, por achar que a filha o considerava um inútil.

Para amenizar o clima hostil, decidiram assistir à televisão após o jantar. Ligaram na emissora de maior audiência no país. Estava passando *Crimes Insolúveis*. Como o próprio nome sugere, era um programa sobre investigações que ficaram sem conclusão por não encontrarem quem cometeu o ilícito.

O caso falava sobre o fazendeiro Raimundo Rabelo, morto no Natal de 1955. Segundo as testemunhas da época e de algumas ainda vivas, o assassino era um homem conhecido apenas como Inácio. Os entrevistados diziam que Rabelo era um bom homem, pois era muito religioso e acolhia crianças em sua propriedade. Inácio esbravejou contra a TV, mesmo sendo impossível o aparelho responder:

— Isso é uma mentira!

Vânia virou o rosto para o pai e perguntou:

— E como o senhor sabe disso?

— Eu vivi lá nessa época.

O faro jornalístico de Vânia não falhou. Havia muito mais a saber. Ficou atenta, esperando Inácio continuar:

— Esse cara escravizava as crianças. Fui um deles. Ele me roubou da minha mãe e me separou da minha irmã.

Nesse momento, Vânia viu os olhos de seu pai ficarem marejados. Ficou em silêncio quando Inácio fez uma pausa:

— E qual o nome delas? — perguntou, após alguns segundos.

— Maria e Inês Ferreira. Da minha mãe, me lembro do rosto até hoje. Da Inês, não, ela era recém-nascida quando tudo aconteceu.

Uma lágrima guardada durante sessenta anos derramou-se sobre o colo de Inácio. Vânia até se esqueceu das atrocidades que Paulo Onça cometeu ao longo da vida. Enquanto tentava se recuperar, Inácio disse:

— Depois disso, fui para Brasília. Trabalhei como candango e entrei na polícia. No início da ditadura, fui transferido para cá.

Vânia ficou impressionada com a história do pai e percebeu que sua reportagem era muito mais complexa do que imaginava. Ela notou que também estava ficando tarde e devia ir embora, embora não quisesse deixar o pai naquela situação. Quando deu por si, viu que sua história era cercada de dramas familiares. Diante disso, pediu para dormir na casa de Inácio.

Na cama, Vânia entrou no labirinto em que sua mente se encontrava. Após a morte de sua mãe, parou de tomar remédios para dormir, mas, naquele dia, ela precisaria. Dormiu apenas duas horas.

No dia seguinte, mal conseguiu trabalhar. Respondia aos torpedos de Lúcia e do delegado Rocha monossilabicamente. Algo martelava em sua cabeça: as histórias de sua mãe, de sua avó e de seu pai eram muito parecidas. Estava tão incrédula que tinha receio de ir em frente com suas suposições e seu raciocínio.

Em casa, à noite, encontrou Carlos e Daniel jogando dama. Cumprimentou-os com um simples beijo e um sorriso entre os dentes. Tomou um banho frio. Ficou silenciosa no jantar, pensando em tudo que ouviu nas últimas vinte e quatro horas.

Quando o pai e o filho foram dormir, Vânia espalhou sobre a mesa os documentos relativos à reportagem que estava elaborando. Abriu um vinho chardonnay. O primeiro gole desceu suavemente pela garganta, e Vânia ficou inebriada. No caleidoscópio que montou, deixou um espaço no meio. Era a peça que faltava. Na verdade, eram duas: a certidão de nascimento de Inácio Ferreira e a foto de sua avó sentada segurando a neta.

Aquela era a chave que confirmava sua suspeita: Paulo Onça, na verdade, era Inácio Ferreira, o tio perdido, o filho cujo destino sua avó Maria tanto sofreu para saber. A coincidência de nomes e de histórias não deixavam margem para dúvidas, mas levaria esses documentos para que ele confirmasse tudo.

Vânia terminava o vinho sentada no sofá, olhando novamente para a parede. Imaginou nela uma grande espiral que havia se tornado sua vida desde que sua mãe se jogou da janela do prédio. A cada dia, uma nova descoberta mais profunda sobre si. A escuridão da noite dava um aspecto mais sombrio a tudo. Ali mesmo, Vânia se deitou.

* * *

O aumento do barulho dos carros acordou Vânia. Ela olhou para o relógio: quinze para as sete. Estava atrasada para arrumar o filho para a escola. Encontrou Daniel de uniforme e Carlos de roupas sociais e gravata cinza. Estavam tomando café. Ela disse, ainda sonolenta:

— Bom dia.

— Bom dia, mamãe.

— Bom dia, filha.

Carlos deu uma mordida no pão francês. Depois de engolir o alimento, falou:

— Deixe que eu o levo para a escola. Descanse um pouco.

Parecia que Carlos tinha um prenúncio do que estava por vir. Vânia obedeceu e voltou a se deitar.

Despertou novamente assustada com o toque do celular. Era Beto. Vânia atendeu:

— Oi, amiga, bom dia. Aconteceu alguma coisa?

Vânia olhou para o relógio: nove horas. Estava atrasada para o trabalho.

— Tive uma noite péssima. Diga por aí que vou me atrasar um pouco.

— Ok. Eu seguro as pontas por aqui.

Ela se olhou no espelho do banheiro antes de tomar banho. Verificou se tinha algo estranho em sua fisionomia por ser resultado de uma relação incestuosa. Nada encontrou de diferente.

Vânia chegou à redação com uma expressão apática, com pouca disposição para trabalhar, mas carregou todo o material para a reportagem. Deu atenção especial à certidão de nascimento de Inácio e à foto em que sua avó Maria a segurava no colo. Olhou-a mais uma vez, procurando algum detalhe que porventura nunca havia notado. Sua mente ensaiava incessantemente o que diria a seu pai diante da recente descoberta.

Lembrou-se de Lúcia e Caio, que estavam lhe dando todo o apoio necessário naquele momento difícil. Para a advogada, enviou a mensagem "bora almoçar hj juntas?" Lúcia respondeu cinco minutos depois:

"Estou com muitas audiências no centro, pode ser por aqui?"

"s", respondeu.

"Amarelinho, 12h30, fechou?"

"s", digitou novamente Vânia.

Ao meio-dia, Vânia saiu da redação e embarcou na estação Botafogo do metrô. Acompanhava o movimento da turba, sem saber muito bem o que estava fazendo, um movimento automático e coletivo do cotidiano. Parecia que tudo à volta não fazia mais sentido.

Quando chegou ao local combinado, Lúcia estava tomando um chope. Vânia estranhou a companheira bebendo no meio do expediente. Não era lá muito a favor disso, mas dessa vez cedeu e acompanhou Lúcia. Então, fizeram o pedido: picanha na chapa ao ponto, arroz de brócolis, batata frita, farofa de ovos e molho à campanha. Vânia achou que estavam com pedaços muito grandes de tomate e cebola, mas não fez nenhuma objeção ao garçom.

No meio do banquete, Vânia introduziu o assunto que mais lhe era urgente:

— Descobri muita coisa sobre meu pai.

Lúcia mastigava, atenta. Vânia deu uma golada no chope antes de continuar:

— Na verdade, ele é meu pai e meu tio. Lembra que a gente leu no diário sobre o irmão da minha mãe que foi sequestrado?

— Uhum — respondeu Lúcia, com a boca cheia.

— Então, é ele. Inácio.

Lúcia arregalou os olhos e quase cuspiu o alimento.

— E o que você vai fazer? — perguntou, após engolir.

— Sinceramente, não sei. A princípio, pensei em denunciá-lo. Queria vê-lo preso pelo que fez, mas não sei se isso apaga tudo o que aconteceu.

— Muitas vezes, a justiça tem um caráter simbólico, baby. Ele ser punido por seus atos pode ser um recado de que nossa sociedade não quer mais aceitar violências como as que foram cometidas contra sua mãe.

Vânia ficou pensativa e terminou de beber o líquido, deixando somente um pouco de espuma dentro do copo. Foi salva pelo gongo-garçom oferecendo mais um. Era a chance de pensar mais um pouco em uma resposta.

— E a Lei da Anistia? Ele está contemplado?

Lúcia terminou de engolir as duas batatas que tinha colocado na boca e compartilhou seu insight:

— Bem, até onde sei, tortura e estupro não são crimes políticos, e sim contra a humanidade. Imprescritíveis, aliás.

Era um argumento forte da advogada. Ambas terminaram de comer e já tinham bebido quatro chopes, estando levemente alcoolizadas. Exatamente às 13h05, elas se despediram com um beijo no rosto e um longo abraço. Lúcia foi em direção ao fórum, e Vânia, à estação de metrô Cinelândia, para retornar à redação.

Lá encontrou uma pequena agitação no setor de esportes. O jornalista Sérgio Castro estava apurando quem seria o novo técnico do Flamengo e não parava de fazer e receber telefonemas. Vânia sentou-se em sua mesa e enviou um e-mail para o delegado Rocha:

De: vania.ferreira@oredentor.com.br
Para: rocha_del@pcivil.rj.gov.br
Oi, tudo bem? Queria tirar uma dúvida.

De: rocha_del@pcivil.rj.gov.br
Para: vania.ferreira@oredentor.com.br
Pois não, diga.

De: vania.ferreira@oredentor.com.br
Para: rocha_del@pcivil.rj.gov.br
É possível alguém ser preso por um crime cometido há mais de trinta anos?

De: rocha_del@pcivil.rj.gov.br

Para: vania.ferreira@oredentor.com.br

Depende. De quem se trata? Posso verificar aqui no sistema.

De: vania.ferreira@oredentor.com.br

Para: rocha_del@pcivil.rj.gov.br

Ele não vai aparecer. Em tese ele morreu, mas estou ressuscitando (risos). É para a reportagem. Depois te explico com calma. Obrigada, por enquanto.

De: rocha_del@pcivil.rj.gov.br

Para: vania.ferreira@oredentor.com.br

Tudo bem. Precisando, estou à disposição. Bjs.

Ao final do expediente, por volta das seis, partiu com seu carro para a casa de Inácio. Levou consigo pães e frios para um lanche em uma sacola plástica e a certidão de nascimento e foto na pasta. Não ligou o rádio. Para ela, nenhuma canção conseguia expressar seus sentimentos: um misto de raiva com alegria por finalmente terminar sua jornada, e felicidade por estar cercada de pessoas como Lúcia e o delegado Rocha.

Quando chegou, viu Inácio sentado na varanda olhando para o nada, como se estivesse esperando morrer. Vânia tirou-o do transe:

— Oi — fez uma pausa. — Seu Paulo, tudo bem?

— Boa noite — respondeu Inácio, a voz rouca, virando-se para a filha.

— Trouxe algo para a gente tomar um café.

Inácio assentiu e entraram. Ela colocou seus pertences em cima do sofá. Em seguida, Vânia colocou a água para esquentar e algumas colheres de café no filtro de pano. O cheiro característico do líquido passando pelo pó se espalhou pela casa, assim como o barulho da água batendo na semente torrada e moída. Enquanto isso, Inácio preparava os pães.

Vânia e o pai ficaram em posição diagonal e se serviram. A jornalista afrouxou a tampa da garrafa térmica e inclinou-a próximo da chávena. Ofereceu fazer o mesmo para o pai, que não ofereceu resistência. Por fim, ela pingou três gotas de adoçante em cada xícara e girou a pequena colher.

Logo após assoprar e dar um gole, Vânia não pensou duas vezes antes de dizer:

— Eu sei quem você é.

— Como assim?

Ela se levantou e caminhou até a pasta. Retirou os documentos e esticou os braços entregando-os para o pai. Falou somente:

— Inácio.

Com as mãos trêmulas, ele segurou o papel e conferiu. Estava desgastado pela ação do tempo. Seu conteúdo era:

Estados Unidos do Brasil
Estado do Ceará — Comarca Jaguaribe
Poder Judiciário
5ª Circunscrição do Registro Civil
Nascimento **2843** Livro **A-87** Folha **115**
Aos **oito** de **abril** de mil novecentos e **trinta e sete** compareceu neste cartório **Maria Ferreira da Silva**, identidade **inexistente**, estado civil **casada**, — anos, profissão **do lar**, residente à **Rua da Saudade, 89**, para registrar o nascimento de

— INÁCIO FERREIRA DA SILVA —

ocorrido aos **seis** de **abril** de mil novecentos e **trinta e sete** às **13** horas e **48** minutos em **casa, nesta cidade,** do sexo **masculino,** filho(a) de **declarante,** idade —, natural de — e de **Antonio da Silva, servente de obras**, natural de —, idade — anos.

São avós paternos, — e maternos —

Por cima, havia um carimbo do cartório e a assinatura de Arnaldo Queiroz, o tabelião responsável.

Os olhos de Inácio começaram a ficar úmidos. Ao mesmo tempo, ele olhou para a foto que segurava atrás da certidão. Reconheceu imediatamente a mãe, mais velha, com uma criança no colo. Uma lágrima caiu novamente em seu short.

Vânia disse o óbvio:

— Inês Ferreira é sua irmã.

Inácio tentou se levantar para abraçar a filha, porém caiu aos seus pés e se debulhou em um choro compulsivo. Vânia não conseguia encarar o pai, olhava para o horizonte em busca de respostas para perguntas que nunca fizera.

Quando o pai se recuperou, Vânia ajudou-o a se acomodar novamente na cadeira de rodas, deixando-o abraçado com a foto e a certidão, como se fosse uma joia rara. Ao mesmo tempo, o café esfriava. Ela pegou sua bolsa para ir embora. Deu dois passos em direção à porta. Enquanto a abria, Inácio disse:

— Obrigado.

Vânia fechou a porta e se retirou.

Ela voltou para casa com a sensação de que tinha tirado o mundo das costas. Ainda no estacionamento do prédio, enviou um SMS para Lúcia escrito apenas: "missão cumprida. t adoro." No apartamento, cumprimentou rapidamente

Carlos e Daniel, que assistiam a um jogo de futebol. Vânia tomou um banho demorado. Ao sair do banheiro, olhou o relógio: quinze para as dez da noite. Um lado dela dizia que era tarde para papos virtuais, o outro alimentava a intuição de que encontraria o delegado Rocha on-line.

Seu sexto sentido não falhou e lá estava um boneco verde. Vânia clicou duas vezes e a janela abriu. Digitou com pressa e fúria:

"Boa noite"

Abaixo da caixa apareceu "Caio está digitando". Em seguida, o painel piscou laranja.

"Boa noite, Vânia, como está?"

"Bem. Te chamei para dizer que te amo."

Delegado Rocha enviou um boneco amarelo com cara de envergonhado. Vânia continuou:

"E para agradecer o apoio. Encontrei meu pai. Vou te enviar dados que podem auxiliar no inquérito."

"Ok."

"Mas só faça algo depois da reportagem, por favor."

"Tudo bem."

"Preciso ir, amanhã acordo cedo."

"Também já estou saindo."

"bjo."

"bjo."

Imediatamente, Vânia se desconectou. Desligou o computador e foi para os seus aposentos. Na cama, olhou para o relógio: dez e meia. Dormiu profundamente.

No dia seguinte, foi a primeira a acordar e chamou o filho em sua cama. Mesmo sonolento, ele sorriu. Arrumou-o para a escola e contou para Carlos os últimos acontecimentos no café da manhã. Ele ficou tão surpreso quanto Lúcia com a história.

Vânia chegou cedo na redação. Encontrou apenas a senhora que fazia a limpeza. Quando disse o protocolar bom-dia, tentou puxar da memória o nome da funcionária terceirizada e veio-lhe Valdirene, a Val. Ela sentou-se na bancada, ligou o computador e abriu o editor de texto. Acometeu-lhe uma leve vertigem ao ver o cursor piscando na tela branca. Respirou fundo e iniciou.

Quando finalizou, olhou em volta e viu que a sala estava cheia. Nem notou que tinham passado mais de duas horas desde que começou a escrever. Fez uma pausa para o café. Lá, encontrou Beto e pediu-lhe as fotos que precisaria para fechar a reportagem. Ao final, anexou seu próprio exame de DNA para comprovar seu grau de parentesco com Inácio. Por fim, ela adicionou como manchete: "Torturador encontrado em Jacarepaguá."

Ao fim do expediente, levou o material para Barrosinho, que fez poucas alterações no texto. Em seguida, o jornal do dia seguinte foi para a gráfica. Em casa, Vânia permitiu-se se divertir e sugeriu que ela e o filho vissem *Shrek* pela quinta vez. Daniel topou, desde que tivesse pipoca com guaraná. Vânia sorriu em resposta. Naquela noite, ela dormiu com a certeza de que seu passado não estava mais em silêncio.

A edição 27.935 d'*O Redentor* vendeu como água no deserto. Por essa razão, novas tiragens foram pedidas para a gráfica. O telefone de Vânia não parou de tocar com colegas da imprensa querendo saber mais detalhes daquele caso. A repercussão foi tamanha que, nos dias seguintes, outras vítimas da ditadura resolveram falar sobre o assunto, denunciando outros torturadores. O poder público teve que agir, criando uma comissão para investigar crimes cometidos pelo Estado brasileiro na época.

Naquele ano, Vânia recebeu a premiação de melhor reportagem pela Associação Brasileira de Jornalismo Investigativo. Numa tarde de novembro, Barrosinho a chamou em sua sala. Ela ficou apreensiva, achando que era para assinar sua carta de demissão por chantagear o chefe. Mesmo assim, não demonstrou apreensão na caminhada em direção à porta. Bateu nela com determinação.

Quando abriu, encontrou Barrosinho colocando na parede uma edição emoldurada do jornal com sua reportagem na capa. Ele se virou e disse:

— Sente-se, Vânia — pediu, estendendo o braço em direção à cadeira.

Ela aceitou a sugestão. Barrosinho acendeu um cigarro e deu um gole de café antes de dizer:

— O que você e o Beto fizeram foi grave.

— Foi necessário, seu Barroso.

— Minha reputação foi arranhada — disse, em tom metódico.

Vânia ficou em silêncio por não achar nada interessante a dizer naquele momento.

— Tenho que reconhecer o mérito de vocês — Barrosinho continuou. — Graças ao seu trabalho, o jornal não vai fechar por enquanto.

A jornalista deu um sorriso orgulhoso.

— Por isso, preciso agradecer-lhe. Você sabe o quanto isso é importante para mim. — Dessa vez, foi ele quem sorriu.

— Sim — concordou, olhando de rabo de olho para a foto de Barroso Pai.

— Inclusive, tenho uma notícia para lhe dar.

— Diga — disse, já prevendo o pior.

— Uma emissora de TV quer te contratar. Como repórter de rua, nada de estúdio. Tem interesse?

— Claro, seu Barroso — respondeu, empolgada.

A proposta de fato era boa, pois pagava o triplo do que *O Redentor*. Barrosinho entregou-lhe um envelope. Tratava-se do contrato para mudar de emprego. Por um breve instante, pensou em recusar, achando que seria mais útil no jornal impresso. Em uma conclusão mais rápida ainda, era a hora de buscar novos ares e dar espaço para novos jornalistas iniciarem suas carreiras. Antes de sair da sala, Barrosinho a chamou novamente.

— Uma última coisa. Obrigado por salvar meu casamento.

Vânia fez uma feição interrogativa e, depois, deu um sorriso sem graça antes de sair.

Barrosinho teve a quinta possível reação de um corno: o orgulho. Ele e Débora começaram a frequentar casas de swing de luxo. Numa das vezes em que estiveram no local, foram flagrados por um jornalista de um concorrente d'*O Redentor*, onde foi publicada uma matéria sobre o assunto. Ernesto notou uma melhoria na relação sexual com a esposa, ele excitava-se toda vez que Débora o chamava pelo nome do amante.

Depois de um ano da saída de Vânia, *O Redentor* encerrou suas atividades.

Como previsto por Lúcia, Inácio foi preso numa operação liderada pelo delegado Caio Rocha a partir das informações obtidas por Vânia. Ele foi acusado de tortura e estupro, além de falsidade ideológica. Poucos meses depois, morreu na cadeia, solitário, como foi em boa parte de sua vida.

Maciel atirou na própria cabeça em sua casa, imaginando que era melhor morrer do que olhar para o neto e ele achar que o avô era uma má pessoa.

Naquele mesmo novembro, Vânia estava fazendo aniversário e decidiu comemorar com uma festa. Chamou Beto, Joana, Lúcia e delegado Rocha. Carlos e Joana relembravam os velhos tempos como jovens estudantes. Daniel jogava videogame sentado no tapete da sala. Atrás dele, no sofá, Vânia aconchegou-se entre Rocha e Lúcia. Beto registrou este momento com um clique com sua antiga câmera.

AGRADECIMENTOS

A ESCRITA SALVOU MINHA VIDA

O livro que você acabou de ler faz parte de um processo terapêutico. Quase tive o mesmo destino de Inês Ferreira e, por essa razão, iniciei este trabalho. Escrever sobre suicídio evitou que eu cometesse um.

A cada letra que digitava, tal desejo se esvaía e causava uma sensação fisiológica muito boa. Muitas pessoas se sentem bem ao fazer uma atividade física ou praticar yoga. No meu caso, escrever proporcionou esse efeito em mim.

Faço tratamento convencional, acompanhado por um profissional da área da saúde mental. E aqui já vai um grande agradecimento a ele.

Escrevo estas palavras não apenas como um relato de cunho pessoal, e sim como um alerta para a importância do cuidado com nossa mente.

Sobre o livro em si, tão importante quanto seu conteúdo é o processo, e o meu foi esse prazer doloroso.

Sem mais delongas, quero agradecer a muitas pessoas.

Inicialmente, um agradecimento à minha família, pelo apoio de sempre.

Aos amores do passado.

Aos amores do presente, Dandara Abreu e Lourence Alves.

Às moças do Carreira Literária, Flávia Iriarte e Andressa Tabaczinsky, pelo ótimo trabalho de produção de conteúdo sobre escrita, em especial para autores iniciantes.

À Increasy, que acreditou no potencial que este livro poderia ter. Um obrigado a Mariana Dal Chico, pela parceria, pela atenção e pela dedicação.

Obrigado a Livia Vianna, Thadeu Santos e Bárbara Tanaka pelas dicas pertinentes e também a Carolina Torres, Beatriz Araújo, Kaio Souza e Féres Féres. Agradeço também às equipes da TAG Livros e da Amazon Kindle Brasil.

E um último agradecimento a você, leitor(a), por chegar até aqui e ler este romance tão especial para mim.

Renan Silva
maio de 2024

A presente edição foi impressa nas oficinas da
Imprensa da Universidade de Coimbra em Janeiro de
dois mil e quinze em papel couché 150 g/m2.
Tiragem de 500 exemplares.

A primeira edição deste livro foi impressa nas oficinas da
DISTRIBUIDORA RECORD DE SERVIÇOS DE IMPRENSA S.A .
para a EDITORA JOSÉ OLYMPIO LTDA. ,
em agosto de 2024.
*
93º aniversário desta Casa de livros, fundada em 29.11.1931.